MAXI HOFER

Wo das GLÜCK im Bergsee glitzert

SÜDTIROL-ROMAN

lübbe

Originalausgabe

Dieses Werk wurde vermittelt durch die
Literarische Agentur Thomas Schlück GmbH, 30161 Hannover.

Copyright © 2024 by
Bastei Lübbe AG, Schanzenstraße 6–20, 51063 Köln

Vervielfältigungen dieses Werkes für das Text- und
Data-Mining bleiben vorbehalten.

Textredaktion: Angela Kuepper, München
Umschlaggestaltung: Guter Punkt GmbH Co. KG
Einband-/Umschlagmotiv: © cjhimself/iStock/Getty Images Plus;
Janoka82/iStock/Getty Images Plus; rivendels/iStock/Getty Images Plus;
LaraBelova/iStock/Getty Images Plus; DieterMeyrl/iStock/Getty Images Plus;
Nemo1963/iStock/Getty Images Plus
Satz: hanseatenSatz-bremen, Bremen
Gesetzt aus der Arno Pro
Druck und Verarbeitung: GGP Media GmbH, Pößneck

Printed in Germany
ISBN 978-3-404-19328-8

2   4   5   3   1

Sie finden uns im Internet unter
luebbe.de
Bitte beachten Sie auch: lesejury.de

Für Maria

Prolog

Der Papagei

»Oma, ist das wirklich eine Schatzkarte?« Lilly hielt eine zerknüllte Skizze in ihren kleinen Händen. Die krakeligen Linien und Symbole erinnerten eher an ihre eigenen Zeichnungen als an eine ernst gemeinte Anleitung zu verborgenen Reichtümern. Ihre großen haselnussbraunen Augen funkelten misstrauisch, während sie Flora anstarrte.

»Aber natürlich, meine Kleine! Sie führt dich zu einem sehr speziellen Schatz.«

Lilly sah sie forschend an. Flora bemühte sich, ein ernstes Gesicht zu machen, was ihr jedoch nur bedingt gelang. Sie zwinkerte der Kleinen zu, und ein verschwörerisches Grinsen umspielte ihre Lippen.

»Nun liegt es an dir, meine kleine Schatzsucherin, ihn aufzuspüren. Denn nur wer sich des Schatzes als würdig erweist, wird ihn auch finden können.«

Lillys Augen leuchteten. Sie sprang vom Bett, schlüpfte in ihre kuscheligen Hasenpantoffeln und stürmte los. Gepackt vom Schatzsucherfieber, raste sie durch die hohen Korridore, über die knarrenden Dielen, vorbei an Omas staubigen Antiquitäten und den bunt bemalten Porzellantellern an den Wänden. Die Schatzsuche war ihr absolutes Lieblingsspiel. Doch sie schien zu spüren, dass etwas anders war. Als wüsste ihr junges Herz, dass es diesmal um mehr als nur ein Spiel ging. Es gab keinen Zweifel, es musste sich um einen richtigen Schatz handeln. Doch wo befand er sich?

Immer wieder hielt sie inne und versuchte fieberhaft, aus den Strichen und Linien der Schatzkarte schlau zu werden. Auch Worte standen auf der Karte, die sie aber noch nicht entschlüsseln konnte.

»Wenn ich doch bloß schon lesen könnte!«, seufzte sie, und ihre Großmutter musste schmunzeln.

Lilly durchstöberte das gesamte Haus, von der gemütlichen Küche mit dem alten Holzofen bis hin zu der luftigen Veranda, die einen herrlichen Blick auf den Garten, die Berge und den schimmernden See bot, in dem sie heute Morgen noch geschwommen waren. Überallhin folgte Flora ihr wie ein Schatten, schaute ihr zu, gab hier und da einen kleinen Tipp. Sie genoss es, ihre Enkelin so enthusiastisch zu sehen.

Nur einen Ort im Haus ließ Lilly aus. Den großen Raum in der untersten Etage, der vollgestellt war mit Dingen, die älter waren als sie selbst. Sogar älter als Flora. Dieser Ort war ihr unheimlich, als könnte sie das Alter und die Geschichten erspüren, die diese Gegenstände erzählten. Als wären die Dinge auf eine seltsame Weise lebendig. Doch Flora hätte sie niemals dorthin geführt, und das wusste Lilly gewiss. Nein, der Schatz musste hier oben sein, irgendwo in den wohnlichen, warmen Räumen, in denen das Kind sich sicher und geborgen fühlte.

Nach langem Suchen, viel Kichern und einigen einfallsreichen Umwegen führte die Karte Lilly schließlich zu dem alten Kamin in der Wohnstube. Mit vorsichtigen Fingern erkundete sie das Innere des Kamins, bis sie auf etwas Hartes und Kaltes stieß. Sie zog einen alt aussehenden, eisernen Gegenstand hervor, dessen Zweck sie schnell erkannte.

»Oma, ich hab einen Schlüssel gefunden!«, rief sie aufgeregt.

Flora klatschte freudig in die Hände. »Das hast du sehr gut gemacht«, lobte sie und deutete auf die Schatzkarte, wo Lilly ein weiteres Kreuz erkannte. *Noch ein Schatz?* Das Kreuz war ganz dicht neben dem, welches sie zu dem Kamin geführt hatte.

»Das ist noch nicht alles«, erklärte Oma. »Du musst weitersuchen!«

Mit neuem Elan setzte Lilly die Suche fort, bis sie hinter einem losen Stein in der Wand neben dem Kamin ein verstecktes Fach fand. Sie steckte den Schlüssel ins Schloss, drehte ihn herum, und – »Klick!« – die kleine Tür öffnete sich.

In dem Fach lag ein wunderschöner goldener Anhänger, kunstvoll geformt wie ein Papagei. Er funkelte im hereinfallenden Licht und zog Lillys Aufmerksamkeit auf sich.

»Er ist wunderschön!« Sie hielt den Anhänger ehrfurchtsvoll in den Händen.

Ihre Oma lächelte und setzte sich neben Lilly. »Dieser Papagei, Lilly, ist mein Symbol für Mut, Freiheit und Abenteuerlust. Ich hoffe, er wird dich immer daran erinnern, dass das Leben voller Abenteuer ist, die nur darauf warten, entdeckt zu werden.«

Sie strich liebevoll über Lillys Haar, während sie gemeinsam den goldenen Papagei bewunderten.

»Bewahre dir stets deinen Mut und deinen Entdeckergeist, versprich mir das bitte.«

Lilly gab ihr Versprechen, so aufrichtig und unerschütterlich, wie nur ein Kind es vermochte.

Kapitel 1

Eine bunte Bereicherung

Die Halsbandsittiche waren heute ungewöhnlich laut. Als spürten sie, dass etwas Unheilvolles in der Luft lag. Dieses seltsame Gefühl hatte Lilly bereits beim Aufstehen wahrgenommen. Leider hatte sie sich nicht geirrt.

»Das war dumm, Lilly.« Jo kam aus dem Kopfschütteln nicht mehr heraus, während er ihr eine Strähne aus dem Gesicht fischte und sie hinter ihr Ohr klemmte. »Das war sogar ausgesprochen dumm.«

»Ich weiß.« Sie seufzte so laut, dass sich ihre Schultern anhoben und für einen kurzen Augenblick das Gepiepse der Papageien übertönt wurde. Sie verstand noch immer nicht, was in sie gefahren war. Ausgerechnet heute hatte sie Mut bewiesen, wo es überhaupt nicht angebracht gewesen war. Sie sah ihren Freund und Vorgesetzten mit großen Augen an. »Müssen wir jetzt davon reden?«

»Müssen wir jetzt hier sein?«, fragte Jo zurück. Er bedachte sie mit zusammengezogenen Brauen, ein Blick, der Lilly an ein aufziehendes Gewitter erinnerte. »Wir haben einen Haufen Arbeit vor uns und für so etwas wie das hier überhaupt keine Zeit.«

Sie griff nach seiner Hand. Er zog sie nicht weg, aber sie fühlte sich an wie ein toter Fisch. Kalt und kraftlos.

»Ich wollte, dass du es siehst.« Mit einem vorsichtigen Lächeln blinzelte sie ihn an. Schließlich konnte dieser Ort am wenigsten für die miese Stimmung, die das Vorstandsmeeting bei ihnen hinterlassen hatte.

Jo lächelte nicht zurück. Aber das mit dem Lachen zählte ohnehin nicht zu seinen Stärken. Nie zuvor war Lilly einem Mann begegnet, der mit solchem Ernst durchs Leben ging. Als sie sich anfänglich kennenlernten, hatte dies einen tiefgreifenden Eindruck auf sie hinterlassen.

»Was soll ich sehen?« Er blickte genervt an ihr vorbei.

Sie lächelte ein wenig mehr. »Na, diesen Ort. Die bunten Papageien. Es ist mein absoluter Lieblingsplatz in der Stadt.« Auch sie schaute sich um, als sähe sie diesen Teil des Parks zum ersten Mal. Vor ihnen lag der große nierenförmige Teich, auf dem, halb verborgen vom Schilf, schnatternde Stockenten ihre Runden drehten. Sie und Jo saßen am Rande des Gehwegs auf einer kunstvoll gegossenen Parkbank, über der ein Ahorn seine riesigen Äste ausgebreitet hatte – und in dem wiederum eine ganze Kolonie dieser farbenfrohen Papageien nistete. Wie von selbst wanderte ihre Hand zum goldenen Anhänger an ihrer Halskette. Die Papageien trugen Schuld daran, warum Lilly diesen Park so liebte. Erst hatte sie ihren Augen nicht getraut, als sie das erste Mal einen dieser grünen Vögel mit dem gelben Schnabel erblickt hatte. Ein echter Papagei. Mitten in der Großstadt. Von diesem Tag an waren ihr immer mehr dieser bunten Vögel aufgefallen – bis sie in diesem Park die Kolonie entdeckt hatte. Seitdem war es um sie geschehen. Mittlerweile wusste sie, dass es Halsbandsittiche waren, die irgendwann in diesem Park heimisch geworden waren. Gerüchten zufolge waren sie vor Jahrzehnten aus dem städtischen Zoo entflohen und hatten sich überall in der Stadt angesiedelt. Mittlerweile waren es wohl

Hunderte. Eine bunte Bereicherung, wie Lilly fand, denn sie begrüßte jeden Farbklecks, der die graue Tristesse einer Großstadt durchbrach.

Ein tonloses Lachen entwich Jo.

»Ich bin überrascht, dass du überhaupt den Blick für solch einen Ort hast«, sagte er. »Wo du doch jede freie Minute deine Nase in ein Buch steckst.« Nun blinzelte er sie neckend von der Seite her an. »Ich wette, du hast sogar ein Buch in der Aktentasche, hab ich recht?«

»Überhaupt nicht«, log Lilly und täuschte Empörung vor. Dabei legte sie die Hand auf ihre Tasche, in der sich der neueste Band ihrer Lieblings-Vampirreihe befand. Ja, er hatte recht. Sie liebte Bücher. Kaum etwas konnte sie mehr in den Bann ziehen als fantasievolle Geschichten, in denen nach einigem Drama stets ein Happy End auf sie wartete.

»Wir haben überhaupt keine Zeit für so etwas!« Schnaufend entzog Jo ihr seine Hand. »Und dieses Vogelgekrächze! Da kann man gar nicht richtig denken.«

»Aber genau dafür sind Pausen da«, erwiderte Lilly. »Um nicht zu denken.«

Er sah sie an, als hätte sie etwas außerordentlich Dummes von sich gegeben. Mit diesem Blick bedachte er sie oft. Viel zu oft.

»Wie konntest du dem Vorstand nur widersprechen?«

»Ich habe ihm nicht widersprochen«, rechtfertigte sie sich. »Ich habe bloß meine Meinung vertreten.« Sie schlug die Augen nieder. Ausgerechnet heute hatte sie Mutmüsli zum Frühstück verspeisen müssen.

»Du kennst den Hartmann«, fuhr Jo sie an. »Er will nie eine andere Meinung als seine hören.«

Das wusste Lilly nur zu gut. Noch weniger verstand sie ihre aufmüpfige Reaktion von vorhin. *Warum nur?*

Obwohl Jo beim Meeting dabei gewesen war, verspürte sie den Drang, sich zu erklären. »Er wollte wissen, warum uns die Kunden davonlaufen und nicht mehr auf unseren Plakatflächen werben wollen«, sagte sie. »Als Marketing-Managerin ist es nun einmal meine Aufgabe, ihm den Grund dafür zu nennen.«

Jo blies die Backen auf. »Aber doch nicht so ... unverblümt.«

Trotz ihrer niedergeschlagenen Stimmung musste Lilly grinsen. Aus seinem Mund klang das Wort witzig. Zumal sie überhaupt nicht unverblümt gewesen war. Sachlich hatte sie dargelegt, dass sich immer mehr Stammkunden von der Plakativ GmbH verabschiedeten, um zur digitalen Außenwerbekonkurrenz zu wechseln. Und dafür hatte Lilly sogar Verständnis. Warum sollte man heutzutage noch immense Druckkosten für Klebeplakate zahlen und wochenlang warten, bis diese zum Aushang kamen, wenn digitale Werbeplakate viel schneller belegt werden konnten und obendrein günstiger waren.

»Es war nicht meine Idee, den digitalen Wandel zu verschlafen«, gab sie zurück.

»Meine war es auch nicht.« Mit einem inbrünstigen Ächzen riss Jo am Krawattenknopf herum und lockerte ihn. Lilly beobachtete ihn und fand, dass er unfassbar gut in seinem Anzug aussah. Er trug ausschließlich Anzüge von Ralph Lauren. Einmal hatte er ihr den Grund verraten. Der war so banal, dass Lilly noch immer schmunzeln musste, wenn sie daran dachte. Jo war ein ausgesprochener Fan der amerikanischen Sitcom *Friends*. Die Figur der Rachel, gespielt von Jennifer Aniston, hatte es ihm besonders angetan. Und als Rachel in der Serie für den Designer Ralph Lauren gearbeitet hatte, war das Markenbild in Jos Kopf gefestigt worden. Dieser Mann war das geborene Marketingopfer. Aufgrund ihres BWL-Studiums kannte sich Lilly gut genug mit der menschlichen Psyche aus, um zu verstehen, dass Jos Hirn sich von der versteckten Werbung hatte manipulieren lassen. Somit war er der lebende Beweis dafür, dass ihr Studium nicht vollkommen umsonst gewesen war. *Wenigstens das!* Denn karrieretechnisch hatte es sie überhaupt nicht weitergebracht. Seit zwei Jahren trat sie in diesem Unternehmen nun schon auf der Stelle, ohne auch nur einen Schritt voranzukommen. Bis eben hatte sie die Hoffnung gehegt, dass sich das schon bald ändern könnte. Doch nach dem Vorstandsmeeting konnte sie wohl froh sein, dass sie überhaupt noch dort arbeiten durfte.

»Gefällt dir dieser Ort denn gar nicht?«, wechselte sie das Thema, hauptsächlich, um die düsteren Gedanken aus ihrem Kopf zu vertreiben.

Wieder dieser Blick.

Sie rückte etwas näher an Jo heran und legte den Kopf auf seine Schulter. »Schau doch nur«, forderte sie ihn auf. »All die bunten Vögel über uns.«

Doch Jo hob nicht mal den Kopf. Stattdessen warf er einen Blick auf seine sündhaft teure Armbanduhr.

Sie dachte zurück an all die Stunden, die sie hier gesessen und sogar gearbeitet hatte, weil die Atmosphäre viel kreativer war als der Küchentisch in ihrer kleinen Zweizimmerwohnung, die nur zwei Blocks von diesem Park entfernt lag.

»Wir sollten jetzt wirklich zurückgehen.« Jo vertrieb sie mit einem Zucken von seiner Schulter. »Wir haben so viel Arbeit vor uns. Denk nur an das wichtige Quartalsmeeting in zwei Tagen.«

Lilly seufzte. Seit Wochen dachte sie an fast nichts anderes mehr. »Das Leben besteht aus mehr als nur Arbeit.«

»Du kannst froh sein, dass Hartmann dich nicht hochkant aus dem Meeting geschmissen hat. Oder direkt aus der Firma.«

Lilly dachte an die Quartalszahlen, die alles andere als zufriedenstellend waren. Und sie dachte leidvoll daran, dass es ausgerechnet ihr Job war, diese Zahlen bei dem Meeting zu präsentieren. Und weil sie den Vorstandsvorsitzenden so gut kannte, wusste sie, dass dieser nichts von Problemen, sondern nur von Lösungen hören wollte. Und es musste eine verdammt clevere Lösung sein, um die Firma in diesem Jahr noch gut dastehen zu lassen. Obendrein brauchte Lilly dringend etwas, womit sie glänzen konnte. Lange hatte sie gegrübelt und herumgerechnet und eine Analyse ausgetüftelt, mit der das Unternehmen wieder auf die richtige Spur kommen könnte. Und tatsächlich hatte sie eine Möglichkeit gefunden. Sie war ihr beim Zähneputzen gekommen. Einfach so. Jo hatte sie nichts davon erzählt. Es sollte eine Überraschung werden. Ihr Herz setzte einen Schlag aus. Sie konnte es kaum erwarten, sein Gesicht zu sehen, wenn sie ihre Idee im nächsten Meeting präsentieren würde.

Aber jetzt wollte sie nichts anderes, als ihre Mittagspause an ihrem Lieblingsplatz mit dem Mann zu genießen, der ihr so sehr am Herzen lag.

Schlimm genug, dass sie in den letzten Wochen jede freie Minute nach der Arbeit investiert hatte, um rechtzeitig mit ihrer Analyse fertig zu werden. Wenigstens diese eine Pause wollte sie mit ihm gemeinsam verbringen.

»Wir sollten jetzt wirklich zurückgehen.« Jo erhob sich.

Sie sah ihn verständnislos an. »Aber wir haben noch fünfzehn Minuten.«

Er lachte. Nicht auf die liebevolle Art und Weise, wie er es früher getan hatte. Zu Beginn ihrer, ja, was eigentlich? Lilly weigerte sich, das, was sie hatten, eine richtige Beziehung zu nennen. Zumindest war es keine in der Art, wie sie es sich wünschte. Für sie fühlte es sich an, als wäre Jo in erster Linie mit seinem Job verheiratet, dann mit seinem über alles geliebten Sportwagen – einer Potenzschleuder, die er überhaupt nicht nötig hatte. Irgendwann danach kam sie, vermutlich dicht gefolgt von seiner einzigen Zimmerpflanze, die seine Penthousewohnung in der Südstadt mit Leben füllte. Es war eine Petunie, deren Leben am seidenen Faden hing. Denn sie war nur noch nicht eingegangen, weil Lilly sie bei ihren unregelmäßigen Besuchen goss.

Jo wandte sich ihr zu und grinste. Da war es, dieses entwaffnende Lächeln, bei dem sie immer wieder schwach wurde. Besitzergreifend nahm er ihre Hand, zog sie mit sich.

So schlenderten sie durch den Park, begleitet vom Gekrächze der Papageien und Geschnatter der Stockenten. Er hatte sein Jackett über die Schulter gelegt und die Ärmel bis zu den Ellbogen hochgekrempelt. Darunter kamen seine sehnigen, braun gebrannten Unterarme zum Vorschein. Das Aussehen ihrer Partner war für Lilly nie vorrangig gewesen, doch Jo war in dieser Hinsicht eine Wucht. Stahlgraue Augen, dunkelblondes Haar und die Figur eines Adonis ohne ein Gramm Fett.

Seine Hand glitt behutsam zu ihrer Hüfte und fand dort einen Platz zum Verweilen.

»Lass uns den Tag irgendwie hinter uns bringen«, sagte er. »Und heute Abend führe ich dich in ein schickes Restaurant aus. Nur du und ich.«

»Das klingt verlockend.« Ihre Augen verengten sich zu schmalen Schlitzen. Doch dieses »Nur du und ich« hinterließ einen faden Beigeschmack bei ihr. Jo legte großen Wert darauf, sich in der Öffentlichkeit nicht zu vertraut mit ihr zu zeigen. Keinesfalls als Paar. Trotz der Million Einwohner war es in seinen Augen eine kleine Stadt. Und er fürchtete, dass es in der

Firma einen Skandal auslösen könnte, wenn bekannt würde, dass er eine Beziehung zu einer Mitarbeiterin hielt, die ihm obendrein unterstellt war. »Weil es deiner Karriere schaden könnte«, hatte er ihr mehrmals erklärt. Doch Lilly hatte genug Bücher in ihrem Leben verschlungen, um zwischen den Zeilen lesen zu können. Zudem war Jo in vielerlei Hinsicht für sie wie ein offenes Buch. Es ging ihm dabei ausschließlich um seine Karriere.

»Also«, hakte er nach, »ist das ein Ja?«

Lilly schüttelte den Kopf. »Es ist sogar ein entschiedenes Nein. Ich muss mich auf das Quartalsmeeting vorbereiten«, erinnerte sie ihn. »Schließlich bleiben nur noch zwei Tage.«

Seine Mundwinkel schoben sich spitzbübisch nach oben. »Wie ich dich kenne, bist du doch schon seit Tagen mit allem fertig.«

Sie wandte sich von ihm ab, um sich nicht ertappen zu lassen. Anscheinend kannte er sie besser, als sie dachte. Denn im Grunde war die eigentliche Präsentation längst fertig. Nicht schon seit Tagen, sondern seit über einer Woche. Sie musste noch einmal sämtliche Zahlen überprüfen und ein wenig an der Optik feilen. Vorher würde sie ihre Analyse niemals aus den Händen geben, das verbot ihr Perfektionismus. Aber viel wichtiger waren ihr die Strukturpläne, mit denen das Unternehmen mit überschaubarem Aufwand doch noch erfolgreich in das digitale Zeitalter eintreten könnte.

»Ein schnelles Abendessen.« Jo ließ nicht locker, fasste nach ihrem Kinn und schob ihr Gesicht sanft in seine Richtung, damit sie ihm in die Augen sah. »Wir gehen zu deinem Lieblingsitaliener.«

»Bitte, Jo.« Sie versuchte, nicht in seinen Augen zu versinken. »Heute Abend geht es wirklich nicht.«

Er seufzte, drehte sich rasch nach links und dann nach rechts und drückte ihr einen zärtlichen Kuss auf die Lippen. Schon ließ er ihre Hand wieder los. »Wirklich schade. Aber da kann man wohl nichts machen.«

»Nein«, erwiderte Lilly ernst und dachte zurück an das verpatzte Meeting. Sie hatte dringend wieder Boden gutzumachen, wenn sie endlich die Karriereleiter hochklettern wollte. »Du bekommst eben nicht immer deinen Willen.«

Kapitel 2

Die Nachricht

Die ersten Sonnenstrahlen des Tages, die sich durch die Jalousien stahlen, weckten sie, noch bevor der Handy-Alarm es tat. Lilly blinzelte sich in den Morgen hinein. Sie kämpfte für einen kurzen Moment mit der Orientierung, woran die halbe Flasche Chianti, die sie bei ihrem Lieblingsitaliener bestellt hatten, nicht ganz unschuldig war. Dabei wusste sie doch selbst am besten, wie wenig Alkohol sie vertrug. Langsam drehte sie den Kopf zur Seite und erblickte Jos nackten Rücken, hörte seine gleichmäßigen Atemzüge. Fast ein Schnarchen, aber eben nur fast. Mit den Fingern fuhr sie seine Wirbelsäule entlang, küsste sein Schulterblatt. Jo rekelte sich, wurde aber nicht wach. Der Blick auf den Wecker verriet ihr, dass sie eine halbe Stunde zu früh aufgewacht war. So war das immer, wenn sie woanders als in ihrer Wohnung schlief. Stets waren es unruhige Nächte. Selbst in Urlauben brauchte sie einige Tage, bis sie sich an die neue Umgebung und das fremde Bett gewöhnte. Jos Wohnung, in der sie nur unregelmäßig übernachtete, bildete da keine Ausnahme. Noch immer fiel ihr das Einschlafen schwer, weshalb sie stets ein paar Seiten las, bis die Müdigkeit sie übermannte. Ihr Buch lag aufgeklappt und mit dem Rücken nach oben auf dem Boden vor dem Bett. Lilly warf die Bettdecke zurück, schwang sich von der Matratze und klaubte leise ihre Kleidung zusammen, die im gesamten Schlafzimmer verteilt war. Dabei bewegte sie sich so schnell, dass es in ihrem Kopf brummte. Sie dachte an die vergangene Nacht zurück, lächelte und verfluchte sich gleichzeitig, dass sie doch noch nachgegeben und sich auf das Abendessen eingelassen hatte. Obwohl sie so viel zu tun hatte. Gleich nach Büroschluss waren Jo und sie zu ihrem Stammitaliener gegangen. Auf ein Steinpilzrisotto und ein Gläschen Chianti. Und nun war sie hier, in seinem Apartment mit Blick auf den Rhein und suchte ihre Klamotten zusammen.

Auf leisen Sohlen schlich sie sich wie eine Diebin aus dem Schlafzimmer, begab sich mit ihren Sachen ins Bad und zog lautlos die Tür hinter sich zu. Einmal mehr staunte sie über Jos Sinn für Ordnung. Alles hatte seinen vorbestimmten Platz. Sie wusste nicht, ob sie ihn für seine penible Art bewundern oder belächeln sollte. Andererseits war sie nicht minder akkurat. Schließlich war sie es, die vor dem Wecker aufgewacht war und sich fertig machte, um als Erste im Büro zu sein. Sie schaute in den Badezimmerspiegel und verlor sich für einen Moment in dem Anblick. Die Spuren der viel zu kurzen Nacht hatten sich in ihr Gesicht gegraben. Tiefe Augenringe blickten ihr entgegen. Während sie sich die Zahnbürste in den Mund schob – immerhin diesen Platz hatte sie in Jos Wohnung bereits erobert – und zu schrubben begann, fuhr sie sich mit der linken Hand durch die langen Strähnen ihrer Haare, kämmte sie mit den Fingern. Eine davon nahm sie nach vorn, beäugte sie mit kritischem Blick. Sie musste dringend mal wieder zum Friseur, um sich die Spitzen schneiden zu lassen. Normalerweise schnitt ihre Mutter ihr die Haare, und das von Kindheit an. Doch die vergnügte sich in Luzern bei einem Yoga-Retreat und scherte sich einen Kehricht um die Haarpflege ihrer Tochter. Mit der Zahnbürste im Mund schlüpfte Lilly hüpfend in die Jeans, zog ihren BH an und streifte sich die Bluse über, die sie beidhändig zuknöpfte. Mund ausspülen, Haare durchwuscheln, schnell Lippenstift und Kajal, und fertig war sie für den neuen Tag. Als sie das Badezimmer verließ, spähte sie noch einmal durch den Spalt der Schlafzimmertür. Jo schlummerte seelenruhig vor sich hin. Im Flur schlüpfte sie in ihre Pumps und setzte den Weg auf den Fußballen fort, um Jo nicht mit dem Geklacker ihrer Absätze zu wecken. Als sie die Laptoptasche schulterte, ließ ein Klingeln sie zusammenfahren. Rasch schob sie die Hand in die Tasche und zückte ihr Smartphone, das lautstark eine eingehende Mail angekündigt hatte. Lilly stutzte. Der Absender sagte ihr nichts. Neugierig öffnete sie die Mail, die sie mit einem förmlichen »Sehr geehrte Frau Maybacher« begrüßte. Sie sah sich die Adresse an: Hektor Isbald, Notar.

Mit der Hand auf der Türklinke hielt sie inne und begann zu lesen:

Sehr geehrte Frau Maybacher,

ich bedaure sehr, Ihnen mitteilen zu müssen, dass Flora Pichler kürzlich verstorben ist. Ich möchte Ihnen mein tiefstes Mitgefühl aussprechen.
Frau Pichler hat sie als alleinige Erbin eingesetzt und mich damit beauftragt, den Nachlass zu verwalten. In dieser Funktion unterstütze ich Sie bei allen Fragen und Angelegenheiten rund um diesen Sachverhalt. Bitte nehmen Sie Kontakt mit mir auf, um das weitere Vorgehen zu besprechen.

Mit freundlichen Grüßen
Hektor Isbald, Notar

»Oma ist tot?« Lilly sprach zu sich selbst oder vielmehr zu ihrem Smartphone, dessen Display ihren völlig entgeisterten Blick spiegelte. Mühsam versuchte sie, das gerade Gelesene zu verarbeiten. Ihr lief es zugleich heiß und kalt den Rücken hinunter. Oma ...

Diese drei Buchstaben lösten so unendlich viel in ihr aus, dass ihr augenblicklich schwindlig wurde. Wie lange schon hatte sie keinen Gedanken mehr an diese Frau verschwendet, an die Person, die ihr als Kind so nah gewesen war und sich dann klammheimlich aus ihrem Leben geschlichen und den Kontakt abgebrochen hatte. Über zwanzig Jahre war es her, dass sie sie zuletzt gesehen hatte. Sie lehnte sich gegen die Wand und sackte kraftlos zu Boden. So oft hatte sie sich vorgenommen, endlich wieder Kontakt zu ihr aufzunehmen, sich bei ihr zu melden und ihre Großmutter zu fragen, warum diese sie in ihrer schwierigsten Zeit im Stich gelassen hatte. Nun war es dafür zu spät.

»Oma ist tot ... «

Wieder blickte sie auf das Display, las die Nachricht ein weiteres Mal. Doch diese hinterließ nur noch mehr Fragen. Ein plötzlicher Anflug von Wut überkam sie, weil der Notar Omas Tod als Sachverhalt titulierte. Und wieso Alleinerbin? Was sollte sie denn überhaupt geerbt haben? Ob Mutter bereits von Omas Tod wusste? Ihre Wangen glühten, als ihr klar wurde, dass es womöglich nun ihre Aufgabe war, ihr davon zu berichten.

Aus dem Schlafzimmer drangen Geräusche, das Knarzen einer Diele. Jo war erwacht und aufgestanden. Lilly wischte sich rasch über das Gesicht und bemerkte, dass ihr Tränen die Wangen hinabliefen. Sie raffte sich auf, blinzelte die Nässe aus den Augen.

»Lilly?«, hörte sie Jo aus dem Schlafzimmer rufen. »Bist du noch da?«

Sie zog rasch die Haustür auf, stahl sich hindurch und ließ sie leise hinter sich ins Schloss fallen.

Kaum hatte sie das unterste Stockwerk erreicht und war hinaus ins Freie getreten, hatte sie bereits das Handy am Ohr. Es dauerte nicht lange, bis sie die vertraute Stimme ihrer Mutter hörte.

»Ich hoffe, es ist nichts Dringendes, ich muss gleich zum Morgengruß.«

Lilly atmete tief durch und versuchte, sich von der wenig liebevollen Begrüßung nicht unterkriegen zu lassen. »Oma ist tot.«

Stille.

Nicht mal mehr ein Atemzug war durch das Telefon zu vernehmen. Dann, nach einer Weile: »Was sagst du da, Liebes?«

Sie wiederholte es nicht. Mutter hatte sie verstanden.

»Tot?«

Lilly ließ ihr noch zwei Sekunden, um den Schock zu verdauen. Draußen empfing sie ein warmer Morgenwind, der den blumigen Duft von Frühling mit sich trug. Die Straßen waren bereits voller Autos, und die Gehwege wimmelten von Menschen. Sie warf einen flüchtigen Blick auf die Uhr. Wenn sie sich beeilte, würde sie die nächste Straßenbahn erreichen.

»Ihr Nachlassverwalter, der Notar, hat mich kontaktiert«, erklärte sie ihrer Mutter. »Es geht um das Erbe.«

»Erbe?«

»Omas Erbe.«

»Natürlich.«

»Aber wie? Und wann?«

Lilly hörte ihrer Mutter die Verwirrung an. Dafür hatte sie Verständnis. Ihr ging es schließlich nicht anders. »Ich weiß nichts Genaues«, gestand sie. »Ich denke, dass der Notar mir alles erklären wird.«

»Aber ... du wirst das Erbe doch nicht antreten? Außer Schulden und wertlosem Plunder wird sie dir ohnehin nichts hinterlassen haben.«

Lilly hielt in der Bewegung inne, direkt vor einer Bäckerei, aus der der verführerische Duft von frisch gebrühtem Kaffee strömte. Sie pfiff auf die nächste Straßenbahn und trat ein. Würde sie eben ein paar Minuten später in die Firma kommen.

Die Frage ihre Mutter erwischte sie auf kaltem Fuß. Darüber hatte sie sich noch gar keine Gedanken gemacht. Konnte man das denn überhaupt einfach so, ein Erbe ausschlagen?

»Ich weiß es noch nicht«, sagte sie mehr zu sich selbst. »Im Grunde weiß ich gar nichts.« Sie stieß einen beherzten Seufzer aus. »Ich habe eigentlich auch gar keine Zeit für so was. Ein wichtiges Quartalsmeeting muss vorbereitet werden, da geht es um unfassbar viel, und ... «

»Ich würde ja zu dir kommen«, fiel Mutter ihr ins Wort. »Aber ich kann ganz schlecht von meinem Yoga-Retreat fort, wir sind mitten ... «

Lilly winkte ab, auch wenn ihre Mutter diese Geste nicht sehen konnte. »Alles ist gut, Mama. Ich bekomme das schon alleine hin, ich bin mittlerweile ein großes Mädchen.«

Ein gut gelauntes Lachen drang an ihr Ohr. »Das weiß ich doch, Liebes.«

Für einen kurzen Augenblick fühlte Lilly sich mit ihrer Mutter verbunden. Ein viel zu seltenes Gefühl. Sie gab der Frau hinter der Theke mit einem Fingerzeig zu verstehen, dass sie einen Kaffee wollte, und wandte sich ab, legte auch die andere Hand an das Telefon. »Ich habe ein schlechtes Gewissen«, sagte sie. »All die Jahre habe ich mich nicht bei Oma gemeldet.«

»Sie etwa bei dir?«

Lilly schüttelte vehement den Kopf, obwohl ihre Mutter auch das nicht sehen konnte.

»Wieso soll ich erben?«, fragte sie weiter. »Wir standen uns überhaupt nicht nahe. Das letzte Mal, als ich sie gesehen habe, war ich noch ein Kind.«

Es wurde still in der Leitung. Doch jetzt hörte sie ihre Mutter atmen. Es klang angestrengt, beinahe schwerfällig.

»Sie war kein einfacher Mensch«, sagte sie schließlich und durchbrach die Stille. »Weder als Frau noch als Mutter.«

Lillys Brauen hoben sich ganz von allein an. Das kam ihr sehr vertraut vor. Denn genau das galt auch für ihre Mutter.

»Nimm es nicht an«, beharrte diese weiter. »Das Erbe. Krame keine alten Geschichten aus. Dabei kommt selten etwas Gutes raus.«

Lilly wusste nicht, was sie dazu sagen sollte. Schweigend nahm sie den dampfenden Kaffeebecher entgegen und hielt ihre Bankkarte ans Lesegerät. Sie ermahnte sich, mit dem Trinken zu warten, da sie den Tag nicht mit einem in Fetzen hängenden Gaumen beginnen wollte.

»Was macht dein Freund?« Die Stimme ihrer Mutter war ins Freudig-Aufgekratzte gewechselt. »Dieser Flo.«

»Er heißt Jo«, korrigierte Lilly sie. *Und er ist nicht mein Freund.* Zumindest war er das nicht so, wie sie sich einen Freund wünschte. Dafür war sie zu sehr genervt von dieser Geheimniskrämerei, die er um ihre Beziehung machte. Aber das war nun wirklich kein Thema, das sie mit ihrer Mutter besprechen wollte.

»Es ist ein wenig kompliziert zwischen ihm und mir«, erklärte sie ausweichend. »Es ist wirklich schwer zu sagen, wo wir beide stehen, weil … «

»Gut, schön. Freut mich.« Die Stimme ihrer Mutter wechselte vom Aufgekratzten ins Beiläufige und Lilly wusste, dass ihr nur noch wenige Sekunden blieben. Mutter war bereits nicht mehr bei der Sache. »Du, ich muss los, mein Kurs beginnt. Bitte melde dich, wenn du etwas Neues weißt – und ich bitte dich eindringlich, lass die Finger von diesem Erbe. Es ist nie gut, zu sehr in der Vergangenheit zu wühlen, hörst du?«

Lilly holte tief Luft, um etwas zu erwidern, doch Mutter hatte bereits aufgelegt. Gedankenversunken steckte sie das Handy in die Tasche, nahm einen Schluck von ihrem Kaffee und verbrannte sich prompt den Gaumen.

Kapitel 3

Bücher zahlen keine Miete

Lilly hatte sich auf dem breiten Fenstersims ihrer gemütlichen, aber kleinen Wohnung in der Altstadt niedergelassen, die mehr den Eindruck einer überquellenden Bibliothek als einer Wohnstätte vermittelte. Bücher stapelten sich und breiteten sich in sämtlichen Ecken aus; jedes von ihnen flehte geradezu um ihre Zuwendung, verlangte, gelesen zu werden. Obwohl sie sich verzweifelt darauf zu konzentrieren versuchte, ihre Präsentation zu verfeinern, ließen ihre Gedanken sie immer wieder in ihre Bücherwelten abschweifen. Das war kritisch, denn ihre Vorlage wartete auf die letzten perfektionierenden Handgriffe. Letzte Tippfehler mussten im Dokument auf ihrem Computer beseitigt werden. Begriffe wie »Kundenbindung«, »Markenpositionierung« und »Digital Advertising« wirbelten vor ihren Augen, während ihr Herz ganz woanders war. Wie von selbst wanderte ihre Hand zum Bücherstapel, mit dem sie sich das Sitzfenster teilte. Sie zog einen antiquarischen Band von Goethe heraus, die Seiten vergilbt und die Buchstaben mit der Zeit verblichen, aber immer noch lesbar. Vorsichtig streifte sie mit den Fingern über das raue Papier und fühlte ein bittersüßes Ziehen in ihrer Brust. Sie liebte Goethe für seine Vielschichtigkeit und die unglaubliche Tiefe seiner Werke. Die Art und Weise, wie er Gefühle in Worte fasste – insbesondere die Kämpfe und Freuden der Liebe –, bewegte sie. Sie fand sich oft in seinen Charakteren wieder und bewunderte seine Gabe, starke Bilder in den Leserinnen und Lesern zu erzeugen. Es war seine Hingabe an das Schreiben, seine unerschütterliche Leidenschaft für die Literatur, die sie inspirierte und daran erinnerte, warum Buchwelten für sie so wichtig waren. Bücher entfachten eine tiefe Sehnsucht in ihr, und sie beobachtete sich selbst dabei, wie sie immer wieder an diesen Punkt kam, diesen einen Wunsch in sich spürte, in einer Universitätsbibliothek sitzen zu können, umgeben von Gleichgesinnten, die sich über Romane und Poesie unterhielten. Doch sie hatte sich für ein Studium entschieden, das ihrer Mutter die Sicherheit gegeben hatte, die sie sich für ihre Tochter wünschte.

Und so hatte sie Germanistik und Literaturwissenschaft zugunsten der Betriebswirtschaftslehre aufgegeben. Die ewigen Diskussionen hallten noch in ihren Gedanken nach: »Es ist die sichere Bank, Lilly. Mit BWL wirst du immer einen Job finden. Bücher können deine Leidenschaft sein, aber sie werden dir nicht die Miete bezahlen.« Ihre Mutter hatte es gut gemeint, doch ihre Worte hatten Lilly an ein Leben gefesselt, das eigentlich nicht ihres war.

Sie sah sich um, betrachtete die Bücherstapel, die ihr Bett, die Arbeitsplatte in der Küche und sogar das Badezimmer füllten. Bücher, die sie in andere Welten entführten, die ihr Trost und Zuflucht boten. Ja, Mutter hatte recht. Sie waren ihre Leidenschaft, ihr sicherer Hafen.

Sie legte Goethe beiseite und rieb sich die Augen, bevor sie sich ihrem Laptop zuwandte. Die Worte auf dem Bildschirm ergaben wieder einen Sinn. Doch dieser Zustand hielt nicht lange an. Wie von selbst drifteten ihre Gedanken zu ihrer Oma ab. Sie war tot. Lilly horchte tief in sich hinein, was diese Nachricht für sie bedeutete. Sie empfand eine Schwermut, die sich nicht greifen ließ. Um echte Trauer zu fühlen, hatte Oma sich in den Jahren ihr zu sehr entzogen. Und doch hatte sich etwas um ihr Herz gekrallt. Sie würde diese Frau nun nie wiedersehen können. Es würde keine Aussprache mehr geben über all die verlorenen Jahre. Gleichzeitig wuchs die Neugierde in ihr. Der Notar hatte gesagt, dass Oma sie als Alleinerbin vorgesehen hatte. Warum ausgerechnet sie? Das schlechte Gewissen nagte an ihr. Ob Oma in all den Jahren niemanden mehr gehabt hatte, keinen Menschen, der ihr nahestand? Eine Mischung aus Schuld, Trauer und Verwirrung durchströmte sie. Sie ermahnte sich erneut, sich auf ihre Arbeit zu fokussieren, und lenkte ihren Blick auf den Bildschirm. Angestrengt überprüfte sie die Zahlen, konzentrierte sich auf die Tabellen. Sie fixierte den leuchtenden Bildschirm, doch ihre Gedanken schweiften immer wieder ab, als würden sie von einem gewaltigen Magneten fortgezogen. Obwohl sie über die Jahre hinweg keinen Kontakt gehabt hatten, war Lilly als einzige Erbin ausgewählt worden. Hätte ihre Oma nicht alles ihrer Tochter vererben sollen? Das wäre die logischste Entscheidung gewesen. Lilly wusste jedoch um die angespannte Beziehung zwischen den beiden. Die genauen Gründe dafür blieben ihr verborgen. In der Vergangenheit hatte sie immer wieder versucht, das Rätsel um den Streit ihrer Mutter und Großmutter zu lösen. Ihre Mutter allerdings beherrschte die Kunst des beharrlichen Schweigens perfekt. Wollte sie nicht über etwas sprechen, so gab es keine Möglichkeit, ihren Entschluss zu ändern.

Warum hatte Großmutter beschlossen, alles ihr zu hinterlassen? Ausgerechnet ihr? Diese Frage nagte unerbittlich an ihr, und der aufsteigende Druck in ihrer Brust war kaum zu ignorieren. Ihre Fähigkeit, klare Gedanken zu fassen, nahm immer weiter ab. Also schloss sie den Laptop und lehnte sich zurück, ihr Blick verlor sich in den Deckenbalken ihrer kleinen Wohnung, während sie versuchte, die Bedeutung dieser neuen Wende in ihrem Leben zu begreifen. Zumindest eines wurde ihr in diesem Moment klar: Sie musste herausfinden, was es mit diesem Erbe auf sich hatte.

Kapitel 4

Keine Umstände

»Nur einen Augenblick. Ich bin sofort für Sie da, Frau Maybacher.«

Lilly saß dem Notar direkt gegenüber und wartete geduldig darauf, dass er seine Unterlagen sortiert bekam. Unauffällig blickte sie sich um. An den Wänden hingen schlichte Gemälde und Fotografien, die allesamt die Wahrzeichen der Stadt zeigten. Den Dom, die Rheinbrücke raus. Das Schokoladenmuseum. Die Regalwand neben dem Schreibtisch war gefüllt mit Aktenordnern und dicken Büchern in Ledereinbänden. Fachliteratur, wie Lilly annahm. Hektor Isbald selbst war ein Mann in den Fünfzigern mit grauen Haaren und tiefen Augenfalten. Er hatte eine ruhige Ausstrahlung, die Vertrauen und Zuversicht vermittelte. Vielleicht erhoffte sich Lilly diese Tribute aber auch nur. Immerhin befand sie sich auf nicht vertrautem Gebiet. Überhaupt war es das erste Mal, dass sie in einem Notarbüro saß.

»Da ist sie ja.« Seine Mundwinkel schoben sich zu einem breiten Lächeln auseinander. Direkt vor sich hatte er eine Akte aufgeschlagen. Er sah Lilly erwartungsvoll an. »Es ist schön, dass Sie es so schnell haben einrichten können, Frau Maybacher.«

Lilly verkniff sich ein nervöses Lächeln. Als hätte sie es noch eine Minute länger ausgehalten. Die Stunden in der Firma hatten sich wie Kaugummi hingezogen. Sehnsüchtig hatte sie den Zeiger der Uhr hypnotisiert, in der Hoffnung, er würde sich tatsächlich schneller drehen. Bis zur Mittagspause. Und nun saß sie hier und fühlte sich wie die gespannte Sehne eines Bogens.

»Je schneller wir das über die Bühne bringen, desto besser für alle Beteiligten«, sprach Isbald weiter. »Da es um eine Erbschaft in Südtirol geht, arbeiten wir mit einer dort ansässigen Kanzlei zusammen, müssen Sie wissen.«

Lilly nickte hastig. Sie wollte keine Einzelheiten über das Bürokratische.

»Wann ist meine Oma gestorben?«, platzte es aus ihr heraus.

Der Notar sah sie einen Moment ausdruckslos an, ehe er den Kopf senkte und sich der Akte zuwandte. Während er las, bildeten sich dicke Runzeln auf seiner Stirn. »Vor etwa drei Wochen.« Er sah sie an. Lilly schluckte schwer. Doch ehe sie etwas sagen konnte, fügte der Anwalt hinzu: »Aus meinem Schreiben geht hervor, dass es der Wunsch Ihrer Großmutter war, Sie erst jetzt zu informieren.«

»Aber die Beerdigung …«

»Die ist bereits erledigt. Es war Ihrer Großmutter ein wichtiges Anliegen, ihrer Verwandtschaft in dieser Hinsicht keine Umstände zu bereiten.«

Umstände? Lilly schrie innerlich auf. *Ihre eigene Beerdigung empfand Oma als einen Umstand?!*

Sie rieb sich die Augen und hielt sie einen Moment lang geschlossen. Dieses Gespräch fühlte sich so unfassbar unwirklich an. Sie saß hier, in diesem Büro, und unterhielt sich mit einem wildfremden Mann über ihre tote Oma, die bereits bestattet worden war.

»Sie möchten bestimmt wissen, was Ihnen hinterlassen wurde.« Der Notar beäugte sie kurz, blätterte dann in der Akte. »Wie ich Ihnen bereits geschrieben habe, hat Ihre Großmutter Sie als Alleinerbin vorgesehen.«

Plötzlich fühlte Lilly, wie ein dicker Kloß in ihrem Hals entstand. Ein reißender Strom von Schuldgefühlen überflutete sie, als sie an die distanzierte Beziehung dachte, die sie zu ihrer Oma gehabt hatte.

Der Notar redete weiter, ohne von der Akte aufzusehen. »In der Hauptsache geht es um das Wohnhaus, in dem auch ein Antiquitätenhandel untergebracht war. Sofern Sie das Erbe antreten möchten, wären Sie die neue Eigentümerin.«

Lilly wurde schwindelig. Den kleinen Antiquitätenladen hatte sie längst aus ihrer Erinnerung verdrängt. Ihr Großvater war es, der ihn geführt hatte, bis er viel zu früh verstorben war und Oma sich allein darum hatte kümmern müssen. Bilder ihrer frühesten Kindheit schossen ihr in den Sinn. Damals hatten die alten Gegenstände ihr stets ein mulmiges Gefühl bereitet. »Das Haus befindet sich in Kaltern in der Nähe des Kalterer Sees, aber das wissen Sie natürlich?« Den letzten Satz formulierte er als Frage. Lilly nickte und lächelte unsicher.

»Natürlich.« Doch dann hob sie die Hände und schüttelte verzweifelt den Kopf. »Aber ... ich weiß doch überhaupt nichts über Antiquitäten.«

»Da kann ich Sie beruhigen. Meines Wissens wurde das Geschäft bereits vor Jahren aufgegeben. Es geht also hauptsächlich um das Haus, das Ihnen gehört.« Er beugte sich über den Aktenordner hinweg nach vorn und sah sie eindringlich an. »Sofern Sie das Erbe annehmen möchten.«

Lilly lehnte sich zurück und schloss für einen weiteren Moment die Augen. Es war ein langer Moment. Hinter ihren Lidern blitzten Erinnerungsfetzen wie Filmausschnitte auf. Das Haus schien förmlich vor ihr aufzuragen, sie sah ihre Oma in ihrer Kittelschürze auf der Veranda stehen und Wäsche aufhängen. Sie erinnerte sich sogar an die Berggipfel im Hintergrund, manche davon mit Schnee bedeckt.

Mit einem Räuspern holte der Notar sie aus der Gedankenwelt zurück. Lilly riss die Augen auf, sah in das gütig lächelnde Gesicht des Mannes.

»Es ist eine große Entscheidung«, sagte er in einem mitfühlenden Tonfall. »Da Sie als Alleinerbin vorgesehen sind, bedeutet das auch, dass Sie für eventuelle Verbindlichkeiten aufkommen müssten.«

Sie hob eine Braue. »Gibt es denn welche?«

Wieder vertiefte der Anwalt sich in den Unterlagen. »Es gibt immer welche«, murmelte er gedankenverloren vor sich hin. »Genaueres geht aus meinen Unterlagen aber nicht hervor. Vermutlich wissen meine Kollegen in Südtirol Näheres.«

»Was bedeutet das konkret für mich, wenn ich mich dazu bereit erkläre, das Erbe anzutreten?«

Der Notar streckte sich und verschränkte die Hände hinter dem Kopf. »Sie müssen nach Südtirol fahren, um alles mit dem dortigen Nachlassverwalter zu klären«, sagte er.

»Nach Südtirol.« Lilly richtete sich auf. »Aber ich kann in nächster Zeit unmöglich weg. Mein Job …«

»Sie müssen nichts überstürzen«, beruhigte der Notar sie. »Denken Sie in Ruhe über alles nach und treffen Sie Ihre Entscheidung mit Bedacht. Ein Erbe ist immer auch eine große Verantwortung.«

Südtirol …

So viele glückliche Stunden hatte sie in diesem Haus erlebt. Die Gedanken an ihre Oma stürzten geradewegs auf sie ein.

Sturzflutartig rissen sie alles mit. Es waren Erinnerungen, die sie längst vergessen geglaubt hatte. Schöne, tiefe Momente, die ihre Kindheit geprägt hatten.

Der Notar brummte. »Hier ist noch etwas für Sie.« Aus dem Aktenwust zog er einen kleinen Umschlag hervor. Ein Brief?

»Er ist von Ihrer Großmutter«, erklärte er und überreichte ihn ihr. Lilly erkannte Omas Handschrift sofort, dabei waren es nur zwei Worte, die auf dem Umschlag standen: *Für Lilly.*

Sie vergaß das Atmen, während sie die Schrift betrachtete. Ihre Finger tasteten den Umschlag ab, dann trennte sie ihn fahrig auf. Ein gefaltetes Blatt Papier kam zum Vorschein, ebenfalls verfasst in der Handschrift ihrer Oma. Sie begann zu lesen:

Liebe Lilly,

ich weiß, dass wir uns seit vielen Jahren nicht mehr gesehen haben. Ich habe oft darüber nachgedacht, wie es dazu kommen konnte, dass unsere Familie im Streit auseinandergebrochen ist. Nun bin ich im Begriff, diese Welt zu verlassen, und es ist mir ein großes Bedürfnis, Dich zu kontaktieren und Dir meine Gedanken mitzuteilen. Viel lieber würde ich Dich noch einmal sehen, aber diese Kraft bringe ich einfach nicht mehr auf. Dieses Haus, das einst Deine Heimat war, soll meine Hinterlassenschaft für Dich sein, meine liebe Lilly. Entscheide selbst, was Du damit machen möchtest. Dieses Erbe ist an keine Bedingung gebunden.

Ich weiß, dass ich Dich im Stich gelassen habe, und ich bereue zutiefst, dass ich Deine Mutter so sehr verletzt habe. Ich möchte mich für all das Leid, das ich verursacht habe, aufrichtig entschuldigen. Es tut mir so weh, dass ich Dir keine besseren

Erinnerungen zurücklassen konnte. Nun ist es zu spät. Aber vielleicht verzeihst Du mir.

Ich möchte, dass Du weißt, dass ich immer an Dich gedacht habe.

In grenzenloser Liebe,
Deine Oma

Wieder und wieder las sie die Zeilen und war überwältigt von den Gefühlen, die sich in ihrem Inneren Bahn brachen. Sie empfand eine unendliche Traurigkeit, wie vielleicht noch nie zuvor in ihrem Leben. Obendrein war sie unfassbar wütend. Vor allem auf sich selbst, weil sie den Hintern nicht hochbekommen hatte. Nun war es zu spät. Endgültig und für immer.

Der Notar beugte sich ein weiteres Mal über den Tisch und hielt ihr etwas unter die Nase. Verdutzt bemerkte sie, dass es ein Taschentuch war. Noch überraschter war sie, als ihr klar wurde, dass sie weinte.

Dankbar nahm sie es entgegen und trocknete die Tränen. »Entschuldigen Sie bitte.« Sie erschrak über den krächzenden Klang ihrer Stimme.

Der Mann wehrte ab und schob die Packung Taschentücher in eine der Schreibtischschubladen. »Ich bitte Sie, da gibt es nichts zu entschuldigen. Sie haben mein volles Mitgefühl. Nichts ist schlimmer, als einen geliebten Angehörigen zu verlieren.«

Lilly horchte in sich hinein. In der Tat empfand sie plötzlich eine tiefe Zuneigung für ihre Oma. Was war vorgefallen, dass es über die Jahre hinweg einfach verschwunden war? Warum nur hatte sie diese Distanz einfach geschehen lassen und nicht mehr den Kontakt zu ihrer Großmutter gesucht, als sie alt genug gewesen war, um eigene Entscheidungen zu treffen? Nun war es zu spät. Ihre Oma lebte nicht mehr. Und damit hatte Lilly eine weitere Entscheidung in ihrem Leben getroffen, für die es keine zweite Chance mehr gab.

Kapitel 5

Ritter der Tafelrunde

Wie hatte sie nur an diesem wichtigen Tag verschlafen können? Ausgerechnet heute? In Windeseile hatte Lilly das Haus verlassen, gerade noch rechtzeitig die Straßenbahn erwischt und das Firmengebäude fünf Minuten vor Beginn des Meetings betreten. Entsprechend abgehetzt war sie im Konferenzraum erschienen und hatte als Letzte Platz genommen – auf dem einzigen freien Stuhl, direkt gegenüber dem Vorstandsvorsitzenden Ulrich Hartmann, den sie vor zwei Tagen mit ihrer schonungslos offenen Prognose dermaßen vor den Kopf gestoßen hatte. Er würdigte sie keines Blickes, als sie ihn grüßte. Dafür spürte sie, dass die Augen aller anderen Anwesenden auf sie gerichtet waren, was sie einschüchterte. Noch mehr, als es dieser Raum an sich schon tat. Sie mochte ihn nicht. Er strahlte weder Ruhe noch Behaglichkeit aus. Vielmehr stellte er pure Macht zur Schau. Um den ovalen Tisch aus glänzendem Teakholz herum standen schwarze Lederstühle, deren Bequemlichkeit falsche Sicherheit vorgaukelte. Ganz schnell konnten sie sich in Schleudersitze verwandeln.

Während sie ihre Tasche auf den Schoß nahm, um die Unterlagen hervorzuholen, ließ sie den Blick über die Runde schweifen. Die Ritter der Tafelrunde, wie die Mitglieder des

Vorstandsmeetings gerne auch genannt wurden. Sie alle waren anwesend. Die fünf Vorstandsbosse – allesamt Männer –, die Abteilungsleiterin der Buchhaltung, der Chef der IT, die Gruppenleiter der Vertriebs- und Dispositionsabteilung sowie Jo, der seitlich von ihr saß und sie mit aufgeblasenen Backen musterte. *Du bist zu spät,* sagte sein Blick.

Das weiß ich selbst, sagte der ihre.

Lilly fühlte sich absolut fehl am Platz. Sie wusste, dass sie nur aus einem Grund hier war: nämlich, um als Assistentin an Jos Seite seine Position zu stützen. Eigentlich hatte sie in dieser Runde überhaupt nichts zu suchen. Weder leitete sie ein Ressort, noch hatte sie eine Abteilung unter sich – geschweige denn einen Praktikanten. Und dennoch saß sie hier und würde ein Erdbeben auslösen, das die gesamte Firmenstruktur auf den Kopf stellen würde. Ihr Herz hämmerte so hart in der Brust, dass ihr schlecht wurde. Vielleicht war dies die wichtigste Sitzung ihres noch jungen Lebens. Und ausgerechnet zu dieser war sie zu spät gekommen.

Schuld daran war eine zurückliegende schlaflose Nacht, in der ihr so viele Dinge durch den Kopf gegangen waren, dass sie sich gefühlt hatte, als säße sie auf einem Karussell, das sich schneller und schneller drehte. Ihre Gedanken hatten nicht von diesem wichtigen Meeting ablassen wollen. Und als sie es doch geschafft hatte, waren die Erlebnisse des Tages zu ihr ins Bett gekrochen. Wie trauerte man um seine Oma, wenn man seit Jahren keinen Kontakt zu ihr gehabt hatte? Lilly verstand ihre Gefühle nicht mehr. Denn was sie beim Tod ihrer Oma empfand, war nichts anderes als tiefe Trauer. Doch hatte sie überhaupt ein Recht darauf, traurig zu sein? War es vielmehr nicht so, dass sie der verpassten Chance hinterhertrauerte, nachdem sie nie wieder Kontakt mit Oma aufgenommen hatte? In der

Stille der Nacht hatte sie ihre tiefsten Erinnerungen durchforstet. Es gab Jahre, in denen diese Frau ihr die ganze Welt bedeutet und ihr vielleicht sogar nähergestanden hatte als ihre eigene Mutter. Es war ein unfairer Gedanke. Schließlich hatte sie eine wunderbare, hingebungsvolle Mutter, die sie allein großgezogen hatte, nachdem Vater sie verlassen hatte. Trotzdem konnte sie nicht leugnen, dass Oma die mitfühlendere Person gewesen war. Und weil bei all diesen Gedanken noch immer nicht an Schlaf zu denken gewesen war, hatte Lilly ihre beste Freundin Sarah angerufen und ihr das Herz ausgeschüttet. Bis in die frühen Morgenstunden hinein …

Mit einem Mal verklang jegliches Geräusch im Konferenzsaal, Getuschel und Geraschel brachen ab. Irritiert hob Lilly den Kopf. Hartmann hatte sich erhoben, und sämtliche Blicke hafteten nun an ihm. Er jedoch hatte Lilly im Fokus, die daraufhin schuldbewusst ihre Tasche vom Schoß nahm und sich im Sitzen aufrichtete. Endlich wandte der Vorstandsvorsitzende den Blick von ihr ab, schaute sich um und schien zufrieden damit, dass jeder im Raum in Erwartung seiner Worte war. Er räusperte sich.

»Willkommen zum Quartalsmeeting«, begann er mit kräftiger Stimme. »Ich möchte diese Gelegenheit nutzen, um Ihnen allen für Ihre harte Arbeit und Ihren Einsatz zu danken, der uns hierher gebracht hat.«

Er machte eine kurze Pause, vermutlich, um seine wohlwollenden Worte wirken zu lassen, bevor er fortfuhr. »Wie Sie alle wissen, ist das heutige Treffen von entscheidender Bedeutung für die Zukunft unseres Unternehmens. Wir haben in den letzten Monaten hart daran gearbeitet, unsere Position in der Branche zu festigen und unsere Umsätze zu steigern. Ich bin stolz darauf, nunmehr verkünden zu können, dass wir auf dem richtigen Weg sind.« Wieder hielt er inne, senkte den Blick. Dabei schob sich seine Unterlippe ein wenig nach vorn. »Wenngleich ich mit Bedauern feststellen muss, dass wir noch einen weiten Weg vor uns haben und uns in vielerlei Dingen ... umorientieren müssen.«

Lilly bildete sich ein, das angestrengte Schlucken aus mehreren Kehlen zu hören. Das war nicht verwunderlich. Jeder an dieser Tafelrunde wusste, dass es nicht gut um die Firma stand. Mehrere wichtige Kunden waren abgesprungen, weil die Digitalisierung verschlafen worden war, und hatten zur Konkurrenz gewechselt. Eigentlich sollte allen an diesem Tisch klar sein, dass es eindeutig der falsche Weg war, sich auch weiterhin auf konventionelle Werbemittel zu konzentrieren. Pessimisten sagten, dass es längst zu spät war, das Ruder noch herumzureißen. Lilly zählte nicht zu ihnen. Zumindest beruflich war sie von außerordentlichem Optimismus geprägt.

»Besonders hervorheben möchte ich die Leistung eines Mannes.« Die dunkle Stimme des Vorstandsvorsitzenden schob sich in Lillys Gedanken hinein. »Mit einem ausgefeilten Businessplan hat er mir gestern mutige Ideen präsentiert, die mich durchaus zuversichtlich in die Zukunft blicken lassen.« Hartmanns breites Lächeln hatte eine ansteckende Wirkung. Um Lilly herum strahlten mit einem Mal alle Meetingteilnehmer. Bis auf Jo. Er hatte den Blick gesenkt und drückte nervös auf dem Kopf seines Montblanc-Kugelschreibers herum.

»Dank Herrn Steigers Eifer haben wir einen innovativen Weg gefunden, um unsere Produkte und Dienstleistungen in ein neues Licht zu rücken und unsere Kunden davon zu überzeugen, dass nach wie vor mit Plakatwerbung gerechnet werden muss. Dem letzten verbliebenen Massenmedium.«

Erst jetzt bemerkte Lilly die Fernbedienung in Hartmanns

Hand, und kurz darauf erwachte der Beamer mit einem leisen Surren zum Leben.

Ein nervöses Raunen ging durch die Menge, und die Blicke aller wandten sich auf die riesige Leinwand am Kopfende des Raumes, auf der Zahlen und Statistiken erschienen. Lillys Augen wurden groß. Und größer. Wäre es nicht das reale Leben, sondern eine Comicwelt, wäre dies der Moment gewesen, in dem der Zeichner ihr die Augen aus den Höhlen hätte kullern lassen. Denn was sie auf der Leinwand erblickte, waren Zahlen und Statistiken, die sie fast auswendig kannte. Nämlich deshalb, weil es *ihre* Zahlen und Statistiken waren, über die Hartmann wohlwollend sinnierte.

Ihre Kehle schnürte sich zu. Wie von selbst wanderte ihre Hand zur abgestellten Aktentasche. Sie nahm sie ein weiteres Mal auf den Schoß, wühlte darin herum. Ihre ausgedruckten Präsentationsunterlagen … Sie waren fort! Panik stieg in ihr auf, ihre Wangen begannen zu glühen, während ihr Pulsschlag zum Galopp ansetzte. *Aber wie …*

Sie drehte den Kopf in Jos Richtung, der noch angestrengter auf dem Kugelschreiberkopf herumdrückte. Kurz sah er sie aus dem Augenwinkel an, nur um im nächsten Moment angestrengt wegzuschauen. Lilly witterte Verrat.

Chart um Chart flog auf die Leinwand. Auch wenn sich die Optik verändert hatte und überall Jos Initialen aufblinkten, kannte sie die Kernaussage dieser Präsentation so gut, dass sie sie mit geschlossenen Augen hätte aufsagen können.

»Es sind mutige Zahlen«, hörte sie Hartmanns überschwänglichen Tonfall. »Aber Mut hat sich immer ausgezahlt. Und wir werden mutig sein und Jo Steigers Weg gemeinsam bestreiten, weil wir denken, dass es der richtige Weg ist. Der Weg in unsere Zukunft.«

Als das letzte Chart erreicht war, war es nicht sie, die sich bei den Zuschauern für die Aufmerksamkeit bedankte, sondern Jo, der sein Foto gegen das ihre ausgetauscht hatte. Es wurde still im Raum. Nur noch das Surren des Beamers und ein einzelner Klick vom Kugelschreiberkopf waren zu vernehmen. Lilly wollte loslachen – oder schreien. Definitiv wollte sie aufspringen und allen sagen, welche Ungerechtigkeit ihr hier in diesem Moment widerfuhr. Sie holte tief Luft, spannte sich an – und wurde niedergerungen von einem tosenden Applaus, der nicht ihr galt, sondern Jo. Nach und nach erhoben sich ihre Kollegen und gaben diesem Betrüger eine stehende Ovation wie dem Gewinner des Oscars für die beste schauspielerische Leistung. Ob aus Reflex oder aus Verzweiflung, stand auch Lilly auf, begann zu klatschen und schmierte sich aus dem tiefsten Inneren ein verbissenes Lächeln ins Gesicht. Wie man es eben gerade noch so schaffte, wenn man in aller Öffentlichkeit ein glutheißes Messer in den Rücken gejagt bekam.

Kapitel 6

Mut und Tapferkeit

»Herumheulen ist keine Lösung!«

Hinter ihrem Tränenschleier sah Lilly ihre beste Freundin fassungslos an und schleuderte ihr ein »Wie kannst du nur so herzlos sein« entgegen. Wobei das letzte Wort kaum zu verstehen war, da sie es in das Taschentuch schnäuzte.

Sie musste blinzeln, um ihrer Freundin ins Gesicht sehen zu können. Diese saß vor dem großen Küchenfenster, durch welches das grelle Licht der Nachmittagssonne fiel und ihren Kopf erleuchtete, als wäre sie eine Heilige. Was Sarah in gewisser Hinsicht für Lilly auch war, vor allem in dieser Situation. Einfach, weil sie ihr zuhörte. Weil sie überhaupt da war – und erbarmungslos offen ihre Meinung kundtat. Immer wieder fiel Lillys Blick auf die karierte Tischdecke, auf der zwei Proseccogläser standen. Mit Kohlensäure versetzter Alkohol war in Sarahs Augen der ultimative Trostspender.

»Das hat mit Herzlosigkeit rein gar nichts zu tun«, stellte ihre Freundin klar. Sie reichte ihr ein weiteres Taschentuch und blickte ein wenig angewidert drein, als Lilly ihr das gerade erst benutzte Tempo in die Hand drückte.

»Er … hat mich … hintergangen.« Lilly jammerte weiter, schluchzte, presste die Worte mit erstickter Stimme hervor.

»Er ist eben ein Arsch«, sagte Sarah in einem Tonfall, der klarmachte, dass sie nie eine andere Meinung über Jo gehabt hatte und sich nun bestätigt fühlte.

Lilly hasste sie dafür und liebte sie gleichermaßen, und zwar abgöttisch. Wenn sie sich etwas in ihrem Leben vorwerfen lassen musste, dann, dass sie nicht öfter auf ihre Freundin gehört hatte. Denn Sarah hatte alles, was Lilly an sich vermisste. Sie war tough und dennoch von einer natürlichen Gelassenheit, um die sie selbst ein Koala beneidet hätte. Stets hatte sie klare Ansichten, wusste, was sie vom Leben zu erwarten hatte, und vor allem, was sie erreichen wollte. Lilly wusste gar nichts. Wieder einmal war sie an einem Punkt angelangt, an dem sie auf das Häufchen Elend zurückblickte, welches das Schicksal für sie bereithielt.

»Was findest du überhaupt an diesem Schnösel?«

Lilly hob den Kopf, sah ihre Freundin trotzig an und ließ sich von ihr eine Strähne aus dem Gesicht wischen. Wieder stiegen ihr die Tränen in die Augen, weil das Jo auch immer bei ihr tat.

»Er ist nett«, sagte sie. »Und er mag mich.«

»Hunde sind auch nett und mögen Menschen«, hielt Sarah dagegen. Sie pustete sich ihrerseits die Haare aus dem Gesicht. »Himmel, er ist dein Vorgesetzter und würde für seine Karriere über Leichen gehen.« Ihre Hände schossen nach vorn, umfassten Lillys Schultern, rüttelten sie. Wahrhaftig!

»Wach endlich auf! Jo zieht aus allem nur seinen Vorteil.«

»Du glaubst, er mag mich gar nicht?«

Lilly lächelte sie an. So liebevoll, wie es nur eine beste Freundin vermochte. »Wer könnte dich nicht mögen?«, fragte sie zurück. »Du bist eine außergewöhnliche Person, mit dem Herzen am rechten Fleck.« Ihr Lächeln fiel in sich zusammen. »Und du lässt dich leider viel zu sehr ausnutzen. Jo hat dir Honig ums Maul geschmiert, und du hast die Drecksarbeit für ihn erledigt. Und jetzt schmückt er sich mit deinen Lorbeeren und wird die Karriereleiter um ein paar weitere Sprossen nach oben kraxeln, während du im Großraumbüro vor dich hinvegetieren wirst.«

»Er hat mir meine Präsentation geklaut.« Lilly verspürte noch immer solch eine Wut im Bauch, dass sie ihre Freundin geradezu anschrie. Dabei konnte die am wenigsten dafür. »Als ich bei ihm übernachtet habe, muss er meine Unterlagen aus der Tasche stibitzt haben.«

»Stibitzt?!« Nun war es Sarah, die auffuhr. »Hörst du dir eigentlich zu? Er hat sie dir eiskalt gestohlen. Das war Diebstahl! Du musst das klarstellen. Geh auf der Stelle zu deinem Vorgesetzten und berichte ihm davon.«

Lilly schmollte. »Aber Jo ist mein Vorgesetzter.«

Nun war Sarah gefährlich genervt. »Dann geh zu seinem Vorgesetzten.«

Lilly schüttelte vehement den Kopf. »Das kann ich nicht machen«, sagte sie sofort. »Das kann ich Jo nicht antun.«

Ihre Freundin lachte auf. Es klang nicht gerade amüsiert.

»Du musst dich überhaupt nicht wundern«, sagte sie. »Ständig hast du dich hinter ihm versteckt und bist nie aus seinem Windschatten getreten.«

»Ich bin eben niemand für die Öffentlichkeit.«

»Dann darfst du dich nicht beschweren, wenn du ständig übergangen wirst.« Sarah griff über den Tisch und umfasste Lillys Hände. Sie blickte ihr tief in die Augen. »Du musst dir mehr wert sein, Lilly. Lass dich nicht ständig unterbuttern, sei mutig. Und vor allem: Flüchte dich nicht immer in deine Bücherwelt. Denn in der Welt da draußen warten keine Prinzen, die dir das Himmelreich zu Füßen legen.«

»Ich will keinen Prinzen«, sagte Lilly voller Trotz. »Vampire wären mir lieber.« Sie versuchte sich an einem schmalen Lächeln.

Zumindest bei Sarah zeigte es Wirkung. Sie lächelte mit.

»Nimm dein Leben endlich selbst in die Hand und verkaufe dich nicht unter Wert.« Sie schloss kurz die Augen und ließ Lillys Hände wieder los. Mit einem Schnauben lehnte sie sich zurück in den Stuhl. »Dass du einfach so gegangen bist.« Nun schüttelte sie den Kopf. »Ohne ihn vor versammelter Mannschaft zur Rede zu stellen.«

Lilly schniefte. Sie plagte das schlechte Gewissen. Es war nicht in Ordnung, zu gehen, ohne reinen Tisch zu machen. Einfach hingenommen hatte sie es, hatte Jo sogar beglückwünscht, als sie sich an ihm vorbeigedrückt hatte, um so schnell wie möglich weg von den Rittern der Tafelrunde zu kommen, raus aus dieser Firma. Nicht mal ausgestempelt hatte sie sich. Keine Sekunde länger hätte sie es dort ausgehalten. Sie warf einen flüchtigen Blick auf ihr Smartphone, weil das Display aufleuchtete. Es zeigte ihr sieben Anrufe in Abwesenheit an – allesamt von Jo. Sie nahm es in die Hand und legte es mit dem Display nach unten auf den Tisch.

»Lass dir das nicht gefallen«, ermahnte Sarah sie.

»Du hast gut reden, du bist deine eigene Chefin.«

»Eben deshalb, weil ich die Schnauze gestrichen voll davon hatte, mir von Idioten wie Jo etwas sagen zu lassen. Die Brühe habe ich lange genug gelöffelt.«

Lilly erinnerte sich an die Zeit, in der sie schon einmal Gespräche dieser Art geführt hatten. Nur, dass es damals Sarah gewesen war, die ihr jammernd in den Ohren gelegen hatte, weil sie ungerecht in ihrem Job behandelt worden war. Sie war gerade erst in die Immobilienbranche eingestiegen. Eine Zeit lang hatte sie für ein Maklerbüro gearbeitet und unter ihrem tyrannischen Chef gelitten, der von seinen Mitarbeitern gefordert hatte, Tag und Nacht erreichbar zu sein. Irgendwann war es Sarah zu viel geworden, und sie hatte den Entschluss gefasst, sich selbstständig zu machen. Seitdem bestimmte sie ihren eigenen Arbeitsrhythmus und konnte sich aussuchen, mit wem sie zusammenarbeitete. Der Erfolg kam dann von selbst. Innerhalb weniger Jahre hatte Sarah sich eine finanzielle Unabhängigkeit aufgebaut, die ihr ein sorgenfreies Leben bescherte. Und damit es auch sorgenfrei blieb, hielt sie die zahlreichen Verehrer, die sie zweifellos hatte, auf Abstand.

»Was soll ich denn jetzt tun?« Lilly warf die Haare zurück und sah ihre Freundin auffordernd an. Vielleicht sogar ein wenig flehend.

Diese griff nach ihrem Glas und blinzelte über dem Rand. »Sei mutig!«, sagte sie nach einer Weile. »Sei endlich ein einziges Mal in deinem Leben mutig und höre auf das, was du wirklich tun möchtest. Denn nichts anderes zählt.«

»Aber ...«

»Nichts aber!« Sarah nahm einen tiefen Schluck und stellte es dann so ruckartig ab, dass einige Spritzer auf der Tischdecke landeten. Sie beugte sich nach vorn, kam ganz nah an Lillys Gesicht heran. Auf einmal wirkten ihre Augen doppelt so groß. »Wenn dein Kopf schon nicht zu einer klaren Entscheidung imstande ist«, sagte sie mit leiser, beinahe flüsternder Stimme, »dann höre auf dein Herz.«

»Ich soll mutig sein?«

Sarah nickte.

»Nur die Mutigen können ihre Träume verwirklichen. Es sind immer die furchtlosen Menschen, die die Welt verändern.«

»Ich will die Welt doch gar nicht verändern.«

»Ich rede ja auch von deiner Welt, Dummerchen. Überwinde deine Ängste, sei kühn, und ich verspreche dir, die Welt wird dir zu Füßen liegen.«

Lilly seufzte und trank den letzten Schluck aus ihrem Proseccoglas. Mit geschlossenen Augen gab sie sich dem herben Prickeln in ihrem Mund hin. Ihre Freundin hatte gut reden, sie war schon immer die Stärkere von ihnen beiden gewesen. Als Lilly noch Stützräder an ihrem Fahrrad gehabt hatte, war Sarah bereits freihändig gefahren. Und später hatte sie ein Mofa gehabt, während Lilly sich mit ihrem Damenrad hatte abstrampeln müssen, um hinterherzukommen. Den Führerschein hatte Lilly zwar gemacht, sich aber nie ein Auto gekauft, weil ihr der Großstadtverkehr eine riesige Angst einflößte. Während sie sich demütig mit den öffentlichen Verkehrsmitteln und Schienenersatzverkehr herumschlagen musste, genoss Sarah mobile Freiheit in ihrem himmelblauen Cabrio.

»Ich soll meine Ängste überwinden«, murmelte sie den Ratschlag ihrer Freundin wie ein Mantra vor sich hin. Lilly grinste sie frech an.

»Ganz genau! Sei die angstfreie Lilly, die Mutige und die Tapfere. Nimmt dir, was dir zusteht, und schieß diesen Jo und die gesamte Plakatfirma in den Wind.«

Sarah stand auf, ging zum Kühlschrank und nahm die offene Proseccoflasche heraus, mit der sie zum Küchentisch zurückkehrte. Lilly liebte Sarahs Küche. So viele Schlachtpläne hatten sie in diesen Wänden schon geschmiedet.

Sie sah dabei zu, wie Sarah nachschenkte, beide Gläser bis zum Rand vollmachte.

»Hör auf dein Herz«, sagte sie eindringlich. »Triff endlich eine Entscheidung, ohne alle Für und Wider abzuwägen.«

Lilly nickte, während sie sich diese Worte durch den Kopf gehen ließ. Sie hatte viele Stärken. Mut und Tapferkeit zählten jedoch nicht dazu. Noch weniger war es Spontaneität.

Vielleicht ist jetzt die Zeit gekommen, sich neu zu erfinden.

»Du hast recht.« Sie richtete sich auf, nahm die beiden Gläser in die Hand, reichte Sarah eines und stieß mit ihrem dagegen. »Ich werde mutig sein und auf mein Herz hören. Und zwar auf der Stelle!« Das Klirren setzte ein Ausrufezeichen hinter ihren Schlachtplan.

Sarah funkelte sie neugierig an. »Und wie lautet der erste gefasste Entschluss der mutigen Lilly?«

Sie ließ sich Zeit mit der Antwort, weil sogar das Aussprechen der folgenden Worte Mut erforderte. »Kommt drauf an«, sagte sie zögernd. »Hast du Zeit, mich morgen nach Südtirol zu fahren?«

Nun war es der Mund ihrer Freundin, der fassungslos aufschnappte, was Lilly herzhaft zum Lachen brachte. Zum ersten Mal an diesem schrecklichen Tag.

Denn in all der Dunkelheit, die sie um sich herum verspürte, gab es auch ein kleines Licht, das sie von innen heraus wärmte. Weil sie eine beste Freundin hatte, auf die sie sich blind verlassen konnte. Wer konnte das schon von sich behaupten?

»Ja«, sagte, nein, rief Lilly. »Ich trete das Erbe an!« Sie war selbst vollkommen perplex über ihren Gefühlsausbruch, schlug sich die Hand auf den Mund und starrte ihre Freundin erschrocken an. Diese hielt ihrem Blick stand, neigte den Kopf.

»Eigentlich meinte ich, dass du diesem Jo mal ordentlich die Meinung geigen solltest.« Sie zuckte mit den Schultern, neigte fragend den Kopf. »Bist du dir da wirklich sicher?«

Lilly schüttelte den Kopf. »Absolut nicht! Aber ich werde es tun! Ich werde das Erbe meiner Großmutter antreten.«

Kapitel 7

Momente der Stille

»Na toll«, murmelte Lilly verstimmt. »Das Wetter hätte wirklich besser sein können für meinen ersten Mut-Tag.« Sie streckte sich und gähnte ausgelassen. Vom langen Sitzen taten ihr die Knochen weh. Stunden hatte sie im Auto verbracht, während um sie herum die Welt untergegangen war, bis sie schließlich im strömenden Regen den Brenner passiert hatten. Sie hatte Kopfschmerzen, weil der Regen unablässig auf das Stoffdach des Cabrios geprasselt war – so laut, dass eine Unterhaltung kaum möglich war.

»Ach, komm schon, Lilly!« Sarah warf ihr ein unerschütterliches Lächeln entgegen. »Wir sind in Südtirol angekommen. Und das ohne Stau!« Sie lenkte den Wagen von der von Weinbergen gesäumten Hauptstraße ab und fuhr in Schrittgeschwindigkeit eine schmale Böschung entlang, bis sie vor einer niedrigen Steinmauer zum Stehen kam.

Lilly sah sie überrascht an. »Was tust du?«

»Bis zu deinem Treffen mit dem Notar haben wir noch eine halbe Stunde Zeit.« Sarah schaltete den Motor aus und stieg ohne eine weitere Erklärung aus. Lilly blieb noch einen Augenblick lang sitzen, blickte gedankenlos aus dem Fenster. Dann folgte sie ihrer Freundin mit einem tiefen Seufzer. Sarah warf ihr eine Regenjacke zu, die sie aus dem Kofferraum geholt hatte. Sie streckte die Hand aus. »Da vorne muss der See liegen. Den will ich unbedingt sehen!« Ohne auf Lilly zu warten, setzte sie sich mit wogenden Schritten in Bewegung.

Lilly empfand tiefen Neid auf die gute Stimmung ihrer Freundin. Ihr eigener Gemütszustand machte dem miesen Wetter alle Ehre. Nicht nur, dass sie über acht Stunden im Auto gesessen und quer durch halb Europa gefahren waren, sie hatte auch ihren Job geschwänzt. Gut, eigentlich hatte sie sich krankgemeldet, doch das kam einem Schwänzen gefährlich nahe. Zwar fühlte sie sich schlecht, aber nicht krank. Ein kleines bisschen stolz war sie auf sich, dass sie noch immer eisern war und Jo nicht den Hauch einer Chance gelassen hatte, sich ihr zu erklären. Mittlerweile war ihr Smartphone kurz vor dem Explodieren vor lauter nicht entgegengenommenen Anrufen, ungehörten Sprachnachrichten und ungelesenen Textnachrichten. Sollte er ruhig in seinem schlechten Gewissen schmoren.

Der Wind zerrte an ihrer Kleidung, als sie sich ihrer Freundin näherte, der Regen prasselte auf ihre Kapuze. Lillys Stimmung war komplett im Eimer. Murrend folgte sie ihrer Freundin und wich dabei den größten Pfützen aus, die sich auf dem Schotterweg gebildet hatten.

»Es ist atemberaubend schön«, hörte sie Sarah rufen.

Lilly blieb grunzend stehen, ließ den Blick über die Berge schweifen, die sich trotz des Regenschleiers in sattem Grün zeigten und an denen unzählige Weinreben emporkletterten. Die Bergspitzen hingen im dichten Nebel.

»Jetzt komm schon!«

Als sie Sarah erreicht hatte, wischte sie sich die Regentropfen aus dem Gesicht.

»Sieh doch nur!«

Also tat Lilly ihr den Gefallen und richtete den Blick über die ausgestreckte Hand ihrer Freundin hinweg, schaute die Weinreben entlang, die sich wie die Zacken eines riesigen Kammes beinahe bis zum Ufer erstreckten. Er lag direkt vor ihnen: ein ovaler See, der trotz des diesigen Wetters in einem intensiven Blauton schimmerte. Und als sie den See sah, änderte sich alles. Der Regen wurde schwächer, bis es nur noch einzelne Tropfen waren, die auf ihrer Kapuze landeten. Im nächsten Moment brach die Sonne durch die Wolken, tauchte den See unvermittelt in ein kräftiges Türkis. Das plötzlich aufkommende Licht gab die schneebedeckten Berge im Hintergrund preis.

»Woah«, entfuhr es Sarah, während sie den Blick auf die Landschaft richtete. »Das ist wirklich unglaublich.«

In dieser Sekunde stiegen in Lilly die Erinnerungen aus ihrer Kindheit hoch. Mit voller Wucht schwappten sie an die Oberfläche ihres Bewusstseins. Bildhafte Bruchstücke, jahrelang in den Tiefen ihres Gehirns verschollen. Es kam ihr so vor, als würde sie diese unfassbare Schönheit zum ersten Mal mit eigenen Augen sehen. Und doch wusste sie, wie sich der See anfühlte, wie es war, darin zu baden, ein Eis an einem der Kioske an der Uferpromenade zu essen. Beinahe fühlte es sich an wie …

»Heimkommen.«

Ihre Freundin sah sie verdutzt an. »Was hast du gesagt?«

Lilly schüttelte den Kopf. »Gar nichts.« Sie musste schmunzeln, weil ihr überhaupt nicht bewusst gewesen war, dass sich Teile ihrer Gedanken zu einem Wort manifestiert hatten.

Sarah drückte sich an sie. »Da hat sich die lange Autofahrt wirklich gelohnt.«

Lilly versank schweigend im Anblick der Landschaft. Sie erblickte Boote, die am Pier ankerten, Hotels und kleine Cafés, die an das Ufer grenzten. Der See war von einem Ring von Weinbergen umgeben, und die Weinreben schimmerten grün im Licht der sich durch die Wolken drückenden Sonne. Sarah stupste Lilly gut gelaunt an. »Bist du bereit?«

Diese sah sie erschrocken an. Ehe sie antworten konnte, hatte ihre Freundin sich auch schon bei ihr eingehakt und führte sie zurück zum Wagen.

Nur wenige Minuten später fuhren sie durch das kleine Städtchen, das oberhalb des Sees lag. Der Fahrtwind strich durch Lillys Haare und verlieh ihr zum ersten Mal an diesem Tag ein unbeschwertes Gefühl. Die stärker werdende Sonne brachte den nassen Asphalt zum Dampfen. Die Straße schlängelte sich malerisch durch die sanften Hügel und Weinberge, die das Städtchen umgaben. Lilly spürte eine Mischung aus Aufregung und Nostalgie in sich aufsteigen, als sie die vertraute Gegend, in der sie aufgewachsen war, nach und nach wiedererkannte. Die Landschaft hatte sich verändert, moderne Gebäude hatten einige traditionelle Häuser ersetzt, aber dennoch fühlte sie die Verbundenheit zu diesem Ort, der irgendwann einmal ihre Heimat gewesen war. Als sie sich der Stadt näherten, wurde der Verkehr dichter. Sarah schaltete das Radio ein, und eine fröhliche Melodie erklang, die Lilly zum Mitsummen animierte. Sie blickte aus dem Fenster und sah die lebhaften Straßen von Kaltern am See. Touristen und Einheimische flanierten auf den Gehwegen, genossen die hervorblitzende Sonne und das Leben. Die ersten Eindrücke ließen ihr Herz schneller schlagen. Sie fühlte sich wie ein Kind, das nach langer Zeit nach Hause zurückkehrte. Sie spürte beinahe, wie die Vergangenheit lebendig wurde und sich mit der Gegenwart vermischte. Sie kamen an einer Kirche vorbei, die im barocken Stil erbaut war. Diese Kirche kannte Lilly noch, sie hatte ihre Oma oft dorthin zu den Gottesdiensten begleitet, denn diese war eine sehr gläubige Frau gewesen. Sie hob den Kopf, um die Spitze des Glockenturms zu erblicken, der weit in den Himmel ragte.

Alles wirkte plötzlich so vertraut. Wie hatte sie nur die ganzen Eindrücke vergessen können?

Sarah folgte den Anweisungen des Navis und steuerte den Wagen raus aus dem Zentrum in Richtung der Berge, die zu ihrer Linken aufragten.

Mit jedem gefahrenen Meter beschleunigte sich Lillys Herzschlag. Dort, zu den Füßen der hohen Berge, lag irgendwo das Haus ihrer Oma, das nun ihres werden sollte.

Beinahe jede Ecke und jeder Straßenzug, an dem sie jetzt vorbeifuhren, hielt Gedankenfetzen bereit, die sie längst vergessen geglaubt hatte. Die Navigationsstimme lotste sie eine sich dahinschlängelnde Straße entlang. Im Rückspiegel betrachtete Lilly den türkisfarbenen See, bis Sarah den Wagen hinter einem dunklen SUV zum Stehen brachte, der bereits in der Hofeinfahrt parkte. Erst verstand Lilly nicht, warum sie hielten, doch dann sah sie nach vorn und spürte, wie ihr Herz einen doppelten Schlag vollführte. Sie waren da.

Sarah sah sie eindringlich an und legte ihr die Hand auf die Schulter. Ihr Kinn ruckte in Richtung des anderen Wagens. »Der Nachlassverwalter scheint schon da zu sein. Bist du bereit?«

Nein! Dennoch nickte Lilly tapfer, holte tief Luft und stieg aus.

In der Einfahrt stehend, wurde sie von ihren Gefühlen übermannt. Sie hatte das Haus seit mehr als zwanzig Jahren nicht mehr gesehen, und doch wirkte es so, als wäre sie gestern zuletzt zu Besuch bei Oma gewesen. Vielleicht, weil sich kaum etwas verändert hatte. Es war eines dieser typischen alten zweistöckigen Bauernhäuser mit holzverkleideter Fassade, die von einem großen Garten umgeben waren, in dem jedoch das Unkraut wucherte. Lilly fühlte sich plötzlich wieder wie das kleine Mädchen, das vor vielen Jahren in diesem Haus gespielt hatte. Förmlich konnte sie den Duft von frisch gebackenem Schüttelbrot riechen und das Knistern des Kamins in der Wohnküche hören. Gleichzeitig spürte sie eine gewisse Distanz. Sie hob den Kopf, betrachtete die geschlossenen Fensterläden, von denen die dunkelrote Farbe abblätterte. Wie Augen wirkten sie auf Lilly. Ein niedergeschlagener Blick, mit dem das Haus sie betrachtete. Vorwurfsvoll.

Oma waren die Fensterläden heilig gewesen, weil sie im Sommer die Hitze fernhielten und im Winter vor Kälte schützten.

Hinter sich hörte Lilly Sarah, wie sie sich am kleinen Kofferraum des Cabrios zu schaffen machte und die beiden Reisekoffer hinausbugsierte. Lilly ging ihr zur Hand, und gemeinsam schoben sie sich an dem vor ihnen parkenden Nobel-SUV vorbei zum Hauseingang. Dort wartete bereits ein älterer Mann in einem eleganten Anzug auf sie. Er erhob sich von der Holzbank, die neben dem Eingang stand, und kam gemächlich auf sie zu.

Lilly war sich sicher, dass es sich bei der Person um Matteo Giancarlo handeln musste, den Nachlassverwalter, den ihre Oma mit dem Erbe beauftragt hatte. Ihr Notar hatte den Termin von Deutschland aus für sie vereinbart. Als Sarah und sie den Brenner passiert hatten, hatte Lilly ihn angerufen, um die genaue Uhrzeit des Treffens zu vereinbaren. Dass er wirklich schon vor der Zeit da war, überraschte sie positiv. Anscheinend nahm man es in Südtirol mit der Pünktlichkeit noch genauer als in Deutschland. Während sie sich ihm näherte, musterte sie ihn. Giancarlo war ein älterer Mann mit grauem Haar und einer freundlichen Ausstrahlung. Er hatte eine schlanke Statur. Die Augenpartie war hinter einer Sonnenbrille verborgen, die er auch nicht abnahm, als er sie begrüßte.

»Willkommen, Sie müssen Signora Maybacher sein.« Er lächelte sie freundlich an. »Sie sehen Ihrer Großmutter ähnlich.«

Lilly ergriff die Hand und schluckte schwer, als sie seine Worte vernahm.

»Es ist schön, Sie hier zu haben.«

Der Mann hatte eine ruhige Stimme und sprach mit leichtem italienischen Akzent, der darauf hindeutete, dass er aus dieser Region stammte.

»Ich hoffe, die Damen hatten eine angenehme Reise?«

Lilly schüttelte ihm kurz die Hand und überließ den Nachlassverwalter ihrer Freundin. Sie war viel zu aufgewühlt, um sich mit etwas derart Schnödem wie freundlichem Small Talk auseinanderzusetzen. Auch wenn sie Gefahr lief, unhöflich zu erscheinen, musste sie zunächst all diese Eindrücke auf sich wirken lassen. Sie wandte sich von den beiden ab und näherte sich dem Garten. Während sie durch die wuchernden Blumenbeete streifte, wurde sie von einer Flut von Eindrücken überschwemmt. Sie erinnerte sich an die Sommertage, die sie als Kind mit ihrer Großmutter in diesem Garten verbracht hatte. Der Duft der frischen Blumen und das Summen der Bienen. Und nun war da auch der Schmerz, den sie empfunden hatte, als sie vom Tod ihrer Großmutter erfuhr. Mit einem verbissenen Lächeln setzte sie sich auf eine Bank und starrte auf den See, der in zwei Kilometern Entfernung unter ihr lag. Sie wusste nicht, was sie fühlen sollte. Einerseits war sie dankbar, dass Großmutter sie nicht vergessen hatte. Andererseits machte sie genau das unsagbar traurig. Auf dieser Bank, im Garten ihrer Oma, konnte sie sich nicht gegen den Gedanken wehren, dass sie dieses Erbe überhaupt nicht verdiente. Sie kam sich vor wie eine Diebin, die etwas an sich riss, worauf sie kein Anrecht hatte.

Als sie sich wieder erhob, fand sie Herrn Giancarlo und Sarah noch immer vor den steinernen Treppenstufen zum Eingang des Hauses vor. Sie unterhielten sich angeregt über den Immobilienmarkt in Südtirol. Einmal mehr war Lilly dankbar für die Anwesenheit ihrer Freundin. Während sie sich ihrem Gefühlsgewirr hingab, war Sarah die klar denkende Fachfrau, die dem Nachlassverwalter die richtigen Fragen stellte, was das Erbe des Hauses anging. *Mein Erbe.* Dinge, von denen Lilly nicht den Hauch einer Ahnung hatte.

Als die beiden sie bemerkten, hielten sie im Gespräch inne. Giancarlo bedachte sie mit einem freundlichen Lächeln. Sie war dankbar darum, dass er die Sonnenbrille abgenommen hatte und sie ihm in die Augen schauen konnte, während er sprach.

»Also, Frau Maybacher. Ich habe hier sämtliche Unterlagen für das Haus und das gesamte Grundstück.« Er tätschelte die Ledermappe in seiner rechten Hand. »Allerdings ist das noch nicht alles. Einige Dokumente muss ich noch ausdrucken, die Sie mir dann unterschreiben müssen.« Er blinzelte sie eindringlich an. »Aber ich möchte betonen, dass Sie nicht das Gefühl haben sollten, das Haus behalten zu müssen. Das Erbe ihrer Großmutter ist an keinerlei Verpflichtungen gebunden. Es ist ein Erbe, mit dem Sie anstellen können, was immer Sie wollen. Sie können das Haus verkaufen oder es als Ferienhaus benutzen.«

»Oder selbst darin wohnen«, schlug Sarah grinsend vor. Das Grinsen endete jedoch jäh, als ihr bewusst wurde, was sie da gesagt hatte. »Untersteh dich! Du wirst dich nicht aus dem Staub machen und mich allein zurücklassen.«

Lilly nahm sie in den Arm. »Wie könnte ich. Außerdem, was soll ich in Südtirol?«

Sie wandte sich Herrn Giancarlo zu, unterschrieb die Dokumente, obwohl sie noch immer von ihrer eigenen Verwirrung geplagt wurde.

Dieser nickte förmlich und verfrachtete die Unterlagen behutsam wieder in die Mappe. »Wenn Sie irgendwelche Fragen haben, stehe ich zur Verfügung«, versicherte er ihr. »Sie müssen wissen, ich kannte Ihre Großmutter. Nicht gut, aber doch so gut, dass ich sie als außerordentlich lieben Menschen in Erinnerung behalte.« Sein Lächeln legte noch eine Schippe zu. »Es wäre mir eine Freude, der Enkelin dieser Frau mit Rat und Tat zur Seite stehen zu dürfen.« Er streckte die Hand aus, und Lilly ergriff sie dankbar. Es tat gut, einen Verbündeten an ihrem ersten Mut-Tag an der Seite zu haben. Sein Blick richtete sich nach unten, und er nahm die Koffer ins Visier, die Lilly und Sarah neben dem Gartentörchen abgestellt hatten. »Sicherlich ist es gut, wenn Sie ein paar Tage bleiben, um das Haus und die Gegend besser kennenzulernen.«

Lilly erwiderte sein Lächeln. »Ein, zwei Tage werde ich bleiben. Keinesfalls länger.«

Giancarlo überreichte ihr einen Ordner mit sämtlichen Unterlagen sowie einen klimpernden Schlüsselbund. »Es sind die Schlüssel zu sämtlichen Eingängen«, erklärte er. »Haustür, Hintereingang sowie die Türen zum Verkaufsraum. Außerdem noch der Schlüssel zur Garage, in der sich obendrein eine fahrbare Vespa befindet. Der Schlüssel hängt ebenfalls am Schlüsselbund.«

»Eine Vespa?«, fragte Lilly verdutzt.

»Ein Motorroller«, erklärte Sarah ihr.

»Danke, das weiß ich selbst.« Sie blendete ihre Freundin aus und sah den Mann noch immer verwirrt an.

»Die Vespa gehörte Ihrer Oma«, sagte er unbekümmert.

»Und damit gehört sie nun Ihnen. Sie ist sogar noch zugelassen.« Ein Lächeln schob sich in sein Gesicht. »Es handelt sich hier um eine außergewöhnlich schöne Vespa«, sprach er weiter, »ein älteres mintgrünes Exemplar.« Er grinste. »Und mit dem roten Sturzhelm war ihre Oma bereits von Weitem zu erkennen.«

Lillys Augen wurden groß. »Meine Oma ist mit dem Motorroller gefahren?«

Giancarlo nickte eifrig. »Bis kurz vor ihrem Tod habe ich sie selbst noch auf der Vespa durch die Kalterer Straßen fahren sehen.«

Lilly betrachtete die Schlüssel in ihrer Hand, ganz besonders den kleinen, auf dem das Emblem des Motorrollers abgebildet war.

»Aber … ich kann doch gar nicht damit fahren.«

»Sie brauchen dafür nur den gewöhnlichen Pkw-Führerschein«, erwiderte Giancarlo, doch dann beäugte er sie mit hochgezogenen Brauen. »Den haben Sie doch?«

Lilly nickte zögerlich.

»Na, dann ist ja alles bestens. Machen Sie damit einen Ausflug zum See. Sie werden sehen, es gibt kaum etwas Schöneres, als sich den Fahrtwind um die Nase wehen zu lassen. Und für die engen Gassen der Stadt ist ein Roller wirklich das ideale Fortbewegungsmittel.«

Lilly wurde heiß und kalt zugleich. Selbst Autofahren war eine Sache, die sie tunlichst vermied. Der Gedanke, dass sie sich mit einer Vespa in den Verkehr dieser Kleinstadt stürzen sollte, ließ ihren Puls in die Höhe schießen. *Niemals!*, sagte sie sich.

Er drückte ihr seine Visitenkarte in die Hand. »Kommen Sie in Ruhe an, und melden Sie sich die Tage bei mir, damit wir alles Weitere klären können. Derweil bereite ich den ganzen

Papierkram für Sie vor, den Sie dann nur noch unterschreiben müssen. Mein Büro befindet sich in Meran.«

Giancarlo verabschiedete sich mit einem beherzten Händedruck und brauste in seinem SUV davon.

Nach einigen Momenten der Stille, in denen nur das Summen der Bienen und das Plätschern eines Baches zu hören waren, klatschte Sarah so beherzt in die Hände, dass Lilly erschrocken zusammenfuhr. »Na, dann wollen wir uns das Prachtstück mal von innen anschauen.«

Kapitel 8

Das Rätsel

Ein Hauch von Nostalgie durchfuhr Lilly, als sie in das Haus eintrat. Es war, als tauche sie in eine andere Zeit ein. Das Erste, was ihr auffiel, waren die Kräutersträuße, die von der Decke des Flurs herabhingen. Die hatte sie vollkommen aus ihrem Gedächtnis verdrängt. Sie nun wieder dort hängen zu sehen, kam ihr beinahe surreal vor.

Die getrockneten Sträuße waren mit farbigen Bändern verziert und verströmten einen unvergleichlichen Duft, der in ihrem Kopf ein Fenster in die Vergangenheit öffnete. Urplötzlich erinnerte sie sich an all die Zeiten, in denen sie als Kind ihrer Oma beim Binden der Sträuße geholfen hatte.

Sarah rümpfte die Nase. »Hier könnte echt mal wieder gelüftet werden.« Sie klopfte mit dem Knöchel gegen die Wand. »Aber die Substanz macht einen wirklich guten Eindruck. Ich bin sicher, dass du dieses Häuschen gut verkauft bekommst.« Während sie sich an ihr vorbeischob, stupste sie Lilly in die Seite. »Ich wüsste da auch schon eine hervorragende Maklerin, die sich für dieses Objekt anbieten würde.«

Lilly sagte nichts dazu. Über einen Verkauf nachzudenken, war für sie genauso weit weg wie die Tatsache, dass sie tatsächlich im Flur dieses Hauses stand. Es wirkte auf eine unbestimmte Weise vertraut und fremd zugleich. In ihrer Erinnerung war alles viel größer gewesen. Allerdings hatte sie das Haus zuletzt aus dem Blickwinkel einer Neunjährigen gesehen.

Sie ließen den vor ihnen liegenden Antiquitätenraum außen vor und stiegen die Treppe hoch, die in den weitläufigen Flur führte, von dem aus es in die anderen Zimmer ging. Lilly kam aus dem Staunen nicht raus. Auch auf der oberen Etage war das Haus vollgestopft mit Antiquitäten und Kuriositäten. Alles war zugestellt mit Kommoden und Schränken, und an den Wänden hingen noch immer die Bilder, die Lilly schon als Kind fasziniert hatten. Sie zeigten Porträts von Menschen, die sie nicht kannte, und Landschaftsfotografien von zerklüfteten Bergwelten, in denen Kühe auf Almen grasten. Stundenlang hatte sie damals die Gipfel betrachtet und sich dabei vorgestellt, dass sie die beste Bergsteigerin der Welt war, die jeden Einzelnen dieser Gipfel in Bestzeit erklomm. Ein altes Bild zeigte eine Gruppe von Kindern, die glücklich auf einer Wiese spielten. Lilly erkannte sich selbst darauf wieder, zusammen mit ihren Freunden aus dem Dorf, deren Namen sie längst vergessen hatte. Dafür konnte sie wieder das Gras unter den Füßen spüren und ihr eigenes Lachen hören.

»Wo sollen wir anfangen?« Sarah hatte die Hände in die Hüfte gestemmt und blickte sich neugierig um.

Lilly wollte zu einer Antwort ansetzen, als ihr Blick auf einen Sekretär am Ende des Flurs fiel. Darauf befanden sich Dinge, dir ihr bekannt vorkamen. Wie von einer unsichtbaren Hand geschubst, näherte sie sich dem Möbelstück und starrte auf die einzelnen Gegenstände.

Ihre Freundin war ihr gefolgt und legte eine Hand auf ihre Schulter. »Bist du okay?«, fragte sie besorgt.

Lilly war zu keiner Antwort imstande. Was sie vor sich sah,

verschlug ihr nicht nur die Sprache, es raubte ihr schier den Atem. Mit wackeligen Knien trat sie näher heran. Es war kein ungeordnetes Sammelsurium, das sich auf der Ablage angesiedelt hatte. Es war ein Schrein, vollgepackt mit Erinnerungsstücken ihrer Kindheit. Sie hatte sie allesamt vor sich, die glücklichen Momente, die sie als Kind mit ihrer Oma geteilt hatte. Sie erkannte das vertraute Kuscheltier, eine fellig-kratzige Bergziege mit tiefschwarzen Knopfaugen, das ihr als Kind so viel bedeutet hatte, und fühlte sich mit einem Schlag wieder wie das kleine Mädchen von damals.

Nun gaben ihre Knie wirklich nach. Mit den Händen stützte sie sich am Sekretär ab.

Sarahs Griff wurde fester. Sie flüsterte ihr zu: »Ich bin immer für dich da, hörst du?«

Lilly drückte sich an sie und lächelte schwach. »Danke. Ich weiß das wirklich zu schätzen.«

Ihr Blick verfing sich in all den Dingen aus ihrem früheren Leben. Es waren nicht nur Gegenstände aus der Kindheit. Sie erkannte auch Fotos, die sie als Jugendliche zeigten. Ein Abschlussfoto ihres Abiturjahrgangs, Urlaubsfotos. Sie konnten nur von ihrer Mutter stammen. Lilly blinzelte die Fotos an, spürte gleichzeitig Wut und Traurigkeit in ihrem Herzen. Hatte ihre Mutter also doch noch Kontakt zu ihrer Oma gehabt, ohne es Lilly zu sagen. Aber warum? Was sollte diese Geheimnistuerei?

Im selben Moment wurde ihr eines bewusst: Trotz der Funkstille hatte Oma immer an sie gedacht. Dieser Sekretär war der Beweis. Ein glühender Dolch bohrte sich in ihr Herz. Das schlechte Gewissen drohte sie zu übermannen.

»Da ist ein Brief«, hörte sie Sarahs Stimme wie aus weiter Ferne. »Er ist an dich adressiert.«

»Was? Aber ...« Dann erblickte auch Lilly den Umschlag. Er lehnte an einer Schneekugel, die ein Rehkitz in einer Winterlandschaft zeigte. Er war aus demselben Papier wie der Briefumschlag, den ihr der Notar vorgestern überreicht hatte. Das war noch nicht lange her, aber Lilly kam es bereits vor wie ein anderes Leben.

»Mach ihn auf«, forderte Sarah.

Zögernd nahm Lilly den Umschlag in die Hand, betrachtete ihn. Ihrer Freundin schien es jedoch nicht schnell genug zu gehen. Kurzerhand nahm sie ihr das Kuvert aus der Hand, riss es auf und hielt Lilly das auseinandergefaltete Blatt Papier hin. »Lies!«

Für einen kurzen Moment schloss Lilly die Augen, sammelte die Kraft, die ihr die Worte ganz bestimmt abverlangen würden. Worte ihrer verstorbenen Oma, die an sie gerichtet waren:

Liebste Lilly,

Du bist wirklich gekommen! Ich hoffe, Du liest diesen Brief mit einem Lächeln auf den Lippen. Auch wenn ich jetzt nicht mehr bei Dir sein kann, möchte ich, dass Du weißt, dass ich immer an Dich gedacht habe. Und nun wird es Zeit, dass Du an mich denkst. Denn ich habe eine »Lebensliste« erstellt, von all den Dingen, die mir viel bedeuten, und von solchen, die ich gerne noch erlebt hätte, es aber nicht mehr kann, weil es dafür leider zu spät ist. Aber die aufgeschlossene und abenteuerlustige Lilly kann es!

Ich habe beschlossen, dass Du meine Lebensliste umsetzen sollst. Doch ganz so einfach möchte ich es Dir nicht machen. Als kleines Rätsel habe ich einen Hinweis auf Dein erstes Etappenziel beigefügt. Es führt Dich auf einen Berg, so viel

verrate ich Dir. Die weiteren Hinweise musst Du selbst finden.
Ich weiß, dass Du es lieben wirst – zumindest hätte es die kleine
Lilly getan!
Ich bin sicher, dass Du diese Aufgabe mit Bravour meistern
wirst. Viel Spaß auf Deiner Abenteuerreise!
In Liebe,
Deine Oma

Lilly spürte Sarahs Blick lange und eindringlich auf sich ruhen. »Aufgeschlossen und abenteuerlustig?«, fragte diese in ungläubigem Tonfall. »Sicher, dass deine Oma die richtige Person meint?«

Lilly schwieg, schluckte schwer. Als Kind hatten diese Eigenschaften in der Tat auf sie zugetroffen. Kein Baum war ihr zu hoch gewesen, kein Abenteuer zu wild. Sie holte tief Luft. Was war nur in all den Jahren geschehen? Wann hatte sie im Leben die falsche Abbiegung genommen?

»Und überhaupt«, fragte Sarah. »Was für ein Rätsel?«

Nun musste Lilly schmunzeln. Ihr fiel wieder ein, dass Oma immer knifflige Spiele für sie parat gehabt hatte. Und das tat sie allem Anschein nach schon wieder. Das war typisch für sie. Und damit löste sie tatsächlich etwas in ihr aus. Sie würde sich auf das Spiel einlassen und das erste Etappenziel in den Bergen erreichen. Bloß welchen Berg? Ihr Kopf huschte zu den Sprossenfenstern, die den Anblick der umliegenden Gipfel offenbarten. Und von denen gab es in Südtirol ziemlich viele.

»Sie schreibt, sie hat dir einen Hinweis hinterlassen«, murmelte Sarah. »Aber wo?«

Reflexartig drehte Lilly den Brief um, und tatsächlich, auf der Rückseite stand etwas, ein einziger langer Satz:

*Beide passen besser zusammen, als es auf den ersten Blick den
Anschein hat – aber so ist es bei Rätseln doch immer, nicht wahr?*

Wieder und wieder las Lilly die Worte, wurde aber nicht daraus schlau. »Welche Dinge sollen miteinander verbunden werden?« Sarah stand die Ratlosigkeit ins Gesicht geschrieben. Lilly kramte in ihren Gedanken. »Oma hatte immer gesagt, dass gute Rätsel aus mehreren Elementen bestehen, die miteinander kombiniert werden müssen.«

Sarah runzelte die Stirn. »Aber da ist doch nur der Brief.«

Lilly hielt ihn gegen das Licht, das durch das Fenster fiel, hoffte auf eine Art Wasserzeichen. Sie erinnerte sich, dass Oma ihr einmal mit Zitronensaft geschriebene Botschaften auf Blättern hatte zukommen lassen, die sie mit der Flamme einer Kerze hatte sichtbar machen müssen.

Dann fiel ihr Blick auf den Gegenstand in Sarahs Hand. »Der Umschlag!« Flugs riss sie ihn ihr aus der Hand und riss ihn weit auf. Sie konnte sich ein triumphierendes Grinsen nicht verkneifen, als sie im Inneren des Umschlags festgeklebte Papierstücke entdeckte. Es waren zwei Fotos, anscheinend ausgeschnitten aus Zeitungen. Sarah trat neben sie.

»Ist das ein Murmeltier?« Sie tippte auf das Fellgeschöpf auf dem Foto.

»Und ob es eins ist!« Beim Anblick des aufrecht stehenden Murmeltiers lachte Lilly lauthals los. Unzählige Male hatte sie diese Tiere früher in den Bergen gesehen. Und immer war es ein absolut aufregendes Erlebnis für sie gewesen.

»Gut, also ist der erste Hinweis ein Murmeltier.« Allem Anschein nach war nun auch bei Sarah das Rätselfieber ausgebrochen. Sie rückte Lilly so dicht auf die Pelle, dass sie den Duft ihres Shampoos in der Nase hatte. »Und das andere Bild, was hat es damit auf sich?« Ehe Lilly antworten konnte, hatte Sarah es auch schon in der Hand. »Eine alte Fotografie«, stellte sie stirnrunzelnd fest. »Von einem Mann.«

Das sah Lilly selbst.

»Aber wer ist dieser Mann?« Sarah kniff angestrengt die Augen zusammen, um jede Einzelheit in Augenschein zu nehmen.

Es war eine Schwarz-Weiß-Fotografie, die sehr alt wirkte. Darauf war ein junger Mann mit einem akkurat gezogenen Mittelscheitel zu sehen. Die Haare fielen zu beiden Seiten in dicken Wellen über die Ohren. Auffallend waren das dünne Brillengestell sowie der weiße Kragen, der deutlich aus der dunklen Kleidung herausragte.

»Ein Priester«, stellte Lilly fest. »Oder ein Pfarrer.« Sie sah ihre Freundin an. »Auf jeden Fall ein Geistlicher.«

Sarah schnaubte. »Na, das hilft uns nun aber enorm weiter.« Kurz wirkte sie ernüchtert. »Wie sollen wir dieses Rätsel gelöst bekommen, wenn wir nicht wissen, um welche Persönlichkeit es sich handelt.«

Diese Worte lösten etwas in Lilly aus. Sie schnippte mit den Fingern, und wie von selbst überzog ein Grinsen ihr Gesicht. »Eine Persönlichkeit«, wiederholte sie die Worte ihrer Freundin. Sie nahm Sarah das Foto aus der Hand und lief damit durch den langen Flur, während sie akribisch die Bilder an den Wänden absuchte. Überall hingen zwischen den Gemälden alte gerahmte Fotografien, Porträts von Menschen, die sie nicht kannte. Sie betrachtete jedes Einzelne eingehend, fand aber keine Person, die auch nur annähernd eine Ähnlichkeit mit diesem Mann hatte. Am Ende des Flurs angekommen, machte sich Ernüchterung in ihr breit. »Das wäre auch zu einfach gewesen.« Seufzend ließ sie die Schultern sinken. Sie wollte sich gerade wieder zu Sarah umdrehen, als ihr Blick an einem hölzernen Kreuz hängen blieb, an dem eine Jesusfigur befestigt war, und von deren Füßen ein Kräutersträußchen baumelte, das einen zarten Lavendelduft verströmte. Neben dem Kreuz befand sich ein weiteres gerahmtes Foto. Es war kein großes Bild, es hatte nicht mal die Größe einer Postkarte. Aber es zeigte einen Mann mit gelocktem Mittelscheitel, Brille und weißem Kragen. Mehr noch: Unter dem Foto war der Name inklusive Lebensdaten aufgeführt:

Gregor Johann Mendel
* 20. Juli 1822
† 6. Januar 1884

»Sarah!«

Ihre Freundin war sofort bei ihr und gab ein Raunen von sich, als auch sie das Foto erblickte. »Das ist er!«, purzelte es aus ihr heraus. »Das ist unser Geistlicher.« Sie hielt das Foto des Murmeltiers neben das gerahmte Bild.

»Gregor Johann Mendel und ein Murmeltier«, sagte sie in triumphierendem Tonfall. Sie grinste breit, hörte aber ebenso schnell wieder damit auf. Einmal mehr kräuselte sich ihre Stirn. »Und was soll uns das jetzt sagen?«

Lilly blinzelte sie an, denn sie hatte das Rätsel bereits gelöst. »Es geht überhaupt nicht um den Geistlichen«, sagte sie. »Es geht um seinen Namen. Mendel.«

»Ach ja«, gab Sarah tonlos von sich. »Und inwiefern hilft uns das weiter?«

Lilly grinste noch breiter. »Wenn du hier gelebt hättest, wüsstest du, dass diese Region an den Mendelpass angrenzt.«

»Aha?«

Lilly nickte zu ihren eigenen Worten. »Und dieser Pass ist bekannt für einen ganz bestimmten Felsen, den ich als Kind immer sehen wollte, aber nicht durfte, weil der Aufstieg so gefährlich ist«, sprach sie weiter. So schnell, dass sie sich beinahe vergaloppierte. »Es ist die Murmeltierklippe.« Sie sah Sarah fest in die Augen, die hörbar nach Luft schnappte. Lilly fühlte mit ihr. Es war unglaublich, dass sie sich daran erinnerte. Es war der Herzenswunsch ihrer jüngeren Version gewesen, hinaufzusteigen und all die dort lebenden Murmeltiere zu sehen. Sie war sich absolut sicher, das Rätsel gelöst zu haben.

»Auf dem Mendelpass gibt es einen Felsvorsprung, auf dem es vor Murmeltieren nur so wimmelt«, sagte sie im Brustton der Überzeugung. »Deshalb nennen die Einheimischen ihn die Murmeltierklippe. Ganz bestimmt wollte Oma, dass ich dort hinaufsteige.«

Sarah beäugte sie. »Du willst doch nicht wirklich einen Bergpass erklimmen?« Sie fuchtelte wild mit den Händen vor Lillys Gesicht herum. »Ich meine … du hast ja nicht mal eine Bergsteigerausrüstung bei dir!«

Lilly sah sie trotzig an. »Was bleibt mir denn anderes übrig? Ich kann unmöglich dem letzten Wunsch meiner Oma widersprechen.« Sie schüttelte den Kopf. So heftig, dass es in ihrem Nacken knackste. »Ich werde die Liste umsetzen und dafür sorgen, dass sie stolz auf mich ist.«

Wo auch immer du jetzt sein magst, Oma …

Eine absolute Gewissheit durchflutete sie. Ja, sie würde sich auf Omas letztes Spiel einlassen. Das war sie ihr schuldig.

Kapitel 9

Der Abschied

»Bist du sicher, dass ich dich schon alleine lassen kann?« Sarah betrachtete Lilly intensiv, doch die nickte stur und unterdrückte ein Gähnen. Sie hatte tatsächlich gut geschlafen, nur viel zu kurz, da sie die halbe Nacht über geredet hatten. Über ihren Entschluss, Omas letzten Wunsch zu erfüllen. Darüber, wie es für sie weitergehen sollte, mit einem Haus in Südtirol. Dabei waren sie tief in den Erinnerungen aus ihrer Kindheit versunken. Die Gespräche hatten ihr unendlich gutgetan, wie eine Seelentherapie, aus der sie Kraft für ihre bevorstehenden Taten schöpfte.

Nachdem Sarah sie an einem Sportgeschäft im Herzen der Stadt abgesetzt hatte, war es Zeit für den Abschied.

»Ich würde ja wirklich gerne länger bleiben.« Ihre Freundin seufzte. »Aber ich habe später am Abend noch zwei wichtige Besichtigungstermine, die ich unmöglich absagen kann.«

»Mach dir um mich keine Sorgen«, beruhigte Lilly sie, »ich komme klar.« Tatsächlich freute sie sich sogar ein wenig darauf, ihre vertraute Umgebung alleine zu erkunden. Sie hatte das Gefühl, dass diese Zeit der Einsamkeit ihr helfen würde, die Gedanken zu ordnen. Außerdem freute sie sich wie ein Kind auf die Murmeltiere.

Sarah hatte ihr Cabrio halb auf dem Bordstein mit Warnlicht

geparkt, und gerade drängelte sich eine Gruppe Touristen mit gezückten Smartphones an ihnen vorbei, um den Kirchturm abzulichten.

»Dann bin ich jetzt weg«, sagte Sarah. Doch sie blieb wie angewurzelt stehen und beäugte Lilly weiter. »Sofern ich dich wirklich allein lassen kann.«

Tapfer nickend stieß Lilly ein heiseres »Du kannst« aus.

»Ruf mich, an wenn du dich alleine fühlst, und denk über alles in Ruhe nach. Egal, wie deine Entscheidung ausfallen wird, ich werde dich unterstützen.« Sarah blinzelte sie liebevoll an. »Ich biete dir auch eine vergünstigte Maklerprovision an«, sagte sie mit einem Lachen in der Stimme. »Von Freundin zu Freundin.«

Lilly erwiderte das Lachen nicht. »Das mit dem Haus fühlt sich noch so unwirklich an.«

»Überstürze nichts.« Sarah drückte ihr die Hand. »Finde dich erst einmal zurecht und bekomme dein Leben geregelt.«

Augenblicklich überfiel Lilly ein schlechtes Gewissen, schließlich schwänzte sie gerade ihren Job. Nachdem sie heute Morgen aufgestanden war, hatte sie in der Firma angerufen und sich weiter krankgemeldet, woraufhin der freundliche Vermerk gekommen war, dass nach dem dritten Tag ein ärztliches Attest vonnöten sei. Lilly versprach, es nachzureichen. Wie auch immer sie das von Südtirol aus anstellen mochte. Sie schüttelte die Trübsinnigkeit aus dem Kopf, um sich von Sarah gebührend zu verabschieden.

»Ich bleibe nur ein paar Tage«, versprach sie vor allem sich selbst. »Ich werde diesen Gipfel erklimmen und mich mit dem Notar zusammensetzen, um sämtliche Dinge in Sachen Haus zu klären. Dann steige ich in den nächsten Zug und bin spätestens Ende der Woche zurück.«

Sarah strahlte sie an, doch etwas blitzte in ihren Augen auf, was Lilly nicht deuten konnte. War es Skepsis?

Ohne ein weiteres Wort schlang ihre Freundin die Arme um sie und drückte sie fest an sich. »Pass auf dich auf.«

»Das werde ich.«

Und dann stieg sie in ihr himmelblaues Cabriolet und fuhr davon. Lilly sah ihr noch eine ganze Weile winkend hinterher. Schwermut überkam sie. Nun war sie völlig auf sich gestellt, in einem fremden Land. Aber immerhin hatte sie eine Aufgabe zu erfüllen. Also atmete sie tief durch, drehte sich um und betrat das kleine Sportgeschäft. Schließlich brauchte sie eine Komplettausstattung für ihre Bergtour.

Eine gut gelaunte ältere Dame mit einem sympathischen Lächeln begrüßte sie. »Darf ich Ihnen behilflich sein?«

Lilly wandte sich ihr zu. Die Verkäuferin war schlank und sportlich gekleidet und trug eine modische Kurzhaarfrisur, die mit grauen Strähnen durchzogen war. Auf ihrem Namensschild, das an ihrer Bluse befestigt war, stand *Erika*. Es hing etwas schief.

»Aber gern.« Lilly lächelte ebenso freundlich zurück. »Ich plane eine Tour zum Mendelpass, zur Murmeltierklippe, und brauche die entsprechende Ausrüstung.«

Die Frau taxierte sie mit kritischem Blick. »Haben Sie denn Bergerfahrung?«

Lilly nickte erst, schüttelte dann aber den Kopf. »Früher«, sagte sie. »Aber das ist wirklich schon eine Weile her.«

»Sie werden festes Schuhwerk benötigen«, ermahnte die Frau mit dem Namen Erika sie. »Es ist ein beschwerlicher Aufstieg auf einem teils sehr unbefestigten Weg. Ich rate Ihnen auch zu Wanderstöcken.« Sie neigte den Kopf. »Haben Sie welche?«

»Ich brauche alles.« Lilly warf einen flüchtigen Blick auf das Preisetikett einer Funktionsjacke, die um die Schultern einer Schaufensterpuppe gehängt worden war. Sogleich wurde ihr klar, dass dieses Sportgeschäft keinen Wert auf Discountpreise legte. Sie rang sich ein gequältes Lächeln ab. »Einmal die komplette Erstausrüstung bitte.«

Die freundlichen Züge der Verkäuferin wurden eine Spur breiter. »Dann sind Sie hier goldrichtig.«

Mit Kennerblick musterte sie Lilly, murmelte Kleidergrößen vor sich hin. Dann schüttelte sie den Kopf, als wollte sie den gerade gefassten Gedanken wieder verwerfen.

»Das Wichtigste sind die Schuhe«, befand Erika schließlich. »Beginnen wir bei denen und arbeiten uns von unten nach oben hinauf.«

»Das klingt nach einem guten Plan.«

Erika führte Lilly zu einer Regalwand, in der Dutzende einzelne Schuhe standen. Sie nannte der Verkäuferin ihre Schuhgröße, und schon wurde Karton um Karton an sie herangetragen, geöffnet und vor ihren Füßen fächerartig ausgebreitet. Lilly hatte mittlerweile auf einer bequemen Sitzbank Platz genommen und lauschte Erika, die jedes einzelne Exemplar präsentierte und die verschiedenen Funktionen und Vorteile pries. Lilly schlüpfte in einen Wanderstiefel nach dem anderen, bis sie schließlich ein Paar gefunden hatte, das perfekt passte und für das sie keinen Kleinkredit aufnehmen musste.

Weiter ging es mit den atmungsaktiven Jacken.

»Der Sommer nähert sich zwar mit großen Schritten«, erklärte die Verkäuferin, während sie ihr dabei half, eine apfelgrüne Jacke überzuziehen. »Aber noch kann es in den Bergen empfindlich kalt sein. Deshalb empfehle ich eine leichte Fütterung. Für den Übergang.«

Lilly stand vor einem großen Spiegel und probierte jede Jacke an, die die Verkäuferin ihr hinhielt.

Schließlich entschied sie sich für eine türkisfarbene Outdoorjacke, die perfekt zu ihren gleichfarbigen Schuhen passte und sich gut mit der schwarzen Funktionshose kombinieren ließ, die sie mitnahm, ohne sie anzuprobieren.

»Und Sie machen Urlaub hier?«, fragte Erika.

»Ja«, kam prompt die Antwort, ohne dass sie groß nachgedacht hätte. Hastig schob sie ein »Ich meine, nein« hinterher, woraufhin die ältere Frau reichlich verwirrt dreinblickte. Lilly lächelte unsicher. »Genau genommen besitze ich ein Haus am Stadtrand«, erklärte sie. Diesen für sie vollkommen neuen Umstand einer Fremden gegenüber auszusprechen, fühlte sich reichlich merkwürdig an, und ohne dass sie es gewollt hätte, purzelten die Worte nur so aus ihr heraus. »Ich habe es geerbt und bin für ein paar Tage hier, um alles mit dem Nachlassverwalter zu klären.«

Die Verkäuferin sah sie so intensiv an, dass Lilly nervös wurde.

»Die Augen«, brachte Erika schließlich hervor. Sie schob ihr Gesicht näher an Lilly heran. »Und die Mundpartie.« Nun blinzelte sie forschend. »Sind Sie etwa mit Flora verwandt?«, fragte sie. »Mit Flora Pichler?«

Lilly traf es wie einen Schlag, als sie den Namen ihrer Oma aus dem Mund der Verkäuferin hörte.

Sie nickte abgehakt. »Ich bin ihre Enkelin«, sagte sie leise, woraufhin der Mund der Verkäuferin wie ein Barfach aufklappte, während sie einen unbestimmten Laut von sich gab.

»Aber ja! Diese Züge«, begann sie wieder. »Ich erkenne eindeutig Flora in dir. Es ist, als ob du deine Oma in dir tragen würdest.«

Lillys Herz verkrampfte sich. Es lag an den Worten, die die Verkäuferin sagte, aber auch an dem plötzlichen Umschwenken in das vertraute Du. Sie zuckte zusammen, als die Frau ihre Hand umfasste und sie drückte. »Es freut mich so, dich kennenzulernen. Flora hat oft von dir erzählt.«

Lilly schluckte. »Oma hat von mir erzählt?«, fragte sie konsterniert. »Sie kannten meine Oma?«

»Natürlich!« Erika strahlte. »Es ist eine kleine Gemeinde. Jeder hier kannte Flora.« Sie setzte einen verschwörerischen Blick auf. »Außerdem war Flora eine ganz besondere Frau.« Mit einem Mal verschwand das Lächeln aus dem Gesicht der Verkäuferin, und Trübsinn machte sich breit. »Mein aufrichtiges Beileid. Ihr Tod hat uns alle sehr getroffen.«

Sie beide sahen sich eine Weile an, und Lilly wusste überhaupt nicht, wohin mit ihren Gefühlen. Mehrmals öffnete sie den Mund, setzte zum Sprechen an, doch kein einziger Laut drang hervor.

In dem Moment traten ein Mann und ein kleiner Junge ins Geschäft. Dankbar für die Ablenkung, drehte Lilly sich in die Richtung der beiden. Den Blick hielt sie noch ein wenig länger aufrecht, denn es war ein äußerst gut aussehender Mann. Er hatte ein unbestimmtes, offenes Lächeln auf den Lippen. Im Gehen wuschelte er dem Jungen an seiner Seite durch das Haar, während er ein freundliches »Guten Morgen, Erika«, erklingen ließ.

Die Verkäuferin klatschte freudig in die Hände.

»Der Alexander und der Benno! Das ist ja eine Freude.«

»Auch für uns«, entgegnete der Mann, der augenscheinlich Alexander hieß, wie Lilly es sogleich in ihrem Kopf abspeicherte.

Er gab ein leidvolles Seufzen von sich. »Wenngleich ich diesen Besuch gerne aufgeschoben hätte. Es ist zum Verrücktwerden.« Er fuhr sich durch das dunkle, leicht gelockte Haar und schüttelte den Kopf. »Bennos Füße wachsen wie Schaum. Er braucht schon wieder neue Wanderschuhe!« Als sein Blick auf Lilly fiel, hob er entschuldigend die Hände. »Sorry, ich wollte nicht stören.«

Lilly schüttelte rasch den Kopf. »Alles gut, ich bin ohnehin fertig.« Sie reckte ihr Kinn in Richtung Theke, wo die Verkäuferin gerade dabei war, die Jacke zusammenzufalten und in eine übergroße Papiertüte zu packen.

Der Junge lief durch das halbe Geschäft und blieb vor den Regalwänden mit den bunten Kinderwanderschuhen stehen. »Dieses Mal müssen es ganz besonders Robuste sein!«, kam seine Stimme hinter den Regalen hervor. »Ich gehe nämlich auf einen Söfiwaltwip.«

Lilly und die Verkäuferin tauschten einen irritierten Blick aus.

»Er meint Survival-Trip«, erklärte der Mann grinsend. Er hatte sich mit dem Oberarm gegen eine Schaufensterpuppe gelehnt und fuhr erschrocken zurück, als ihm auffiel, dass seine Hand versehentlich auf der Brust dieser Figur gelandet war.

Lilly grinste belustigt.

»So-so«, machte die Verkäuferin. »Ein Survival-Trip.«

»Hab ich doch gesagt!«, tönte es energisch zwischen den Regalen hervor.

Der Mann trat an den Kassenbereich und erklärte mit abwehrender Geste: »Es ist nicht wirklich ein Überlebenstrip«, sagte er mit gedämpfter Stimme, damit der Junge ihn nicht hörte. »Es ist eine Tradition in unserer Familie, mit acht Jahren seine erste Nacht in der Wildnis zu verbringen.«

»Ein Männlichkeitsritual«, pflichtete der Junge voller Stolz bei, der mit einem Paar Schuhe plötzlich neben Alexander stand. Lilly musste sich ein weiteres Grinsen verkneifen.

»Die hier will ich!«

»Hast du sie denn auch anprobiert?«, fragte die Verkäuferin.

»Wozu? Es ist meine Größe, und es sind Dinosaurier drauf.«

»Ein Männlichkeitsritual, ganz genau!« Wieder wuschelte der Mann über den Kopf des Jungen und senkte die Stimme zu einem Brummen. »Nur so lernt man das Überleben in der harten Natur.«

»Ich werde auch jagen gehen!«, verkündete der Junge. »Mit selbst geschnitztem Pfeil und Bogen.«

Alexander ging in die Knie und sah ihm in die Augen. Dabei lächelte er stolz und umfasste die schmalen Schultern. »Und ob du das wirst, mein Großer.«

Lilly konnte sich lebhaft vorstellen, wie viel Spaß es machen würde, eine Nacht unter freiem Himmel zu verbringen. Als kleines Mädchen wäre das ein Abenteuer ganz nach ihrem Geschmack gewesen. Doch ihr Vater hätte sich nicht im Traum dazu breitschlagen lassen, auch nur eine Stunde mit ihr in einem unbequemen Zelt zu verbringen.

»So, junge Dame«, sagte die Verkäuferin gut gelaunt. »Alles verstaut und eingepackt.« Sie schob die große Tasche über die Theke.

Lilly bedankte sich und legte ihre Kreditkarte auf das Lesegerät, um die neu erstandene Wanderausrüstung zu bezahlen. Dann verabschiedete sie sich und verließ das Geschäft. Als sie sich kurz vor dem Ausgang noch einmal umdrehte, traf sich ihr Blick ein letztes Mal mit dem des attraktiven Mannes. Sie

brachte ein schüchternes Lächeln zustande, spürte gleichermaßen, wie ihre Wangen zu glühen begannen, und beschleunigte
ihre Schritte, um aus dem Geschäft zu kommen. Sie war furcht-
bar mies im Flirten.

Kapitel 10

Der Berg ruft

Lilly füllte ihre Lungen mit der prickelnden Bergluft, während sie den schmalen Pass hinaufstieg. Die Landschaft war so atemberaubend schön, dass sie beinahe unwirklich schien. Ringsum erhoben sich die Berge weit in den Himmel und warfen tiefe Schatten. Gleichzeitig badete die Morgensonne die grünen Wiesen und zerklüfteten Felsstrukturen in einem strahlenden Glanz. Sie folgte einem Pfad, der sich wie eine gigantische Natter durch das Bergpanorama schlängelte. Es war ein steiler Aufstieg, aber sie war in guter Verfassung und genoss jede Minute. Allerdings hatte sie sich einen viel zu heißen Tag für diese anspruchsvolle Route ausgesucht. Obwohl sie nach einer unglaublich erholsamen Nacht früh am Morgen aufgebrochen war und sich sogar mit Omas Vespa zur Talstation der Mendelbahn getraut hatte, um die erste Gondel des Tages zu nehmen, strahlte die Sonne auf dem knapp eintausendvierhundert Meter hohen Mendelpass bereits so intensiv, dass sie die atmungsaktive Allwetterjacke um die Hüfte gebunden hatte. Seit zwei Stunden war sie nun schon unterwegs, kraxelte Schritt für Schritt höher hinauf und spürte den warmen Wind in ihrem Haar, der ihr kaum Abkühlung verschaffte. Die ganze Zeit über hörte sie das Zwitschern der Vögel und das Rauschen der Bäche. Sie vernahm den Duft der wilden Blumen, die überall auf den steilen Hängen blühten, und dazu gesellte sich das melodische Läuten von Kuhglocken. Hin und wieder stand sogar eine Kuh mitten auf dem Weg, sodass Lilly einen Bogen um sie herum machen musste. Auch wenn diese riesigen Wesen friedlich wirkten, wollte sie eine direkte Konfrontation lieber vermeiden. Immerzu orientierte sie sich an den hölzernen Schildern und den Wegmarkierungen, die auf Felssteine gemalt waren. Keinesfalls wollte sie von ihrer Route abkommen und einen Umweg in Kauf nehmen. Denn schon jetzt brannten ihr die Oberschenkel von dem Aufstieg. Entsprechend erschöpft erreichte sie schließlich nach vielen schweißtreibenden Höhenmetern die Murmeltierklippe, die vollkommen unberührt vor ihr lag. Mitten auf dem Weg blieb sie stehen, stützte sich auf den Wanderstöcken ab und war tief ergriffen von der Landschaft, die sich vor ihr ausbreitete. Sie konnte das Tal unter sich sehen, in dem die Dörfer und Straßen wie Spielzeuglandschaften aussahen. Dazwischen lag der tiefblaue See. Und irgendwo dort unten stand auch das Haus ihrer Oma. Sie konnte es nicht sehen, aber sie wusste, dass es da war.

In diesem Augenblick fühlte sie sich so lebendig wie schon lange nicht mehr. Gleichzeitig umfing sie eine tiefe Stille. Es war, als ob der Anblick der Berge einen magischen Bann auf sie ausübte. Sie gab sich noch einige Sekunden diesem Moment hin, bis sie sich an die gestellte Aufgabe erinnerte. Suchend blickte sie sich um, schirmte mit der Hand die Augen ab, um Einzelheiten erkennen zu können. Sie stand direkt vor einem Schotterhang, aus dem einzelne grüne Büschel ragten.

Ihr Herzschlag beschleunigte sich. Etwas abseits von ihrem Standort sah sie tatsächlich eine Gruppe von Murmeltieren. Trotz der schweren Beine setzte sie den Weg fort, um sie sich aus nächster Nähe anzuschauen. Es war ein wunderbares Schauspiel, als zwei Jungtiere unbeschwert in der Sonne herumtollten. Sie jagten einander und stießen leise, fast menschlich klingende Laute aus. Überwältigt von ihrem süßen Charme, jauchzte Lilly vor Freude. Gab es etwas Niedlicheres, als Murmeltiere in freier Wildbahn zu erleben? Sie setzte sich ins Gras, streckte die schmerzenden Beine aus und beobachtete die Tiere bei ihrem Spiel. Sie war so fasziniert von dem Anblick, dass sie vollkommen in diesem Moment versank. Geradezu eingefangen war sie von der unbeschwerten Freude der pelzigen Geschöpfe. Als gäbe es nur noch diesen Augenblick, dieses Gefühl von innerem Frieden und Ausgeglichenheit.

Doch dann schrak sie unversehens auf. Wie lange saß sie nun schon da? Minuten? Stunden? Irritiert über sich selbst, erhob sie sich, klopfte sich den Hintern ab und blickte sich um. Sie war aus einem ganz bestimmten Grund hier. Immerhin hatte Oma gewollt, dass sie diese Wanderung auf sich nahm. Aber warum? Bloß wegen des Anblicks der Murmeltiere?

Nein. Lilly schüttelte den Kopf. Da musste mehr dahinterstecken. Während sie darüber nachdachte und sich angestrengt umsah, sprang ihr ein Farbklecks ins Auge, der so gar nicht in dieses Bergpanorama passen wollte.

Beim näheren Hinsehen erkannte sie, dass es bunte, aneinandergereihte Stoffvierecke waren, die sie als tibetanische Gebetsfähnchen entlarvte. Sie begleiteten den Anfang eines schmalen Passes, der kaum sichtbar direkt hinter der Murmeltierklippe begann. Angestachelt von ihrer Neugierde, folgte sie dem mit Fähnchen umspannten Weg, der sich als waghalsiger Trampelpfad herausstellte. Allem Anschein nach war er schon lange nicht mehr begangen worden. Dichtes Gestrüpp presste sich an das Gestein, erschwerte zusätzlich jeden Schritt des Anstiegs. War das überhaupt noch ein Weg? Lilly war froh darum, bei ihrem Schuhwerk nicht gespart zu haben.

Der Schotterweg schien kein Ende nehmen zu wollen. Er führte halb um den Gipfel herum und ging noch einmal ein steiles Stück nach oben. Stellenweise wurde er so schmal, dass sie höllisch aufpassen musste, wohin sie ihren Fuß setzte. Sie klammerte sich an das geflochtene Stahlseil, das in der glatten Felswand verankert war. Direkt über ihr spannte sich eine weitere Fahnengirlande, die jedoch so verwittert war, dass die einzelnen Stofffäden in Fetzen hingen und die urtümlichen Farben der Fähnchen kaum noch zu erkennen waren. *Wer sie wohl befestigt hat?*

Als sie glaubte, dass sie es unmöglich noch einen Schritt weiter schaffen könnte, hatte sie den schmalen Pass endlich hinter sich gelassen und fand sich auf einem Plateau wieder, das einen atemberaubenden Blick auf das Tal eröffnete.

Überall um sie herum hingen nun tibetanische Gebetsfahnen, die im Wind flatterten und ihre Farbenpracht entfalteten. Sie drehte sich um und erkannte am Fuße des Berggipfels eine steinerne Kapelle, die wohl schon seit Jahrhunderten den Witterungen der Bergwelt trotzte. Sie war klein und unscheinbar. Der helle Stein, aus dem sie gebaut war, hob sich kaum vom felsigen Hintergrund ab. Umso mehr aber die bunten Gebetsfähnchen, die sich wie ein Rundzelt von der Spitze der Kapelle herum spannten. Es mussten Hunderte sein. Der Wind zerrte so sehr an ihnen, dass das Flattern sämtliche Laute der Natur übertönte. Es war ein absonderlicher und doch eindrucksvoller Anblick.

Auf jeden Fall war es die seltsamste Kapelle, die Lilly je gesehen hatte. Angezogen von einer tiefen Neugier, ging sie hinüber in den einladenden Vorhof. Dort entdeckte sie eine Reihe von steinernen Buddhastatuen, die um einen kleinen, vor sich hin plätschernden Brunnen herum aufgestellt waren. Von irgendwoher strömte der Duft von Lemongras und Patschuli auf sie ein, was Lilly nur noch mehr verwirrte. Erst als sie ein Schälchen erblickte, in dem eine Handvoll Räucherstäbchen munter qualmten, verstand sie, woher diese exotischen Gerüche kamen.

Sie hielt in der Bewegung inne. *Aber wenn sie noch brennen, muss sie jemand angezündet haben.*

Und da erblickte sie auf einem Felsvorsprung einen Mann in einem dunklen Gewand. Er hatte einen Vollbart, der so lang war, dass er seine Brust berührte. Die Haare auf seinem Kopf waren nicht minder kurz. Er saß im Schneidersitz, hatte die Augen verschlossen und die Arme mit den Handflächen nach oben auf seinen Beinen abgelegt. Er war barfuß.

Lilly verstand sofort, dass er meditierte. Um ihn nicht zu stören, setzte sie einen leisen Schritt zurück, stieß dabei jedoch gegen eine Gebetsmühle, die rumpelnd zu Boden fiel. Der Mann öffnete erst das eine und dann das andere Auge.

»Verzeihen Sie bitte!« Lilly riss beschwichtigend die Arme nach oben. »Ich wollte Sie wirklich nicht stören.«

Der Mann blinzelte, musterte sie, dann lächelte er und sprang wie eine gespannte Feder aus seinem Schneidersitz auf. »Besuch!«, sagte er sichtlich erfreut. »Den hab ich auch nicht alle Tage. Herzlich willkommen in meiner bescheidenen Hütte.« Mit einer einladenden Geste trat er auf sie zu. »Ich bin Paul, der Bergmönch.« Er grinste. »Zumindest nennen mich die Leute unten im Tal so.«

Sie schüttelte ihm die Hand. Er hatte warme, weiche Hände, aber einen angenehm kräftigen Druck. »Bist du denn ein echter Mönch?«

»Wonach schaut es denn aus?«, fragte er zurück. Er zupfte an seiner Kutte und warf lachend den Kopf in Richtung der Kapelle, was schließlich auch für Lilly Antwort genug war.

»Ich freue mich, dass du den beschwerlichen Weg auf dich genommen hast. Es ist immer schön, Besuch zu bekommen.« Hinter seinem wuchernden Vollbart blitzten schneeweiße Zähne hervor. Jedoch fehlte ihm ein oberer Eckzahn. »Vor allem von Menschen, die das Leben in den Bergen zu schätzen wissen.«

Lilly nickte heftig. »Ich liebe die Natur und die Berge.« Sie sah sich gedankenverloren um und ließ eilig die Hand des Mannes wieder los, als sie sich bewusst wurde, dass sie diese immer noch hielt. »Ich wollte dich wirklich nicht beim Meditieren stören. Aber ich bin den Fähnchen gefolgt. Und dann habe ich diese, nun ja, doch etwas merkwürdige Bergkapelle gesehen. Sie hat mich förmlich angezogen …«

»Ich verstehe.« Paul versuchte, eine seiner nach vorn gefallenen Strähne glatt zu ziehen. Vergebens. Denn als er sie wieder losließ, landete sie zurück an Ort und Stelle und kräuselte sich wie der Rest seiner Haare. »Vielleicht war es ja gar nicht der Zufall, der dich hierhergeführt hat. Womöglich suchst du nach Antworten, nach einem tieferen Sinn im Leben.«

Lilly musterte ihn, fühlte sich überrumpelt von seinem abrupten Themenwechsel, der mit einem Mal weit über einen Small Talk hinausging. »D-d-as tue ich tatsächlich«, stammelte sie. »Aber woher weißt du …?«

Er stieß ein amüsiertes Lachen aus. »Weil wir Menschen das doch alle tun.« Langsam neigte er den Kopf und sah sie mit aufrichtigem Interesse an. »Vielleicht magst du dich umschauen?«, fragte er freundlich. »Soll ich dir mein Zuhause zeigen?«

Ihre Augen wurden groß. »Du lebst hier?«

»Aber ja!« Mit einem resoluten Nicken breitete er die Arme aus. Dabei verschwanden seine Hände beinahe in den weiten Ärmeln seiner Kutte. »Seit vielen Jahren ist das hier meine Heimat.«

Lilly glaubte zu verstehen. »Dann bist du ein Eremit?«

Der Mönch verzog ein wenig das Gesicht. »Mir gefällt dieses Wort nicht. Aber ja. Ich lebe hier in absoluter Einsamkeit und Stille, um mich ganz auf meine spirituelle Suche zu konzentrieren.« Er zwinkerte ihr zu. »Wie du siehst, ist jeder Mensch auf der Suche nach irgendwas. Auch ein Mönch ist nicht frei von seiner Suche.«

Lilly war tief beeindruckt. »Wie kommst du mit der Einsamkeit zurecht? Ist es nicht hart, immer allein zu sein?«

Er schmunzelte friedvoll vor sich hin und faltete die Hände vor dem Bauch. »Ich bin ja nicht immer allein. Hin und wieder verirren sich nette Menschen wie du zu mir.« Erneut dieses spitzbübische Zwinkern seiner hellbraunen Augen. »Außerdem bekomme ich regelmäßig Besuch von den Murmeltieren. Sie lieben meinen Gemüsegarten.« Er drehte sich um und setzte sich in Bewegung. Lilly folgte ihm. Gemeinsam schlenderten sie an einem Beet vorbei, in dem sie Salatblätter erkannte, von denen einige Köpfe eifrig angeknabbert wirkten.

»Diese Einsamkeit ist nicht immer einfach«, redete Paul mit sonorer Stimme weiter. »Und doch ist es für mich wichtig, in Stille und in Einklang mit dem Berg zu meditieren. Nur so kann ich wirklich in mich hineinhorchen und meinen Weg finden.«

Lilly runzelte die Stirn, während sie den Mann ernst ansah. »Hast du ihn als Mönch denn nicht schon längst gefunden?«

Er blieb stehen, sah an sich hinab. Seine Hand ging nach

oben, und er zog seine Halskette hervor, an der ein hölzernes Kreuz liegt. »Ich bin Katholik«, sagte er und wirkte mit einem Mal tieftraurig. »Aber sieh dich um, sieht das für dich aus wie eine katholische Bergkapelle?«

Lilly schüttelte zaghaft den Kopf.

»Eben.« Seufzend fuhr er sich durch das lange Haar. »Es ist kompliziert. Ich bin im katholischen Glauben aufgewachsen und habe jahrelang der Kirche gedient. Aber irgendwann hatte ich das Gefühl, dass etwas fehlt. Ich fand, dass die Kirche zu sehr an äußeren Ritualen und Traditionen festhält und den wahren Kern des Glaubens vernachlässigt. Da habe ich begonnen, mich für die Philosophie des Buddhismus zu interessieren.« Ein Funkeln hatte sich in seinen Augen eingenistet. »Die Idee von Karma und Wiedergeburt hat mich zunehmend fasziniert, und die Meditation hat mir geholfen, meinen Geist zu reinigen und Klarheit zu finden.« Nun strahlte er Lilly regelrecht an. »Ich habe das Gefühl, dass ich im Buddhismus mehr von dem finde, wonach ich suche, als im Katholizismus.«

Ihre Lippen formten sich zu einem gedankenvollen Lächeln. »Das kann ich nachvollziehen. Aber was ist mit Jesus und Gott?«

Paul seufzte erneut. Er ließ sich auf einer Holzbank vor der Kapelle nieder und bedeutete Lilly, neben ihm Platz zu nehmen. Gemeinsam gaben sie sich einem Moment des Schweigens hin, den Lilly nutzte, um sich in der Aussicht zu verlieren. Die Sonne stand hoch am Himmel und kitzelte mit ihren warmen Strahlen ihre Nasenspitze. In der Ferne sah sie die schneebedeckten Gipfel der Dolomiten.

»Ich denke, dass es viele Wege gibt, zu Gott zu gelangen.« Pauls Stimme hatte einen dunklen, nachdenklichen Klang angenommen. »Für mich ist der Buddhismus der Weg, der am besten zu mir passt. Aber ich respektiere auch die anderen Religionen und bin der Meinung, dass sie allesamt gültige Wege sind, um spirituelle Erkenntnis zu erlangen.«

Lilly dachte über seine Worte nach. »Das ist ein sehr weiser Ansatz«, sagte sie schließlich. »Ich glaube, dass es wichtig ist, offen für alles zu sein, um den eigenen Weg zu finden.«

Paul sah sie dankbar an. »So sehe ich es auch. Und wer weiß, vielleicht finde ich irgendwann den Weg zurück zur Kirche. Aber im Moment fühle ich mich im Buddhismus zu Hause.« Er wandte sich ihr zu, sah ihr tief in die Augen. »Jetzt hast du eine Menge über mich erfahren – einen Mann, der sich der katholischen Kirche verschrieben hat, aber sich dem Buddhismus näher fühlt.« Er stieß ein unbestimmtes Lachen aus. »Von dir weiß ich hingegen noch gar nichts, Lilly. Was suchst du?«

Sie zuckte mit den Schultern, dachte angestrengt über diese Frage nach. Alles, was ihr dazu einfallen wollte, war: »Mich selbst, befürchte ich.«

Der Mönch lachte nicht, im Gegenteil: Er nickte gutmütig. »Das ist immer die schwierigste Suche.«

»Ich bin einem Wunsch gefolgt«, sprach Lilly weiter, ohne den Mönch anzusehen. Dafür hatte sie die Rauchschwaden der Räucherstäbchen im Blick, die sich in den Himmel schraubten und sich dort verloren. »Ich sollte diese Reise nach hier oben antreten. Zu den Murmeltieren.«

»Warum?«

»Ich weiß es nicht.« Wieder hoben sich ihre Schultern. »Meine kürzlich verstorbene Oma wollte es so. Sie meinte, dass ich hier oben den Anfang einer Reise finden würde, die ich für sie antreten soll.«

Daraufhin sah der Mönch sie so aufmerksam an, dass sie seinen Blick irritiert erwiderte.

»Du bist Lilly«, presste er aufgeregt hervor. »DU BIST LI-LLY!« Er schrie ihr die Worte förmlich entgegen, woraufhin sie verhalten lächelte. »Nun ja …«

»Flora hat gesagt, dass du kommen wirst. Und jetzt bist du da!«

Lillys Lächeln erstarb, sie musste schlucken. »Du kanntest meine Oma?«

»Kennen?« Nun lachte er inbrünstig. »Weit mehr als das. Flora und ich waren enge Freunde. Vielleicht sogar die besten. Jede Woche kam sie zu mir rauf.«

Lillys Herz flatterte. Sie wusste gar nicht, wie ihr geschah, sie war verwundert und überrascht zugleich. Darüber, dass Oma regelmäßig diesen beschwerlichen Weg auf sich genommen hatte. Darüber, dass sie sich mit einem Eremiten angefreundet hatte. Vor allem aber darüber, dass sie augenscheinlich gewollt hatte, dass Lilly ihn kennenlernte. Als dieser sie schließlich in den Arm nahm, fest an sich drückte und zu weinen begann, gab es auch für sie kein Halten mehr. »Du … bist Lilly«, stieß er schluchzend hervor. Er drückte sie so fest an sich, als wolle er sie gar nicht mehr loslassen. Auch Lilly ließ ihren Tränen jetzt freien Lauf. Die Begegnung mit diesem Mann, der allem Anschein nach ein enger Vertrauter ihrer Oma gewesen war, war nach all den Strapazen des Aufstiegs schlichtweg zu viel für sie. Als er sie schließlich aus seiner Umarmung entließ, hielt er ihr ein Stofftuch hin, das Lilly dankbar ergriff. Seine Tränen wischte er indes mit dem Ärmel seiner Kutte weg. »Ich habe so sehr darauf gewartet, dich endlich kennenzulernen. Nach all dem, was Flora mir von dir erzählt hat.« Über seine Tränen hinweg strahlte er. »Sie hatte gewusst, dass du kommen und diese Reise antreten wirst.«

»Aber … welche Reise?« Lilly wischte sich die Tränen fort und räusperte sich.

Paul sah sie eindringlich an. »Flora hatte das Gefühl, einiges wiedergutmachen zu müssen«, sagte er, »weil sie all die Jahre nicht für dich da sein konnte. Deshalb hatte sie die Idee dieser Liste mit all den Dingen, die ihr viel bedeutet haben, aber auch von Dingen, die sie gerne erlebt hätte, wozu es wegen ihrer schlimmen Krankheit aber nicht mehr gekommen ist.« Er senkte den Kopf und musterte den felsigen Boden. »Ihr Wunsch war es, dass du diese Reise für sie antrittst, in der Hoffnung, dass ihr euch dadurch näherkommt.«

Lilly nickte. Genau das war auch aus dem Brief hervorgegangen, den sie im Haus vorgefunden hatte.

»Aber ich begreife es einfach nicht«, gestand sie. »Alles, was ich weiß, ist, dass ich hier auf diesen Berg soll. Nun lerne ich dich kennen, womit ich ein weiteres Puzzleteil gefunden habe. Aber ... was soll ich hier?«

Paul hob den Blick, grinste erst vorsichtig und dann so breit wie das sprichwörtliche Honigkuchenpferd. »Nun, zumindest dabei kann ich dir behilflich sein.« Er erhob sich, stellte sich direkt vor sie und streckte ihr auffordernd die Hand entgegen. »Ich weiß, es ist viel verlangt, aber du musst mir jetzt vertrauen.«

Seine freie Hand zeigte nach links, auf einen Gegenstand, der an der rückwärtigen Wand der Bergkapelle lehnte. Erst auf den zweiten Blick erkannte sie, was es damit auf sich hatte. Vor Schreck starrte sie den Mönch an, der gar nicht mehr mit dem Grinsen aufhören wollte.

»Oh nein«, sagte sie mit zittriger Stimme.

»Oh doch!«, erwiderte Paul entschieden. »Deine Oma wollte es so.«

Kapitel 11

Bis ins Unendliche und darüber hinaus

Lilly starb tausend Tode.

Sie konnte nicht glauben, dass ihre Oma wirklich wollte, dass sie einen Paragliding-Flug machte – obendrein mit einem Mönch. Dabei musste sie doch von ihrer Höhenangst gewusst haben, die sie schon als Kind geplagt hatte. Ob sie es schlichtweg vergessen hatte? Oder hatte sie gewollt, dass ihre Enkeltochter im wahrsten Sinne über ihren Schatten sprang und neue Dinge ausprobierte? Jenseits ihrer Komfortzone? Lilly klammerte sich an die Seile, die den riesigen Schirm trugen, der weit über ihnen gespannt war und unter dem sich die warme Luft des Aufwinds sammelte. Dicht hinter ihr saß Paul, der einen freudigen Jauchzer ausstieß. »Ist das nicht fantastisch?«, schrie er so laut, dass es in Lillys Ohren kitzelte. Lilly schrie zurück. In blanker Todesangst.

»Entspann dich und genieße die Aussicht.«

Beides war schwer. Ersteres ließen ihre verkrampften Muskeln nicht zu. Und für Zweiteres hätte sie die Augen öffnen müssen. Ein Umstand, zu dem sie noch nicht in der Lage war. Es reichte vollkommen, den Wind um sich herum und den fehlenden Boden unter den Füßen zu spüren. Das war absoluter Wahnsinn! Sie hing an einem Gleitschirm und ließ sich durch die Lüfte tragen.

In ihrem Magen grummelte und rumorte es. Ihr war so übel, dass sie sich auf der Stelle hätte übergeben können. Nur ihrer Selbstbeherrschung war es zu verdanken, dass sie das nicht tat.

»Jetzt mach schon die Augen auf«, forderte Paul lauthals. »Du verpasst das Beste. Du hast dir wirklich das schönste Wetter für deinen ersten Gleitschirmflug ausgesucht.«

Also überwand sie sich, schaute zögernd zurück zu Paul. Er hatte seine Mönchskutte gegen eine Windjacke und strapazierfähige Trekkinghosen eingetauscht.

Sie wandte den Kopf nach oben, sah am Rand des Schirms vorbei in den strahlend blauen Himmel, an dem jetzt kaum eine Wolke hing. War sie jemals so aufgeregt und ängstlich zugleich gewesen wie in diesem Augenblick? Sie holte tief Luft, zwang sich zur inneren Ruhe. *Ich tue das für dich, Oma.* Sie sah noch einmal gen Himmel, dann senkte er sich langsam nach unten. Gleichzeitig vollführte der Schirm eine lange Kurve und gewährte damit einen Blick auf das gesamte Bergpanorama – so unfassbar schön. Schlagartig verschwand Lillys Angst, wie vom Wind davongetragen. Mit einem Mal fühlte sie sich unendlich frei. Einem Vogel gleich, schwebte sie hoch oben in der Luft, vernahm nichts anderes als das Rauschen des Windes, das kribbelnde Gefühl im Magen und die Sonnenstrahlen auf ihrem Gesicht. Mit der Angst verschwanden auch die Sorgen, während Paul sich als erfahrener Paraglider erwies und sie sicher durch die Luft manövrierte.

»Ist es nicht herrlich?« Er drückte ihre Schulter, und Lilly nickte so eifrig, dass ihr der Helm verrutschte.

»Streck die Arme aus und stell dir vor, es wären Flügel.«

Sie folgte seiner Anweisung und stieß sogleich ein lautes Lachen aus. Er hatte recht, sie fühlte sich frei wie ein Vogel. Hier oben konnte ihr nichts und niemand etwas anhaben.

»Danke, Oma«, flüsterte sie dem Himmel entgegen und gab sich voll und ganz diesem Moment hin, sog das Erlebnis in sich auf, brannte es sich ein, damit sie keine einzige Sekunde davon jemals vergessen würde. Paul steuerte den Schirm in ausgedehnten Kurven entlang der Bergflanke. Sie erblickte die Murmeltierklippe und den schmalen Pass, der gesäumt war mit Gebetsfähnchen. Weiter unten sah sie die Gondel der Seilbahn, so winzig wie eine Streichholzschachtel. Die Welt schien ihr auf einmal so klein und doch unendlich groß.

Die sanfte und zugleich mächtige Kraft des Windes trug den Schirm, ließ sie aufsteigen und wieder absinken, in einem rhythmischen Tanz. Sie wusste nicht, wie lange der Flug ging, sie hatte jedwedes Zeitgefühl verloren. Doch irgendwann schraubten sie sich in weitläufigen Drehungen allmählich tiefer. Die Landschaft unter ihnen gab jetzt immer mehr Details preis.

»Bereite dich auf die Landung vor«, sagte Paul mit einer ruhigen und festen Stimme. Lillys Herz begann schneller zu schlagen. Sie warf den Kopf nach hinten. »Was? Jetzt schon?«

Er lachte herzlich. »Deine Oma konnte davon auch nie genug bekommen.«

Ihr Puls wurde schneller. Sich vom Wind durch die Lüfte tragen zu lassen, war eine Sache. Doch die Landung auf dem festen, unerbittlichen Boden war ein völlig anderes Kapitel. Das Rascheln des Schirms wurde lauter, während sie weiter an Höhe verloren und der Boden stetig näher kam. Ein sanfter Ruck hob ihren Magen an, als Paul die Steuerleinen zog und den Schirm für die Landung vorbereitete.

»Beine nach vorne und bereit zum Laufen«, befahl er. Mit einem leichten Flattern im Magen richtete sie sich auf, um seine Anweisungen zu befolgen. Unter sich konnte sie bereits die einzelnen Grashalme des Landefelds erkennen.

Wie in Zeitlupe schien es, dass der Boden sich auf sie zube-wegte. Mit einem letzten Zug an den Steuerleinen begann der Schirm zu sinken. Reflexartig streckte Lilly die Beine aus. Für einen Augenblick war alles ein Wirbel aus Farben und Geräu-schen, doch dann spürte sie die Wiese unter ihren Füßen, lief ein paar Schritte mit, und dann war es auch schon geschafft. Der Schirm segelte elegant hinter ihnen zu Boden und kam in einer bunten Welle zum Liegen. Lilly atmete tief ein und aus. Ein glückseliges Grinsen breitete sich in ihrem Gesicht aus. Sie war überwältigt von Gefühlen. Kaum hatte Paul sie aus ihrem Geschirr befreit, umarmte sie ihn überschwänglich. »Das war das unglaublichste Erlebnis meines Lebens!«

Paul lächelte zufrieden. »Du hast dich mit deinem Mut selbst belohnt.«

Lilly konnte nicht aufhören zu strahlen. Sie wusste, dass ihre Oma irgendwo dort oben auf sie herabblickte und stolz auf sie war. Denn Lilly hatte ihr gezeigt, dass sie über ihre Ängste hin-auswachsen konnte. »Das war wirklich fantastisch.«

»Es war auch für mich ein besonderes Erlebnis. Ich habe lange keinen Flug mehr gemacht, und deine Freude war richtig ansteckend.« Er zog den Helm vom Kopf und fuhr sich durch das lange Haar.

»Ach, da ist noch was.« In einer fließenden Bewegung zog er den Reißverschluss seiner Windjacke auf und brachte einen Umschlag zum Vorschein. »Den hat Flora mir gegeben. Er ist für dich.«

Lilly nahm ihn entgegen. Sofort erkannte sie die Hand-schrift ihrer Oma. Ein weiterer Brief also. Während Paul sich daranmachte, den großen Schirm zusammenzufalten und wie-der in den Rucksack zu verstauen, riss Lilly mit pochendem Herzen das Kuvert auf und schaute hinein. Sie war irritiert, dass der Umschlag keinen weiteren Brief enthielt. Sie zog ihn ausei-nander, steckte die Hand hinein und fischte eine Karte aus fes-tem Karton heraus. Es war ein Gutschein, wie sie feststellte. Ein Gutschein für eine Yogastunde am Ufer des Kalterer Sees.

Na so was.

»Gut, das wäre erledigt!« Paul schulterte den riesigen Rucksack, in dem er den Schirm mitsamt dem Gurtzeug un-tergebracht hatte. Die beiden Helme baumelten außen an den Seiten. Sein Blick wanderte den Berg hinauf. »Dann mache ich mich mal auf den Rückweg zur Kapelle, bevor es dunkel wird.« Er sah sie eindringlich an. »Ich bin froh, dass ich dich kennen-lernen durfte, Lilly. Ich hoffe, dass du auf deinem weiteren Weg die Erfüllung findest, nach der du suchst.«

»Das wünsche ich dir auch.«

Sie umarmten sich noch einmal herzlich. Lilly hätte diesen Mann am liebsten gar nicht mehr losgelassen. Sie wusste, dass sie dank dieses Erlebnisses für immer eine besondere Verbin-dung zu Paul haben würde, dem einsamen Mönch in den Ber-gen, der ihr geholfen hatte, diesen Schritt zu wagen.

Eine Weile sah sie ihm hinterher, wie er sich an den Aufstieg machte, um den sie ihn nicht beneidete. Da sie noch immer wa-ckelig auf den Beinen war und diese Erfahrung erst einmal ver-dauen musste, setzte sie sich auf die Wiese und genoss die Ruhe und den Frieden, den sie gerade gefunden hatte. Sie horchte tief in sich hinein, während sie den Yoga-Gutschein in den Händen hielt. Ihr Körper war durchflutet von Adrenalin und Glücks-hormonen. Sie fühlte sich unglaublich stark und bereit für jedes weitere Abenteuer, das ihre Oma für sie vorgesehen hatte. Wag-halsiger als dieses Erlebnis konnte es schließlich nicht mehr werden. Sie hob den Kopf, schaute in den Himmel. *Oder, Oma?*

Kapitel 12

Böse Jo-Energien

Die alte Vespa knatterte röhrend bei jedem Anstieg, aber das störte Lilly nicht. Sie war glücklich und fühlte sich noch immer berauscht von ihrem Gleitschirmflug und der Begegnung mit dem Bergmönch. Jedoch taten ihr die Beine von der anstrengenden Wanderung weh. Morgen würde sie ganz bestimmt ein ausgewachsener Muskelkater heimsuchen. *Aber heute ist nicht morgen und damit kein Platz für dunkle Gedanken,* ermahnte sie sich, während sie sich den Fahrtwind um die Nase wehen ließ. Die Straße war kaum befahren und schlängelte sich in Serpentinen ins Tal hinunter. Sie genoss das Brummen des Motors unter sich.

Nachdem sie den steilen Bergpass hinter sich gelassen hatte, war sie schon bald umgeben von sanften Hügeln, die mit Weinreben bedeckt waren. Ihr Weg führte sie vorbei an kleinen Bauernhöfen, Hotels und familiengeführten Weingütern. In der Ferne konnte sie die schimmernde Oberfläche des Kalterer Sees ausmachen. Jede Kurve eröffnete ihr einen neuen, atemberaubenden Blick auf die Landschaft – idyllische Dörfer, die in das Grün der Weinberge eingebettet waren, malerische Kirchtürme, die über den rötlichen Dächern aufragten, und die fernen Gipfel der Dolomiten, die den Horizont krönten. Trotz brummendem Motor bemerkte sie irgendwann ein rhythmisches Pulsieren gegen ihr Bein. Es kam aus ihrer Hosentasche. Die Umgebung lenkte sie so sehr ab, dass sie einen Moment brauchte, bis sie verstand, dass es ihr Smartphone war.

Also verlangsamte sie die Fahrt, nahm eine Hand vom Lenker und fischte es hervor. Der Name, der auf dem Display zu lesen war, wischte sämtliche gute Laune fort: Jo. Sie überlegte, es einfach klingeln zu lassen. Andererseits zögerte sie das längst fällige Gespräch damit nur noch weiter hinaus. Also brachte sie den Roller am Grünstreifen des Fahrbahnrands zum Stehen und nahm den Anruf entgegen.

»Lilly, verdammt! Wo steckst du? Ich bin wahnsinnig vor Sorge um dich. Warum hast du dich nicht gemeldet? Du bist seit Tagen nicht zur Arbeit erschienen und reagierst überhaupt nicht auf meine Anrufe und Nachrichten. Die Personalchefin sagt, dass du krank bist.« Er sprach ohne Punkt und Komma und klang tatsächlich sehr besorgt. Lilly schnaufte in den Hörer hinein. Etwas anderes fiel ihr auf die Schnelle nicht ein. Als wüsste sie nicht selbst, dass ihr Verhalten alles andere als korrekt war. Dennoch stieg die Wut wieder in ihr hoch, weil ausgerechnet Jo die Dreistigkeit besaß, ihr das vorzuhalten. Sie bezwang sie mühsam, weil sie die Begeisterung über das Paragliding nicht mit Jähzorn zunichtemachen wollte. Entsprechend bemühte sie sich um einen freundlichen Tonfall. »Du, Jo ... ich bin in Südtirol.«

Kurz wurde es still.

»In Südtirol? Ohne das mit mir besprochen zu haben?«

Lilly schloss für einen Moment die Augen und bildete sich ein, Jos Kopfschütteln sehen zu können. Denn das tat er gerade ganz bestimmt.

»Südtirol«, wiederholte er gedankenvoll. »Das ist nicht akzeptabel, Lilly. Du weißt, wie viel Arbeit wir haben und wie wichtig es ist, dass jeder seinen Teil beiträgt.« Jetzt legte er einen Tonfall an den Tag, der überhaupt nicht mehr besorgt klang, sondern vorwurfsvoll.

Sie dachte an die Ideen, die sie ausgearbeitet hatte und die Jo, ohne mit der Wimper zu zucken, als seine eigenen ausgegeben hatte. Doch sie mahnte sich zur Ruhe. Immerhin war dieser Mann ihr Vorgesetzter.

»Ich brauche diese Auszeit, ich war am Ende meiner Kräfte«, erklärte sie.

»Du brauchst eine Auszeit«, wiederholte Jo tonlos.

In der nächsten Phase der Stille vernahm Lilly nur noch das Summen der Bienen auf dem Wildblumenfeld neben der Straße.

»Lilly, ich mache mir Sorgen um dich. Es tut mir leid, dass ich so streng war. Aber ich vermisse dich hier«, gestand er. »Und ich vermisse es, Zeit mit dir zu verbringen.«

Sie rollte mit den Augen. Ihr war vollkommen klar, dass er nicht nur ihre Arbeitskraft vermisste. Obwohl es unprofessionell war, hatte sie sich in den letzten beiden Jahren nicht von ihm fernhalten können. Sie hatte sich zu ihm hingezogen gefühlt und sich nichts sehnlicher gewünscht, als eine richtige Beziehung mit ihm zu führen. Nicht bloß eine heimliche Affäre. Stets hatte sie sich in dieser Zeit von der Hoffnung tragen lassen, dass Jo sich endlich offen zu ihr bekannte. Dass dieses verdammte Versteckspiel aufhörte. Doch nach seiner miesen Aktion konnte dieser Wunsch nicht weiter entfernt sein. Sie hatte gut und gerne Lust, ihn ein für alle Mal auf den Mond zu schießen. Nach diesem Verrat war sie gar nicht mehr sicher, ob sie überhaupt jemals wieder zu ihm zurückkehren würde. Der

Vertrauensbruch wog zu schwer. Erschöpft lehnte sie sich über den Lenker und musterte den Asphalt unter ihren Füßen. Ein Auto fuhr an ihr vorbei, dessen Fahrtwind ihr eine wohltuende Abkühlung bescherte.

»Du musst zurückkommen«, ertönte Jos Stimme an ihrem Ohr. »Sofort! Ohne dich schaffe ich das alles nicht.« Und dann stellte er ihr eine Frage, die ihren Puls in die Höhe trieb. »Vermisst du mich denn nicht auch?«

Lilly wusste nicht, was sie antworten sollte, und wich seiner Frage aus.

»Ich habe das Gefühl, dass ich in letzter Zeit nur noch funktioniert und mich dabei selbst verloren habe. Ich möchte mein Leben neu ausrichten und mich auf das konzentrieren, was mir wichtig ist«, erklärte sie mit einer Stimme, als wäre sie bei einem Vorstellungsgespräch nach ihrem Fünfjahresplan gefragt worden.

Jo druckste herum. »Ich verstehe das, Lilly. Aber du musst auch verstehen, dass wir dich brauchen.« Er atmete hörbar aus. »Ich tue hier wirklich mein Bestes, um dir den Rücken freizuhalten. Aber ohne Krankmeldung wird das echt schwer.«

Darauf wusste Lilly nichts zu erwidern. Kaum etwas hätte ihr momentan egaler sein können.

»Und überhaupt. Was machst du in Südtirol?«

Mich selbst suchen. Schmunzelnd dachte sie an das Gespräch mit Paul zurück.

»Erbangelegenheiten klären«, erwiderte sie ausweichend.

»Erbe? Welches Erbe?« Er wirkte hörbar irritiert, und da fiel ihr ein, dass sie ihm überhaupt nichts vom Tod ihrer Oma erzählt hatte. Also holte sie das in knappen Worten nach, mit dem Ergebnis, dass er es mit einem düsteren Brummen quittierte.

»Und das hätte nicht Zeit bis zur Neuplanung unserer zukünftigen strategischen Ausrichtung gehabt?«, fragte er vorwurfsvoll. »Ehrlich, Lilly. Hier brennt die Hütte, und du verabschiedest dich in den Urlaub. Dir ist klar, dass du dir dafür eine Abmahnung einfangen kannst?«

»Das würdest du tun?«, fragte sie scharf zurück. »Mich abmahnen?« *Nachdem du meinen Businessplan geklaut hast?!*

Er zögerte eine Sekunde zu lange. »Komm einfach zurück, ja?«

»Warum?«

»Weil wir dich brauchen.«

Lilly erwiderte nichts darauf, und da schien selbst Jo ein Licht aufzugehen, dass dies nicht die Antwort gewesen war, die sie zurückbringen würde.

»Weil *ich* dich brauche«, fügte er eindringlicher hinzu.

Sie legte den Finger auf die rote Taste, zögerte aber einen Augenblick, bevor sie das Gespräch endgültig beendete. Eine Frage brannte ihr noch auf der Zunge, und sie wusste, dass sie es bereuen würde, wenn sie sie nicht stellte.

»Was empfindest du eigentlich für mich? Liebst du mich?«

Gut, das waren zwei Fragen.

Es folgte eine Pause. Lange genug, dass keine Antwort mehr vonnöten war.

»Lilly, du weißt genau, wie viel du mir bedeutest. Aber ... es wäre zu kompliziert. Du und ich ... wir arbeiten zusammen und sind ein fantastisches Team. Aber ich bin auch dein Vorgesetzter. Und ich will nicht, dass das unsere Arbeit beeinträchtigt.«

»Natürlich nicht.« Lilly seufzte. Sie hatte diese Antwort erwartet, aber es tat trotzdem weh. Sie wusste, dass es besser wäre, wenn sie sich voneinander fernhielten, weil Jo nie und nimmer bereit für den nächsten Schritt wäre. Und dennoch schmerzte es.

»Komm zurück, Lilly«, sagte Jo. »Bitte!«

Lilly legte auf. Sie stand noch einen Moment reglos da und starrte auf ihr Smartphone. Im Stillen verfluchte sie sich dafür, das Gespräch entgegengenommen zu haben, da es ihre Laune auf den Nullpunkt gebracht hatte. Weniger denn je wusste sie, was die Zukunft für sie bereithielt, aber es wurde Zeit, endlich die Kontrolle über ihr Leben zurückzugewinnen. Wollte sie sich selbst finden, sollte sie schleunigst damit beginnen, sich kennenzulernen. Der Paragliding-Flug schien ein guter Anfang gewesen zu sein.

Und dabei sollte es nicht bleiben.

Wie ferngesteuert nahm sie die Gutscheinkarte hervor und tippte die dort angegebene Nummer ins Telefon. Es dauerte nicht lange, bis sie eine freundlich klingende Stimme am Ohr hatte.

»Namaste, hier spricht das Yogastudio ›Ufergruß‹. Wie kann ich dir weiterhelfen?«

Lilly fächelte sich mit der Karte Luft zu, während sie der fröhlich klingenden Frau lauschte. »Nun, ich habe einen Geschenkgutschein erhalten, den ich gerne einlösen möchte. Für die Schnupperstunde, den Morgengruß.«

»Na, das freut uns sehr. Hast du schon einmal bei uns praktiziert?«

»Nein, ich … ich bin nicht von hier.«

»Also eine Touristin?«

Lilly schwieg. Jegliche Erklärung kam ihr auf einmal unglaublich kompliziert vor.

»Hast du denn Yoga-Erfahrung?«, fragte die Frau weiter.

»Nein.«

»Das macht überhaupt nichts. Wie wäre es mit morgen früh um halb sieben?«, fragte die Frau am Telefon.

Lilly fuhr überrascht auf. »So früh?«

»Nun ja, es ist der Morgengruß-Kurs.«

»Ähm, natürlich. Ich werde da sein«, antwortete Lilly schnell.

»Super, dann notiere ich das. Wie ist dein Name?«

»Ich heiße Lilly.«

Die Frau zögerte. »Das ist ein überaus hübscher und seltener Name«, sagte sie dann. »Und darf ich fragen, von wem du den Gutschein hast?«

»Er ist von meiner Oma, sie hat ihn mir …« Lilly suchte nach dem richtigen Wort. »Sie hat ihn mir hinterlassen.«

Es wurde still in der Leitung.

»Du bist die Enkelin von Flora«, sagte die Frau schließlich in die Stille hinein.

Lilly schnappte nach Luft. Vermutlich hätte sie sich denken können, dass die Frau ihre Oma kannte.

»Flora hat mir gesagt, dass du dich irgendwann melden würdest.« Die Stimme der Frau hatte sich zu einem Raunen gesenkt. »Gut, Lilly. Ich freue mich darauf, dich morgen bei uns begrüßen zu dürfen. Es wird bestimmt eine grandiose Erfahrung für dich werden.«

Sie beendeten das Gespräch, und Lilly fühlte sich tatsächlich ein wenig besser. Sie war sogar richtig neugierig auf ihre erste Yogastunde am Ufer des Sees. Ob es ihr gefallen würde? Auf jeden Fall war sie bereit, sich auf die positiven Dinge in ihrem Leben zu konzentrieren und den Stress und die negativen Einflüsse hinter sich zu lassen. Beides konnte sie gerade am allerwenigsten gebrauchen. Yoga erschien ihr eine durchaus gute Möglichkeit, um die bösen Jo-Energien zu vertreiben.

Kapitel 13

Namaste am See

Die Bucht lag still und glatt da, während die ersten Strahlen der aufgehenden Sonne langsam über die Berggipfel krochen und die Wasseroberfläche des Sees in ein glitzerndes Licht tauchten.

Es war noch früh am Morgen, aber eine Gruppe von Frauen in sportlicher Kleidung hatte sich bereits auf dem breiten Hotelsteg am Ufer versammelt. Inmitten der Gruppe stand eine superschlanke ältere Frau mit einem freundlichen Gesicht und gelockten grauen Haaren. Sie winkte Lilly herbei und stellte sich ihr als Elsa vor.

»Du musst Lilly sein.« Sie musterte sie eingehend. »Die Ähnlichkeit mit Flora ist unverwechselbar.«

Lilly war perplex, als die Frau sie in die Arme nahm und fest an sich drückte. »Unser herzliches Beileid, liebe Lilly. Wir alle mochten deine Oma sehr.« Die um sie herumstehenden Frauen nickten unisono und senkten die Köpfe. Es waren sieben Damen, und allesamt waren sie viel älter als Lilly.

Diese sah sich unsicher um. »Meine Oma hat hier also Yoga gemacht?«

Elsa nickte. »Mit absoluter Hingabe.« Dabei strahlte sie Lilly regelrecht an. »Flora zählte zu meinen ersten Schülerinnen, als ich auf die Idee kam, Seeyoga anzubieten.« Kurz verlor sich ihr Blick im Wasser. »Im Grunde war sie es sogar, die mich erst auf diese Idee gebracht hat.«

Lilly war überrascht über dieses weitere Mosaiksteinchen, das sich ihr offenbarte. Dass ihre Oma Yoga praktiziert hatte, hätte sie nicht gedacht. Leichter Trübsinn befiel sie, weil es so vieles gab, was sie nicht über sie wusste.

Elsa zwinkerte ihr Mut machend zu. »Also, wollen wir beginnen?« Sie drückte ihr eine zusammengerollte Schaumstoffmatte in die Hand.

Lilly, die mit Yoga und innerem Frieden so gar nichts am Hut hatte, war skeptisch, wollte sich aber dennoch auf die Erfahrung einlassen. Und so nahm sie ihren Platz zwischen zwei Frauen ein, die vom Alter her ihre Mütter hätten sein können. Und dann dachte sie tatsächlich an ihre Mutter. Ihr würde dieser Kurs sicherlich gefallen.

Sie spürte die noch kühle Morgenluft auf ihrer Haut, während sie die Matte ausrollte und sich darauf niederließ. Kurz drehte sie den Kopf, ließ den Blick die Weinreben entlangwandern, hinauf zu dem malerischen Städtchen, aus dessen Mitte die Kirchturmspitze ragte. Es fühlte sich noch immer völlig unwirklich an, dass sie nun hier war, an diesem Ort, dem ihre schönsten Kindheitserinnerungen entsprangen. Normalerweise wäre sie jetzt auf dem Weg in die Firma, um ihren Platz im Großraumbüro einzunehmen. Der See war um Längen besser!

Elsa begann den Kurs mit einer einfachen Übung. Lilly folgte den Anweisungen und schaute sich die Bewegungen bei den anderen Teilnehmerinnen ab. Sie vernahm das Plätschern des Wassers, das sanft gegen den Steg schlug. Dann horchte sie tief in sich hinein, konzentrierte sich auf ihren Körper und Geist. Wie erwartet machte ihr der Muskelkater von der gestrigen Wanderung zu schaffen, doch es war ein Schmerz, der auszuhalten war. Zudem half ihr der Anblick des Sees in der aufgehenden Sonne dabei, sich auf ihre innere Mitte zu fokussieren.

Elsa leitete sie mit einer beruhigenden und zugleich motivierenden Stimme durch die Übungen, stets darauf bedacht, dass Lillys Körperhaltung korrekt war und sie ihre Atmung kontrollierte. Mit sanften Korrekturen und ermutigenden Worten führte Elsa sie durch die verschiedenen Positionen, wobei sie Lilly immer wieder daran erinnerte, in sich hineinzuhören und auf die Signale ihres Körpers zu achten. Lilly schien eine natürliche Begabung für Yoga zu haben. Es fiel ihr immer leichter, die verschiedenen Posen einzunehmen und sich dabei auf ihre innere Mitte zu konzentrieren.

»Richtet eure Aufmerksamkeit auf eure Atmung und spürt, wie sie tiefer und ruhiger wird«, sagte Elsa, während die Gruppe in die Haltung des herabschauenden Hundes eintauchte.

Lilly stützte die Hände auf die Matte und streckte die Beine zurück, um die Hüfte in die Höhe zu heben.

»Öffnet eure Herzen und fühlt die Liebe und das Licht um euch herum«, sagte Elsa sanft. Ihre Stimme hatte etwas unglaublich Beruhigendes an sich.

Lilly lauschte aufmerksam den Worten und spürte, wie sie immer tiefer in die Yogapraxis eintauchte – und bei manchen Übungen ihre Grenzen kennenlernte. Wenngleich dies ein Einsteigerkurs war, erschienen ihr einige Yoga-Stellungen doch so komplex, dass sie hin und wieder das Gleichgewicht verlor. Doch die anderen Frauen lachten sie nicht aus. Im Gegenteil, sie ermutigten sie und gaben hilfreiche Ratschläge, während sie die verschiedenen Asanas durchliefen und sich der Sonne entgegenstreckten.

Und schließlich beendeten sie die Stunde mit einer Pose des liegenden Schmetterlings. Lilly legte sich auf den Rücken und ließ die Knie seitlich sinken, während sie die Hände auf dem Bauch ruhen ließ. Ihre Atmung vertiefte sich, und ihre Gedanken kamen zur Ruhe. Nun gab es nur noch die aufgehende Sonne über ihr, die den Himmel in unrealistische Farben tauchte.

Als der Kurs zu Ende war und die Frauen sich verabschiedeten, warf Lilly ein letztes Mal einen Blick auf den glitzernden See. Auch wenn sie es nicht näher beschreiben konnte, so hatte sie das Gefühl, dass sie gerade etwas Wichtiges gefunden hatte. Elsa trat auf sie zu und wischte sich mit einem Handtuch über den Nacken, das sie schließlich in der Sporttasche zu ihren Füßen verstaute.

»Und?« Sie sah Lilly neugierig an. »Wirst du wiederkommen?«

Lilly nickte und strahlte über das ganze Gesicht. »Auf jeden Fall werde ich das!« Und sie meinte es genau so. Sie fühlte sich erschöpft, aber glücklich. Ihr war, als stünde sie auf eine unbestimmte Art neben sich und wäre doch im völligen Einklang mit ihrer Umwelt.

»Bevor du gehst, Lilly … Ich habe da noch etwas für dich.«

Lilly sah sie verwirrt an, dann begriff sie, als die Yogalehrerin sich bückte und einen Umschlag aus ihrer Sporttasche nahm, den sie ihr hinhielt. »Deine Oma wollte, dass du ihn bekommst, wenn du deinen Gutschein einlöst.«

Ein Wechselbad der Gefühle durchflutete Lilly. Dabei hätte sie es längst ahnen müssen. Aber diese plötzliche Konfrontation mit ihrer verstorbenen Oma war so unwirklich und tiefgreifend, dass ihr Tränen in die Augen schossen. Auch Elsas Augen röteten sich.

»Sie war eine tolle Frau, wir vermissen sie alle sehr.«

Lilly nickte dankbar, weil diese Worte guttaten und ihr die

Kraft gaben, die Hand auszustrecken und das Kuvert entgegenzunehmen. Ihre Finger zitterten ein wenig, als sie den Umschlag öffnete. Und wieder war es kein Brief, den sie vorfand, keine Worte, die Oma an sie richtete, sondern ein weiterer Gutschein. Sie hob den Blick und sah, dass Elsa ihn ebenfalls neugierig musterte. »Soso.« Ihre perfekt gezupften Brauen hoben sich. »Flora will also, dass du einen Buchbindekurs belegst.« Sie lächelte Lilly amüsiert an. »Das sieht ihr ähnlich.«

Lilly betrachtete den Gutschein und war verwirrter denn je. Er war handgeschrieben und wenig aufschlussreich: *Ein Buchbindekurs für Lilly!!!* Mit drei Ausrufezeichen und einer einfachen Bleistiftzeichnung von einem Bücherstapel direkt unter dem Text.

Lillys Brauen schoben sich zusammen. »Aber ... da stehen weder ein Zeitpunkt noch eine Adresse.« Sie sah Elsa an. »Wo soll ich denn hin?«

Diese zuckte unbekümmert mit den Schultern. »Es gibt nur einen einzigen Buchbinder hier in der Umgebung«, sagte sie. »Ganz bestimmt meint sie den alten Bacher. Er hat seine Werkstatt im historischen Ortskern von Kaltern.«

»Bacher?«, wiederholte Lilly.

»Maximilian Bacher.« Elsa verzog ein wenig das Gesicht. »Ein komischer Kauz, wenn du mich fragst. Aber er soll ganz gut in seinem Fach sein.«

Lilly prägte sich den Namen ein. »Also zur Buchbinderei«, murmelte sie in sich hinein. »Bücher!«, sagte sie lauter und grinste Elsa an. Das war doch ganz nach ihrem Geschmack.

Kapitel 14

Im Wunderland

Die besagte Buchbinderei befand sich in einem kleinen Fachwerkhaus inmitten der Altstadt, eingequetscht zwischen Restaurants und Nobelboutiquen. Lilly war so neugierig auf diese Begegnung, dass sie noch in ihrem Yogadress vor den Stufen stand, die zum Eingang der Buchbinderei führten. Sie zögerte mit dem Eintritt, weil sie der Anblick so sehr fesselte. Das Gebäude strahlte einen fast vergessenen Charme aus und wollte gar nicht so recht zu den aufwendig restaurierten Bauwerken des Ortskerns passen, doch gerade diese zeitlose Aura zog sie an wie ein Magnet. Als sie die Tür öffnete, klingelte über ihr eine kleine Glocke, und sogleich wurde sie von dem Geruch nach altem Leder und Papier begrüßt. Außerdem duftete es nach frisch Zubereitetem. Kaum hatte sie den ersten Schritt über die Schwelle gesetzt, drang eine dunkle Stimme aus dem Hintergrund des Ateliers.

»Kann ich Ihnen helfen?«

Lilly trat weiter in den schummrigen Raum und erblickte einen älteren Herrn, der halb hinter einem Berg von Büchern und Werkzeugen verschwunden war.

»Ganz bestimmt«, antwortete sie. »Ich bin auf der Suche nach Maximilian Bacher.«

»Der bin ich«, brummte der Mann. Er trat hinter dem Bücherstapel hervor und warf ihr einen misstrauischen Blick zu. Lilly musste den Kopf heben, um ihm in die Augen zu schauen. Er war groß gewachsen, hatte schütteres graues Haar und einen auffälligen Vollbart, der ihm ein fast kantiges Aussehen verlieh. Aus seinen zusammengekniffenen Augen heraus musterte er sie aufmerksam. »Und was wollen Sie hier?« Sein Blick richtete sich auf die klobige Uhr, die er am Handgelenk trug. »Ich kann mich nicht entsinnen, einen Termin mit irgendwem zu haben.«

»Was ich hier möchte?«, fragte Lilly eingeschüchtert zurück. Sie näherte sich ihm mit einem scheuen Lächeln, zog dabei den Gutschein aus der Tasche und streckte ihn dem Mann entgegen. »Ich würde gerne einen Kurs bei Ihnen absolvieren.«

Der Buchbinder betrachtete den Gutschein halbherzig, schnaubte dann abschätzig. »Ich biete keine Kurse an.« Er stieß ein schroffes Lachen aus und schüttelte den Kopf. »Wer lässt sich denn solch einen Unsinn einfallen? Da hat Sie wohl jemand gehörig veralbert.«

»Aber ich … « Mehr Worte wollten nicht über ihre Lippen. Sie war geschockt von seiner ruppigen Art und wusste nicht, wie sie reagieren sollte. Noch weniger wusste sie, was sie davon zu halten hatte, dass Oma ihr einen Buchbindekurs versprach, den es augenscheinlich überhaupt nicht gab. Sie sah sich hilflos um. Ob sie sich womöglich bei der Adresse vertan hatte? Gab es vielleicht doch mehrere Buchbinder in der Stadt? Bevor sie nachfragen konnte, trat der Mann auf sie zu und zog ihr den Gutschein aus der Hand. Er hielt ihn sich dicht vors Gesicht, kniff die Augen zusammen.

»Steht da ›Lilly‹?« Er legte den Kopf schief, wühlte mit der Hand auf der Werkbank herum, bis er unter ein paar losen Blättern eine Brille fand. Die schob er sich auf die Nase. »Lilly … «, wiederholte er. »Der Name kommt mir bekannt vor.«

»Nun, ich bin Lilly«, erwiderte sie schüchtern.

Er sah sie einen Moment lang ausdruckslos an, drückte ihr den Gutschein wieder in die Hand und schüttelte einmal mehr den Kopf. »Wie auch immer. Ich biete keine Buchbindekurse an.« Jedoch klang er nun etwas freundlicher. Nicht direkt zugänglich, aber auch nicht mehr ganz so feindselig.

Langsam drehte er den Kopf in Richtung des Tisches, auf dem sich die Bücher stapelten und jede Menge Werkzeug herumlag. »Diese Handwerkskunst ist schwieriger, als es aussieht.« Sein Kopf huschte in ihre Richtung. »Es erfordert viel Geschick und Geduld, um ein Buch richtig zu binden. Das kann man nicht in einem schnellen Kurs erlernen.«

Lilly betrachtete die vielen Gerätschaften, die überall im Raum verteilt waren. Keine davon hatte sie je zuvor gesehen. Und noch weniger hatte sie eine Ahnung, welchem Zweck sie dienten.

Der alte Mann wandte sich von ihr ab, hielt dann aber in der Bewegung inne. Er schien einem Gedanken nachzuhängen und bewegte sich schließlich auf ein Regal zu, das vollgestopft war mit noch mehr Büchern. Zielstrebig zog er eines heraus und streckte es ihr entgegen.

»Lilly«, brummte er wieder. »Ich habe dich mit ihrem Roller gesehen.« Er bedachte sie mit einem unergründlichen Blick. »Ich glaube, ich habe hier etwas für dich.«

Ohne nachzudenken, nahm sie das Buch in Empfang und drehte es so, dass sie den Titel lesen konnte. Es war ein altes, zerfleddertes Buch, und die Schrift auf dem Cover war kaum zu erkennen, da die Farbe größtenteils abgeblättert war. Entsprechend brauchte sie einen Augenblick, bis sie den Titel des Buches entziffert hatte. Aber dann: »*Alice im Wunderland!*«, stieß sie voller Ehrfurcht aus. Mit großen Augen sah sie abwechselnd das Buch und den Buchbinder an. Das war ihr absolutes Lieblingsbuch auf alle Zeiten.

Der Mann nickte ihr wohlwollend zu. »Wenn ich noch all meine grauen Zellen beisammenhabe und du die bist, von der ich glaube, dass du es bist, dann war es deine Oma, die mir dieses Buch zur Restauration gegeben hat.« Während er sprach, hatte er die Brille abgesetzt und sie in der Brusttasche seines karierten Hemdes verstaut.

Lilly musterte das Buch, als hielte sie einen Schatz in den Händen – was es in ihren Augen tatsächlich war. Ein Schatz aus einer vergangenen Zeit. Der dunkelrote Einband war leicht abgegriffen an den Ecken, wobei die feine Prägung des Autorennamens noch immer deutlich sichtbar war: Lewis Carroll. Geradezu andächtig schlug sie das Buch auf. Die Seiten waren vergilbt und ungewöhnlich starr. Sie verströmten diesen typischen Duft, den Lilly unweigerlich mit uralten Geschichten in Verbindung brachte. Sie selbst besaß stapelweise alte Bücher, die genauso rochen, wenn sie darin blätterte. Die Illustrationen, die die Textseiten säumten, wirkten noch immer lebendig und detailreich, was den zauberhaften Charakter der Geschichte unterstrich. Allerdings war das Buch in einem miserablen Zustand. Viele Seiten waren stark zerknittert oder sogar halb aus der Bindung gerissen. Der Anblick tat ihr in der Seele weh.

»Es ist ein ganz besonderes Buch«, erklärte der Buchbinder. »Es handelt sich nämlich um die deutschsprachige Erstausgabe.« Er gab ein unbestimmtes Brummen von sich. »Flora wollte, dass ich es aufbereite, doch ich bin damit nicht rechtzeitig fertig geworden, bevor … « Mitten im Satz brach er ab und presste die Lippen fest aufeinander. Als er sich wieder gefangen hatte, fuhr er fort: »Und dann wusste ich nicht, was ich damit machen sollte, nachdem sie, nun ja, gestorben war. Sie hatte mir nie gesagt, wer es bekommen soll.« Er drehte den Kopf zum Regal. »Seitdem steht es hier rum und frisst Platz.«

»Ist es denn nicht wertvoll?«

Er gab ein tonloses Lachen von sich. »In diesem Zustand? Eher nicht.«

Nur allmählich drangen seine Worte zu ihr durch. Oma hatte gewusst, wie sehr sie Bücher liebte, ganz besonders diese Geschichte. Es war die unübertroffene Lieblingsgeschichte ihrer Kindheit. Oma hatte sie ihr unzählige Male vorgelesen. Immer nur häppchenweise, nie ganz am Stück. Und schon gar nicht aus diesem Buch, sondern aus einer nicht halb so schönen Taschenbuchausgabe mit comichaften Zeichnungen. Die Geschichte aber war dieselbe.

Unzählige Erinnerungen drangen auf sie ein. Sie schloss die Augen und sah sich selbst, wie sie in ihrem Gästebett gelegen hatte, Oma auf der Bettkante, das Buch auf dem Schoß, und wie sie ihr beim Schlafengehen vorgelesen hatte. Ein liebevolles Ritual, immer dann, wenn sie bei ihr zu Besuch gewesen war.

Und nun konfrontierte sie der Buchbinder mit eben diesem Buch. Das war so ... unwirklich. Warum ausgerechnet *Alice im Wunderland*? Warum wollte Oma es aufbereiten lassen – so kurz vor ihrem Tod? Eine innere Stimme flüsterte ihr zu, dass dies kein Zufall war.

Ehe sie wusste, was sie da überhaupt von sich gab, sagte sie: »Ich werde sämtliche Kosten übernehmen.« Sie streckte ihm das Buch entgegen. »Bitte, restaurieren Sie es fertig.«

Der Buchbinder sah sie lange an, dann nickte er zögerlich und nahm es in Empfang. »Ich werde sehen, was ich tun kann«, sagte er schließlich und suchte eine freie Stelle im Regal, um das Buch dort unterzubekommen.

Derweil betrachtete Lilly die vielen Fächer voller alter Bücher und versuchte, anhand der Buchrücken ihre Geheimnisse zu ergründen. Sie war fasziniert von diesem Anblick. All die Geschichten, die sich zwischen den Seiten verbargen.

Die läutende Glocke an der Eingangstür riss sie aus ihrer Gedankenwelt. Gleichzeitig mit dem Buchbinder warf sie den Kopf herum und sah einen jungen Mann eintreten. Ohne sich mit einer Begrüßung aufzuhalten, platzte es aus ihm heraus: »Kannst du morgen Nachmittag auf Benno aufpassen? Ich habe etwas Dringendes zu erledigen und kann das unmöglich aufschie…« Mit einem erstaunten Ausdruck im Gesicht hielt er inne und sah Lilly mit großen Augen an. »Oh, du hast Kundschaft?«

Der Buchbinder schüttelte seufzend den Kopf: »Ich bin kein Babysitter, Alexander. Ich habe genug zu tun und kann nicht ständig auf den Jungen aufpassen.«

Doch der junge Mann achtete gar nicht auf die Worte des Buchbinders und näherte sich stattdessen Lilly. Er musterte sie, und seine Mundwinkel verzogen sich zu einem vorsichtigen Grinsen. »Wir kennen uns doch …«

Lilly lächelte ihn an. Auch sie hatte ihn sofort wiedererkannt. »Aus dem Sportgeschäft«, sagte sie. »Vorgestern.«

Er nickte versonnen. »Aber ja doch. Nun, es freut mich, dich wiederzusehen.« Eifrig streckte er ihr die Hand entgegen. »Ich bin übrigens Alexander«, stellte er sich vor und sah an Lilly vorbei. »Ich bin ein guter Freund von dem alten Kauz hier. Auch wenn er nicht den Eindruck macht, ist er die beste Nanny, die ich mir für meinen Jungen wünschen kann. Die beiden sind ein Herz und eine Seele.«

Das war für Lilly in der Tat schwer vorstellbar, doch sie nickte.

»Na, dann bring ihn halt vorbei«, brummte der Buchbinder hinter ihr. »Er soll sein Schnitzmesser mitbringen, damit er auch mal etwas Sinnvolles von einem Erwachsenen beigebracht bekommt.«

Alexander strahlte, ließ endlich Lillys Hand los und klopfte dem Buchbinder überschwänglich auf die Schulter.

»Du bist der Beste. Dafür schulde ich dir ein Abendessen.«

Maximilian brummte einmal mehr.

Ebenso schnell, wie er auf den Mann zugestürmt war, zog er sich wieder zurück, in Richtung Ausgang. Auf Lilly machte er einen reichlich gestressten Eindruck. Fahrig ging er sich durch das Haar, sah sie noch einmal an, lächelte. »Es war schön, dich so unverhofft wiederzusehen.«

Auch Lilly grinste. »Ganz meinerseits.«

Er wandte sich ab und trat hinaus.

Lilly stand da und schaute zu, wie sich die Tür mit einem Klingeln schloss.

»Ein guter Junge«, ertönte es dicht hinter ihr. Sie zuckte kurz zusammen, weil sie so in Gedanken war, dass sie gar nicht bemerkt hatte, wie der Buchbinder sich ihr genähert hatte. »Aber es ist nicht gut, dass er so wenig Zeit für ihn hat. Eltern sollten immer für ihre Kinder da sein.« Ein Ruck ging durch seinen stämmigen Körper. »Was stehst du hier noch rum«, fuhr er sie an. Doch in seinem Gesicht hatte sich ein warmes Lächeln ausgebreitet. »Du siehst hungrig aus. Magst du Speckknödel?«

»Ähm.« Lilly stutzte, traute dem Frieden nicht so ganz. Sie kniff die Augen zusammen. »Sie laden mich zum Essen ein?«

Der Buchbinder zuckte mit den Schultern. »Es ist gleich Mittag und ich habe Hunger. Außerdem macht alleine essen dick. Wir könnten uns ein wenig über deine Oma unterhalten, wenn du magst.«

Und ob sie mochte. Maximilian wandte sich zum Gehen, hielt dann aber in der Bewegung inne und drehte sich noch einmal zu ihr um. Nun bedachte er sie mit einem beinahe diebischen Lächeln. »Das hätte ich fast vergessen.« Während er sprach, brachte er ein Kuvert zum Vorschein. Ihr stockte der Atem, als sie den Umschlag erblickte.

»Von Oma«, stieß sie heiser hervor.

»Er steckte zwischen den Seiten des Buches, das sie mir zur Restauration überlassen hat.« Er deutete mit dem Zeigefinger auf den Umschlag. »Schau mal, ›Für Lilly‹ steht drauf. Schätze, damit bist du gemeint.«

Mit einem Schlucken riss sie das Kuvert auf und zog ein Kartonpapier von der Größe einer Postkarte heraus, wie sie es nicht zum ersten Mal sah. »Wieder ein Gutschein«, murmelte sie.

Auch der Buchbinder hatte den Blick auf die Karte gerichtet. Er gab ein amüsiertes Schmatzen von sich. »Na, wenigstens ist es einer, den du auch ganz sicher einlösen kannst. Die Tauchschule bietet nämlich wirklich Schnupperkurse für Anfänger an.«

Lilly starte den Mann fassungslos an. »Ich soll einen Tauchkurs absolvieren?« Sie hatte es selbst gelesen, aber dadurch verlor der Gutschein nichts von seinem Schrecken. Im Gegenteil. »Aber … wo?«

Nun lachte der Buchbinder herzhaft auf. »Schon den See vergessen?«

Sie schüttelte den Kopf – und wollte gar nicht mehr damit aufhören. Sämtliche Spucke verschwand aus ihrem Mund, während ihr Herz zu rasen begann. Sie versuchte krampfhaft, aus all dem schlau zu werden. Erst dieses Buch, das Oma zur Restauration in Auftrag gegeben hatte. Dann der Gutschein, versteckt in den Seiten eben jenes Buches. Sie konnte sich nicht helfen, doch alles deutete klar darauf hin, dass Oma dies von langer Hand geplant hatte. Aber warum?

Ein Schnupperkurs, dachte sie. *Zum Tauchen. Ausgerechnet!* Wie hatte Oma nur auf solch eine abstruse Idee kommen können. Hilflos sah sie den Buchbinder an.

»Aber … ich leide an Klaustrophobie.« Die Worte verließen stammelnd ihren Mund. Allein die Vorstellung, mit dem Kopf tief unter Wasser zu sein, verursachte Schnappatmung bei ihr.

Der Buchbinder zuckte bloß wieder mit den breiten Schultern. »So ist das eben mit den Ängsten. Man wird sie nicht los, wenn man sich ihnen nicht stellt.« Er hob die Hand und winkte sie zu sich ran. »Und jetzt komm, bevor die Klöße auseinanderfallen.«

Kapitel 15

Nichts währt ewig

Um Fassung ringend, stand Lilly vor dem Grab und hielt einen Blumenstrauß in den Händen, den sie selbst gepflückt hatte. Es war eine bunte Mischung aus verschiedenen Sorten, die im wilden Garten vor dem Haus wuchsen. Sie hatte den Strauß mit Bedacht zusammengestellt, so wie er ihrer Oma vielleicht gefallen hätte. Hauptsächlich bestand er aus Glockenblumen, Margeriten und violetten Kornblumen. Den legte sie sorgfältig auf das Grab, darauf bedacht, dass er harmonisch zu den anderen Blumen passte. Sie war überrascht, wie frisch die Blumen aussahen, obwohl die Beerdigung schon ein paar Wochen zurücklag, wie sie von dem Notar erfahren hatte. Außerdem fragte sie sich, wer all diese Blumen abgelegt hatte. Es mussten viele Menschen gewesen sein. Die Fülle und Frische der Blumen ließ sie ahnen, wie sehr ihre Großmutter im Ort geschätzt und geliebt worden war. Allein dadurch fühlte Lilly sich merkwürdig getröstet.

Dennoch schnürte sich ihr die Kehle zu, als sie sich an die langen Sommerabende erinnerte, die sie mit ihrer Oma auf der Veranda verbracht hatte, mit Blick auf die Weingärten, die sich wie gesteppte Decken hinunter bis zum See zogen. Noch ganz genau hatte sie ihre Stimme im Ohr, wie sie ihr die Geschichte eines Riesen erzählte, der sich jeden Abend in diese Weinbergdecke einkuschelte. Sie musste lächeln, weil die Erinnerung von der lebhaften Fantasie ihrer Oma zeugte. Doch nur einen Lidschlag später erstarb Lillys Lächeln, weil die Leere in ihrem Herzen größer wurde. Sie fragte sich, ob sie es sich jemals selbst würde verzeihen können, dass es keine Möglichkeit zur Aussprache mehr gab.

Einen Moment blieb sie noch am Grab stehen, bevor sie sich langsam abwandte, weil ihr das Herz zu schwer wurde. Aber sie wollte nicht zurück in die Einsamkeit des fremden Hauses. Also setzte sie sich auf eine Parkbank und verbrachte eine Weile damit, ihren Gedanken nachzuhängen und ihren Schmerz zu verarbeiten.

Wenngleich dieser Gang ihr einiges an Kraft abverlangt hatte, so war sie stolz auf sich, es endlich hinter sich gebracht zu haben. Immerhin war sie seit drei Tagen in Südtirol, und doch hatte sie diesen Besuch stets aufgeschoben. Sie lehnte sich zurück, atmete tief die nach Blumen und Erde riechende Luft ein. Sie schaute auf den See, der herrlich in der untergehenden Abendsonne glitzerte. Es war ein traumhafter Ort – selbst vom Friedhof aus.

Drei Tage. Nicht mehr ...

Darüber war sie selbst überrascht, denn so vieles war seitdem geschehen. Es war schön und erschreckend zugleich, dass sich alles wieder so vertraut anfühlte. Der Blick auf den See und auf die Weinberge. Als wäre sie nur einen kurzen Augenblick fort gewesen und keine zwei Jahrzehnte. Die zunehmende Dämmerung ließ sie innehalten. Allmählich sollte sie sich Gedanken um das Abendessen machen. Aber sie war so satt von Maximilians Knödeln, dass sie heute ganz bestimmt keinen Bissen mehr herunterbekam. Noch immer schmeckte sie das Aroma auf ihrer Zunge. Es waren die besten Knödel, die sie seit

Langem gegessen hatte. Der erste war ein klassischer Südtiroler Speckknödel gewesen, in den kleine Würfel aus geräuchertem Speck eingearbeitet waren. Lilly erinnerte sich an den kräftigen Geschmack und die Konsistenz des Teiges, die fest und trotzdem weich war. Der zweite war ein Kaspressknödel gewesen, gefüllt mit Bergkäse und Zwiebeln und dann angebraten. Goldbraun und knusprig auf der Außenseite, aber weich und käsig im Inneren. Während sie so dasaß, brachte sie es auf den Punkt: Sie hatte sich maßlos überfressen. So voll wie ihr Magen noch war, so warm waren ihre Erinnerungen an das unverhoffte gemeinsame Mittagessen mit dem schrulligen Buchbinder in seiner kleinen Küche, die genauso aus der Zeit gefallen wirkte wie der Mann selbst.

Auf ihre Frage hin, wie die Bekanntschaft mit ihrer Oma zustande gekommen war, hatte Maximilian ihr offenbart, dass ihre Freundschaft bereits viele Jahre zurückreichte, in eine Zeit, in der Lillys Großvater noch gelebt und den Antiquitätenladen geführt hatte. Er hatte von der großen Leidenschaft für Bücher erzählt, die ihre Großeltern gepflegt hatten. Viele Exemplare hatte Maximilian für ihren Großvater restauriert, und nachdem dieser gestorben war, hatte Oma einige ihrer alten Buchschätze, die sie auf Antikmärkten erworben hatte, von ihm instand setzen lassen. Manchmal hatte sie auch einfach nur in seinem Laden vorbeigeschaut, um sich mit ihm zu unterhalten. Es war schön für Lilly, mit jemandem zu reden, der ihrer Oma ein so guter Freund gewesen war, und ihr dadurch ein Stückchen näherzukommen.

Und nun saß sie hier, allein auf der Friedhofsbank, und betrauerte diese Frau, die sie im Grunde überhaupt nicht richtig kannte. Genauso erging es ihr mit dieser Stadt. Jahre ihrer Kindheit hatte sie hier verbracht, doch die meisten Erinnerungen waren weggewischt. Meist waren es nicht mehr als bruchstück-hafte Fetzen, die hin und wieder aufblitzten. Zum Beispiel beim Anblick des Platzbrunnens, in dem sie an manch heißen Tagen munter geplanscht hatte.

Ihr Lächeln verebbte, als sie sich an die noch vorhande-nen Bruchstücke des letzten Sommers erinnerte, den sie hier verbracht hatte. Wie schnell mit einem Mal alles vorbei gewe-sen war, ihre Eltern die Sachen gepackt hatten und mit all ih-ren Habseligkeiten nach Deutschland gefahren waren, ohne dass Lilly die Möglichkeit gehabt hätte, sich richtig von ihren Freunden und von ihrer Oma zu verabschieden. Oder hatte sie es doch? Vielleicht konnte sie sich einfach nicht mehr daran erinnern. Dennoch gab es viele Fragezeichen in ihrem Leben. Dinge, auf die sie zu gerne eine Antwort erhalten hätte. Und womöglich war es dafür noch nicht zu spät. Aus einem Impuls heraus griff sie nach dem Handy und rief ihre Mutter an.

Es dauerte eine ganze Weile, bis das Gespräch entgegenge-nommen wurde. Lilly kam sofort zur Sache, ehe sie sich von ihrer Mutter einlullen lassen konnte. Denn diese Frau war eine wahre Meisterin darin, Gespräche an sich zu reißen und aus ih-nen Monologe zu machen.

»Ich muss mit dir reden«, sagte sie bestimmt.

»Mein Schatz, was ist denn los? Ist alles in Ordnung?« Die Besorgnis in der Stimme ihrer Mutter bekam einen mahnenden Unterton. »Ich habe gehört, dass du das Erbe entgegen mei-nem Rat angetreten hast.«

Lilly hielt das Telefon vom Ohr weg, starrte es kurz an. Als sie sich wieder gesammelt hatte, fragte sie: »Woher weißt du das?«

»Ich habe Sarah angerufen, weil ich dich nicht erreicht habe.«

Lilly unterdrückte ihren Groll, weil das nichts weiter als eine Ausrede war. Denn auf ihrem Smartphone war nie ein Anruf ihrer Mutter eingegangen. Das war so typisch! Anstatt dass sie direkt bei ihr anrief, hatte sie viel lieber hinterrücks ihre beste Freundin kontaktiert. Warum war ihre Mutter nur so … kompliziert?

»Mit wem bist du in Südtirol? Mit diesem Jo?«

»Ich bin alleine hier, Mama.«

Kurz wurde es still. So still, dass Lilly die Zikaden hörte, die in den angrenzenden Büschen mit ihrem Gezirpe nicht für den Bruchteil einer Sekunde nachließen.

»Ich mache mir Sorgen um dich.« Ihre Mutter schnaufte. »Du hättest wirklich die Finger von dem Erbe lassen sollen. Wie ich es dir geraten habe.«

»Es ist meine Entscheidung.«

»Natürlich ist es das«, drang es aus dem Hörer. »Dennoch glaube ich nicht, dass dir dieses Haus guttut. Du darfst nicht zu sehr in der Vergangenheit wühlen. Es ist Zeit, vorwärtszuschauen und dein eigenes Leben zu führen.«

Lilly dachte an ihr bisheriges Leben, an die Beziehung zu Jo, die im Grunde keine war. Sie dachte an ihren Job, den sie nicht mochte. Vor allem dachte sie an sich und daran, wie groß ihre Angst vor dem Leben war. Weil es nichts gab, das ihr Halt versprach. Während sich ihr Blick auf die grünen Berge legte, die die kleine Stadt einkreisten, spürte sie eine unfassbare Leere in sich aufsteigen. Dieses Gefühl kam aus dem Nichts und riss sie gnadenlos in die Tiefe. Als würde sie fallen.

»Mutter, ich muss mit dir reden.«

»Bist du in Ordnung?«, fragte sie wieder.

»Nein, ich bin nicht in Ordnung. Ich habe das Gefühl, dass du mir nicht die Wahrheit sagst.«

»Wie meinst du das?«

»Als wir Südtirol damals verlassen haben … Du hast immer gesagt, es hätte seine Gründe gehabt, aber nie hast du mir verraten, welche.« Sie schloss die Augen und rang kurz um Fassung. »Du musst es mir sagen, ich brauche Klarheit, um weitermachen zu können.«

»Ach, Liebes … Nach all der Zeit kramst du wieder diese ollen Kamellen aus?«

Lilly zitterte vor Wut und Enttäuschung. Ihre Mutter enthielt ihr etwas vor, und es frustrierte sie, dass sie keine richtigen Antworten bekam.

Im nächsten Augenblick drang die Stimme ihrer Mutter butterweich an ihr Ohr. »Ich verstehe dich ja, aber manchmal gibt es Dinge, die besser ungesagt bleiben.«

»Ich will einfach nur die Wahrheit wissen«, forderte Lilly eindringlich. »War es wegen Papa? Meinetwegen? Oder war es wegen etwas, was ich getan habe? Ich muss es wissen!«

»Du hast nichts getan«, versicherte ihre Mutter ihr. Doch dann kam sie ins Stocken. Es dauerte eine ganze Weile, bis sie endlich weitersprach: »Es war … schwierig. Ich kann dir nur versichern, dass nichts davon an dir gelegen hat damals. Aber verstehe bitte, dass ich nicht darüber sprechen möchte. Das musst du akzeptieren.«

Lillys Wut wuchs. »Aber es betrifft auch mein Leben, Mama! Schließlich geht es um meine Vergangenheit.«

Und genau so meinte sie es. Wollte sie endlich zu sich selbst finden, musste sie wissen, wer sie war, wo sie herkam und warum es damals zu diesem Bruch gekommen war. Doch sie brachte nicht die Kraft auf, es ihrer Mutter genau so zu erklären. Sie hätte es ohnehin nicht verstanden.

»Ich … ich kann es nicht, Lilly. Manchmal ist es einfach

besser, nicht in der Vergangenheit zu graben. Es tut mir leid, aber das ist alles, was ich dazu sagen kann.«

Lilly schnappte nach Luft, doch anstatt noch ein Wort zu sagen, legte sie auf. Sie konnte das Gespräch nicht länger aufrechterhalten, ohne in Tränen auszubrechen. Dass ihre Mutter so verschlossen war, frustrierte sie ungemein. Gleichermaßen beflügelte es aber auch ihren Entdeckerdrang. Dann musste sie die Antworten eben selbst finden. Und für die Suche stand ihr ein ganzes Haus zur Verfügung.

Kapitel 16

Die Seele der Bücher

Lilly konnte es sich selbst nicht so recht erklären, was der Grund dafür war, dass sie am nächsten Tag wieder vor der Buchbinderei stand. Dabei hatte sie so viele Dinge zu erledigen. Sie musste dringend einkaufen, um den Kühlschrank aufzufüllen. Außerdem sollte sie allmählich einen Termin mit dem Nachlassverwalter vereinbaren, um die Immobilie überschreiben zu lassen. Dazu hatte sie noch viele Fragen, die das italienische Erbschaftsrecht betrafen. Würde eine Erbschaftsteuer auf sie zukommen? Wie hoch waren Giancarlos Kosten für seine Dienste? Hatte Oma ihr womöglich doch noch Schulden hinterlassen, von denen der Notar in Deutschland nichts gewusst hatte? Wie lange würde ihr Arbeitgeber noch die Füße stillhalten? Immerhin blieb sie der Firma ein ärztliches Attest schuldig. All das waren Dinge, die sie fleißig verdrängte, die sich aber immer wieder zu den unmöglichsten Zeiten – am liebsten in der Nacht – bei ihr meldeten und ihr Stunden des Schlafs raubten. Statt die einzelnen Aufgaben endlich anzugehen, vertrödelte sie Zeit in den Erinnerungen, die überall im Haus allgegenwärtig waren.

Sie gähnte sich die Müdigkeit aus dem Leib. Die halbe Nacht hatte Jo versucht, sie anzurufen, aber Lilly hatte die Gespräche nicht entgegengenommen. Seine Textnachrichten hatte sie ebenfalls nicht gelesen. Jos Verrat saß einfach zu tief. Der Mann, dem sie so sehr vertraut hatte, hatte sie betrogen. Nicht mit einer anderen Frau, sondern mit ihrer Arbeit, ihren Ideen. Lilly wusste nicht, was schlimmer wog.

Und jetzt stand sie da, vor der Buchbinderei, und ließ das alte Gebäude noch einmal auf sich wirken. Buchstäblich angezogen hatte es sie. Als würden die Geister der Geschichten, die zwischen den Einbänden steckten, nach ihr rufen. Tatsächlich kam ihr dieses Gebäude auf eine unwirkliche Art magisch vor. Ebenso wie all die Buchhandlungen, an denen sie nie vorbeigehen konnte, ohne einen Fuß hineinzusetzen und wenigstens ein Exemplar für ihre wachsende Sammlung zu kaufen. Vermutlich war es die Liebe zu den Büchern, die sie wie fremdgesteuert handeln ließ. Es war eine Liebe, die sie allem Anschein nach mit ihrer Oma geteilt hatte. Denn beim Durchstöbern des Dachbodens war sie auf unzählige Kisten gestoßen, die vollgestopft waren mit Büchern. Hauptsächlich waren es Volksmärchen und kunstvoll illustrierte Gedichtbände.

Sie blickte auf das alte Holzschild, das den Namen des Geschäfts trug: *Maximilians Buchbinderei.* Die golden aufgemalten Buchstaben glänzten in der Sonne.

Die Tür stand offen, und beim Eintreten knarrte der alte Holzboden. Sie lenkte ihre Schritte in Richtung des Regals mit den Lederbänden. Dort an der Werkbank sah sie Maximilian sitzen. Er begrüßte sie mit einem verhaltenen Lächeln. Überrascht wirkte er nicht. Und das wiederum überraschte Lilly. Auch war er längst nicht mehr so knurrig wie gestern. Dafür kniff er die Augen zusammen, blinzelte sie forschend an. In seiner rechten Hand hielt er das Ende eines Garns, denn er war gerade dabei, eine Buchseite zu vernähen.

»Hast du gerochen, dass das Mittagessen fertig ist?«, fragte er. Bevor Lilly antworten konnte, legte er Nadel und Garn beiseite, drehte sich von der Werkbank weg und ging wortlos an ihr vorbei. Als sie ihm nachsah, winkte er mit dem Zeigefinger. Also folgte sie ihm ins obere Stockwerk in die Küche, wo sie gestern erst die besten Knödel ihres Lebens hatte genießen dürfen.

Bereits auf dem Weg dorthin empfing sie ein Duft, der ihr augenblicklich das Wasser im Munde zusammenlaufen ließ. Wie am Tag zuvor stand sie vor dem rustikalen Tisch an der Eckbank, der zu ihrer großen Verwunderung bereits für zwei Personen eingedeckt war. Mit fragendem Blick wandte sie sich ihm zu. »Hast du etwa Besuch erwartet?«

Maximilian brummte nur und machte sich am alten Herd zu schaffen. Lilly trat neben ihn und warf einen neugierigen Blick in den Topf.

»Das sieht köstlich aus«, sagte sie. »Was ist das?«

»Eines meiner Lieblingsgerichte.« Maximilian reichte ihr Besteck aus einem Schubfach des antiken Küchenschranks. »Es sind Schlutzkrapfen.«

Auf ihren verständnislosen Blick hin wurde er deutlicher. »Eine Art gefüllter Nudeln«, sagte er. »Wie Ravioli. Die Füllung besteht aus Spinat, Ricotta-Käse und Kartoffeln. Man kocht sie kurz in Salzwasser auf und serviert sie mit geröstetem Speck und geriebenem Parmesan.« Ein fast schelmisches Grinsen lag auf seinem Gesicht, als er ihren Teller füllte. Er deutete unwirsch auf die Eckbank, damit sie endlich Platz nahm.

Seiner Aufforderung folgend, setzte sie sich und legte sich die bereitliegende Serviette zurecht. Allmählich beschlich sie das Gefühl, dass er nur auf ihren Besuch gewartet hatte.

»Guten Appetit.« Er reichte ihr den Teller.

Die Schlutzkrapfen erinnerten sie an perfekt geformte Ravioli ihres Lieblingsitalieners. Und mit dem Anblick kam der Hunger.

»Fang ruhig schon mal an«, sagte er, als hätte er ihren Gedanken gelesen.

Lilly konnte nicht anders, sie machte sich über das Essen her – und war überwältigt! Die Kombination aus Spinat, würzigem Käse und dem knusprigen Speck war eine wahre Gaumenfreude. Sie schloss die Augen und genoss jeden Bissen, während Maximilian sich zu ihr setzte und ihr ein Glas Weißwein einschenkte.

»Wo hast du nur so gut kochen gelernt?«, fragte sie.

Maximilian schien sich aufrichtig über das Lob zu freuen, denn sein Vollbart zuckte leicht nach oben.

»Nun, das meiste habe ich wohl bei meiner Mutter aufgeschnappt«, antwortete er. »Sie war eine fantastische Köchin und hat mir alles beigebracht, was ich über das Kochen weiß.«

Nun nahm auch er einen Bissen, tupfte sich aber sogleich die Mundwinkel ab und trank einen Schluck Wein. Wieder sah er Lilly eine ganze Weile an. »Du siehst ihr unglaublich ähnlich«, platzte es schließlich aus ihm heraus. Mit der schwebenden Gabel in der Hand sah sie ihn an und fühlte sich auf einmal unbehaglich.

»Ich habe dir noch gar nicht so recht erzählt, dass deine Oma und ich wirklich sehr gute Freunde waren. Sie hat oft von dir gesprochen und sich immer gefragt, was du wohl machst.« Er lächelte versonnen vor sich hin. »Und jetzt sitzt du hier an meinem Tisch und isst meine Schlutzkrapfen.« Sein Lächeln wurde noch eine Spur breiter, so sehr, dass sich der Bart um seine Wangen wieder anhob. »Das hätte Flora sicherlich sehr gefallen.«

Lillys Herz hüpfte vor Freude, weil sie diese Worte so nett fand.

»Sie war eine wunderbare Person.« Er zeigte mit der Gabel auf sie. »Und sie war sehr stolz auf dich.«

Die Freude schlug in Betrübnis um, die Lilly mit einem großen Schluck Weißwein zu ertränken versuchte. Sie blinzelte heftig, als sie an ihre Oma dachte. Und sie kannte sich lange genug, um zu wissen, was nach dem Blinzeln folgen würde: Sie würde losheulen. Eigentlich hatte sie Maximilian nach ihrer Oma fragen wollen. Vielleicht wusste er ja mehr darüber, warum es damals zu diesem Bruch zwischen ihr und ihrer Mutter gekommen war. Aber jetzt war nicht der rechte Zeitpunkt. Sie vermied es, ihm in die Augen zu schauen, und blickte sich, um Ablenkung bemüht, in der Küche um, die ein wenig den Eindruck auf sie hinterließ wie der Buchbinder selbst: rustikal und voller Geschichten. Da war der große gusseiserne Herd, den Maximilian noch immer zum Kochen benutzte. Einer von jener Sorte, die Lilly nur aus alten Filmen kannte. Er war von handgefertigten Fliesen umgeben, die von der Zeit gezeichnet waren und dennoch wunderschön aussahen. Über dem Herd hingen Kupfertöpfe und Pfannen. Was dieser Küche jedoch fehlte, war eine weibliche Note. Alles war sauber, aber zweckmäßig. Weder sah sie Blumen noch Topfpflanzen. Es gab keine hübschen Tischdecken, kein feines Porzellan. Nicht mal eine Tischdecke lag auf dem Esstisch. Sie vermisste die kleinen Details, die in Omas Küche in jeder noch so winzigen Ecke zu finden waren. Dieser Küche fehlte das Gefühl von Geborgenheit.

Warum?

Sie hatte Angst, dem Mann auf die Füße zu treten, aber die Neugierde war zu groß.

»Lebst du ganz allein in diesem Haus?«

Maximilian sah sie über das Glas hinweg an. Kurz glaubte sie, dass sich sein Blick verfinsterte. Zumindest schob er die

Brauen zusammen – es waren unglaublich dichte Brauen, sie erinnerten an haarige Raupen. Langsam setzte er das Glas ab und blickte hinein.

»Beinahe mein ganzes Leben«, sagte er schließlich, ohne sie anzuschauen. Wieder verfiel er in sein brütendes Schweigen, doch so leicht wollte Lilly ihn nicht davonkommen lassen. »Gibt es denn keine Frau in deinem Leben?«

Er blinzelte sie an. Seine Miene war so schwer zu deuten, dass Lilly glaubte, zu weit gegangen zu sein. Doch zu ihrer Überraschung wurden seine Züge weich, und er lächelte sogar ein wenig, begleitet von einem tiefen Brummen.

»Es gab mal eine Frau in meinem Leben«, sagte er.

Lilly glaubte Wehmut in seiner Stimme zu erkennen. »Doch sie ist vor einer ganzen Weile gestorben, und da habe ich für mich beschlossen, allein zu bleiben.« Er seufzte. Es klang nicht schwermütig, sondern viel eher schicksalsergeben.

»Warum?«, fragte Lilly geradewegs. Sie selbst war nicht sonderlich gut im Alleinsein.

»Weil ich nicht glaube, dass ich jemals wieder eine solche Liebe finden werde«, antwortete er mit einem traurigen Lächeln. Doch dann zwinkerte er ihr sanft zu und richtete die Gabel auf sie. »Und mit weniger werde ich mich nicht mehr zufriedengeben.«

Auch wenn Lilly nur halb so alt war, verstand sie ihn auf eine seltsame Weise, wie sie es nie zuvor bei einem Fremden erlebt hatte. Sie nahm noch einen Bissen und spülte mit dem kühlen Wein nach.

Über das Glas hinweg bemerkte sie, wie er sie regelrecht musterte. »Und wie wird es nun für dich weitergehen? Was wirst du mit Floras Haus anstellen?«

Lilly legte die Gabel auf den Teller, erwiderte den Blick.

»Ich denke, ich werde es verkaufen«, sagte sie. »Sobald ich alle persönlichen Gegenstände gesichtet und mir auch den Antiquitätenladen vorgenommen habe, möchte ich es verkaufen.«

Maximilian lehnte sich zurück und verschränkte die Arme vor der Brust, während er sie weiter beäugte. »Und dann?«

Sie nahm tief Luft, schluckte angestrengt. »Dann werde ich zurück nach Deutschland gehen. Zu meinem Job. In meine Wohnung.«

Und auch zu Jo?, meldete sich eine Stimme in ihrem Kopf zu Wort. Sie nippte noch einmal an dem Wein, nahm diesmal einen größeren Schluck. Ihr gefielen diese Fragen nicht. Hauptsächlich deshalb, weil sie sich, was die Antworten betraf, im Grunde nicht sicher war. Also lenkte sie das Thema von sich weg. Wie sie es immer tat, wenn ihr ein Gespräch zu intim wurde.

»Ich bin neugierig«, sagte sie. »Wie bist du dazu gekommen, Buchbinder zu werden?«

Maximilian musterte sie noch eine Weile. Dann stellte er den halb aufgegessenen Teller beiseite und setzte die Ellbogen auf den Tisch. »Im Grunde war es purer Zufall. Ich hatte schon immer ein Faible für Bücher. Als ich jünger war, begann ich, alte Bücher zu sammeln und sie zu restaurieren.« Er schnaubte. »Natürlich mehr schlecht als recht. Doch dann gab es Menschen im Ort, die mir die Bücher abkauften.« Er zuckte mit den breiten Schultern. »Also war ich wohl nicht völlig untalentiert. Und so habe ich die Buchbinderei schließlich zu meinem Beruf gemacht.«

Er hielt kurz inne, hob das Kinn, und sein Blick richtete sich nach oben. »Für Außenstehende ist das schwer zu verstehen, aber da ist etwas geradezu Überirdisches an der Kunst des Buchbindens.« Seine Stimme wurde leiser. »Ein altes beschädigtes Buch wieder zum Leben zu erwecken, ist so ein tiefgreifendes Gefühl.« Er lächelte. »Es macht mich einfach glücklich.«

Lilly hing an seinen Lippen, war fasziniert von der Begeisterung, mit der er sprach.

»Selbstredend hat jedes Buch seine eigene Geschichte. Egal, wie alt sie sein mag. Und ich empfinde es als Ehre, dazu beitragen zu können, dass diese Geschichten weitergegeben werden.« Er senkte den Blick und sah sie wieder mit zusammengekniffenen Augen an. »Du magst Bücher ebenfalls, nicht wahr?«

Sie nickte eifrig. »Ich liebe sie.« Und das war keine Übertreibung. Bücher waren für sie mehr als nur Worte auf Papier. Sie waren Freunde, die sie begleiteten und trösteten, wenn sie sich allein fühlte. Sie waren Lehrmeister, die ihr neue Dinge beibrachten und ihr halfen, die Welt besser zu verstehen. Darüber hinaus waren sie Abenteuer, die sie auf Reisen schickten, auf die sie selbst sich niemals wagen würde. Bücher bescherten ihr unvergessliche Erlebnisse. Mit einem Buch in der Hand konnte sie sich stundenlang in Fantasiewelten verlieren. Langeweile war in ihrem Leben ein Fremdwort.

Noch immer schaute Maximilian sie mit seinem unergründlichen Blick an. Unvermittelt hob er die Serviette und warf sie auf den Teller. »Na schön.« Er erhob sich und sah sie auffordernd an. »Komm mit.«

»Aber … wohin?« Völlig überrumpelt sah sie ihm nach.

»Wohin wohl«, fragte er zurück. »In die Werkstatt. Ich werde dir zeigen, wie es geht.«

Im Aufstehen pikste Lilly die letzten Schlutzkrapfen auf die Gabel und kaute im Gehen weiter.

Sie folgte ihm die Treppe hinunter in die schummrige Werkstatt, in der die Staubpartikel in den Lichtstrahlen der Mittagssonne tanzten.

Maximilian stand bereits an der Werkbank und winkte sie zu sich heran. Aus einem der vielen Regale zog er ein altes, beschädigtes Buch heraus. »Bei diesem hier muss ich vorsichtig die eingerissenen Seiten entfernen und neue einfügen«, sagte er. »Danach verstärke ich die Rückseite des Buches und passe den Bucheinband an. Zuerst zeige ich dir, wie man die Seiten auf die richtige Größe zuschneidet und sie dann ordentlich faltet.«

Auf der Werkbank lagen bereits einige bedruckte Seiten, die jedoch noch viel zu große Ränder hatten. Er nahm ein Papierschneidemesser zur Hand und maß die Größe mit einem Lineal aus Metall. Lilly fiel die scharfe Kante des Lineals auf, die er gegen die Seiten des Buches drückte, um sie präzise und gerade schneiden zu können.

Fasziniert beobachtete sie, wie er ein scharfes Messer in einer fließenden Bewegung über die Seiten führte. Es sah einfach aus, aber ihr war klar, dass der Eindruck täuschte. Bestimmt erforderte es viel Geschick und Erfahrung, um so perfekt zu schneiden. Nachdem alle Seiten die richtige Größe aufwiesen, begann er, sie ordentlich zu falten und zu sortieren.

»Das sieht kompliziert aus«, sagte sie.

»Es erfordert etwas Übung und Erfahrung«, erwiderte er, ohne den Blick von den Seiten zu nehmen. »Aber wie alles im Leben ist es erlernbar. Und wenn man es einmal beherrscht, kann man wirklich wunderschöne Bücher binden.«

Er drehte den Kopf in ihre Richtung und zeigte ihr ein breites Grinsen, während er ihr einen weiteren Stapel Papier in die Hand drückte. »Du hast gesehen, wie es geht«, sagte er. »Jetzt bist du dran.«

Er trat einen Schritt zurück und überließ Lilly die Werkbank. Sie zögerte einen Moment. Sie war so nervös, dass sie das Blut in ihren Ohren rauschen hörte. Angestrengt versuchte sie die einzelnen Schritte nachzuvollziehen, die Maximilian eben noch vorgeführt hatte. Dann legte sie den Seitenstapel akkurat auf den Tisch, nahm mit dem Lineal Maß und wagte sich an ihren ersten geraden Schnitt. Kaum hatte sie das Messer abgesetzt, erschien Maximilians Kopf über ihrer Schulter. Brummend betrachtete er das Ergebnis. Lilly hielt die Luft an und stieß einen erleichterten Seufzer aus, als der bärtige Kopf auf und abging.

»Gar nicht mal so schlecht für den Anfang. Du hast ein gutes Auge.« Kurz legte er eine Hand auf ihre Schulter, drückte sie anerkennend. Doch ebenso schnell hatte er sie wieder weggezogen. »Und jetzt zeige ich dir, wie man die neuen Seiten einfügt.«

Kapitel 17

Die Tauchschule

Lilly stand an der Uferpromenade des Kalterer Sees und betrachtete die Tauchschule vor ihr. Über dem Eingang hing ein Schild mit dem Namen »*Seele*uchten«, wobei der erste Teil des Wortes in Schrägschrift geschrieben war. Seele – das gefiel ihr. Dennoch verlieh ihr der bloße Anblick ein flatterndes Kribbeln in der Magengrube. Dies würde ihr erster Tauchkurs sein, und obwohl sie sich innerlich seit Stunden darauf vorbereitet hatte, war sie nervös wie ein Erdmännchen im Kölner Zoo am Osterwochenende, wenn Horden von Besuchern am Gehege vorbeizogen. *Immer mit der Ruhe,* ermahnte sie sich. *Nur mal schauen.*

Trotzdem zog sich ihr Magen fest zusammen, als sie die Schwelle der Tauchschule überquerte.

Im Inneren glitt ihr Blick über die Wände, die mit einer imposanten Sammlung von Tauchmasken und Flossen geschmückt war. Auf dem Boden standen Sauerstoffflaschen wie stählerne Säulen. Vorsichtig setzte sie einen Fuß vor den anderen, während sie sich weiter umsah. Ein Kleiderständer mit Neoprenanzügen fiel in ihr Sichtfeld. Jeder Anzug glich einer zweiten Haut, aus der es kein Entkommen gab. Sie stellte sich vor, wie sie derart gefangen war, eingeengt und dem gnadenlosen Druck des Wassers ausgesetzt. Ihre Schritte klangen stumpf auf dem rohen Betonboden, während sie sich auf die Theke zubewegte, auf der Broschüren und Prospekte sorgfältig drapiert waren. Die bunten Bilder von Unterwasserwelten, die wohl Abenteuerlust erwecken sollten, wirkten auf sie wie Szenen aus ihren schlimmsten Albträumen, mit Schatten und unbekannten Kreaturen, die in den Tiefen lauerten. Wem machte sie etwas vor? Die ganze Tauchschule schien ihr die Luft zum Atmen zu rauben. Für einen Menschen, der panische Angst vor dem Tauchen hatte, fühlte sich dieser Ort an wie ein dunkler Abgrund, der sie zu verschlingen drohte. Sie musste alle Kraft zusammennehmen, um nicht auf der Stelle hinauszustürmen.

So gar nicht in dieses Schreckensszenario wollte die überaus sympathische Stimme passen, die von hinten an ihr Ohr drang. Lilly drehte sich zu ihm um. Die Stimme gehörte einem Mann, der gerade aus einer seitlichen Tür auf sie zutrat.

»Hallo«, sagte er in freundlichem Tonfall und kam auf sie zu. »Ich bin Alex, der Inhaber der Tauchschule. Wie kann ich Ihnen … DU?!?«

Lilly spürte, wie ihr die Kinnlade herunterklappte, als der Mann, den sie erst neulich im Sportgeschäft und vorgestern in der Buchbinderei gesehen hatte, unmittelbar vor ihr stand.

»Was machst du denn hier?«

»Was machst du denn hier?«

Sie konnten nicht anders, sie mussten beide lachen.

»Ich bin der Tauchlehrer«, lautete die Erklärung des Mannes, als sie sich wieder beruhigt hatten. »Das ist meine Tauchschule.«

Lilly sah ihn vollkommen perplex an. Und das vielleicht sogar ein, zwei Sekunden länger als nötig. Er stand da, mit nassen

Haaren, die ihm ins Gesicht fielen, und einem nackten, braun gebrannten Oberkörper, der aussah, als könnte er locker auf dem Cover einer Fitnesszeitschrift prangen. Seine Muskeln waren nicht übertrieben, sondern genau richtig – ein klarer Hinweis darauf, dass er viel Sport trieb.

Der Neoprenanzug, den er trug, war bis zur Hüfte heruntergezogen, und das Oberteil baumelte lässig um seine Beine. Es verlieh ihm einen Hauch von Abenteuer und Draufgängertum, als wäre er gerade aus einem Actionfilm geklettert – oder einem ihrer Romane entsprungen.

In einer Hand hielt er eine Sauerstoffflasche, die er sorgfältig neben den anderen auf dem Boden abstellte. Dabei schien ihm ihr verweilender Blick nicht zu entgehen. Ein kurzes Aufblitzen in seinen Augen verriet, dass er das stumme Kompliment bemerkt hatte. Sofort schoss ihr die Röte ins Gesicht.

»Das wusste ich gar nicht.« Sie schüttelte sich die Verwirrung aus dem Kopf. »Ich meine, dass du Tauchlehrer bist. Maximilian hat mir überhaupt nichts erzählt.«

Er grinste sie gut gelaunt an. »Na, er redet ja generell nicht sehr viel.«

Lilly grinste zurück. Sein Lachen war wirklich ansteckend. Als sie bemerkte, dass ihr Grinsen eine Spur zu lange anhielt und womöglich eher befremdlich auf ihn wirkte, zog sie hastig den Gutschein aus der Hosentasche ihrer Shorts.

»In einem seiner Bücher hat er das hier gefunden«, erklärte sie.

»Das ist ein Gutschein«, erwiderte Alexander in unbedarfter Leichtigkeit. »Für einen Schnuppertauchkurs bei mir.« Wieder dieses Grinsen. Dennoch wirkte auch er nun ein wenig verwirrt, als er dem Coupon einen zweiten Blick schenkte. »Aber was macht er in einem von Maximilians Büchern?«

»Genau das ist das Kuriose daran.« Lilly verschränkte die Arme. »Er hat ihn in einem Buch gefunden, das meine Oma ihm zur Restauration überlassen hatte.« Ein kurzes Lächeln umspielte ihre Lippen, als sie an die *Alice-im-Wunderland*-Ausgabe denken musste.

Alexander nickte nur, ohne den Blick von ihr abzuwenden. In seinen Augen lag etwas Unergründliches, das sie einfach nicht zu fassen bekam. »Deine Oma also«, sagte er leise.

Lilly nickte gedankenverloren vor sich hin. »Der Gutschein steckte in einem Kuvert, auf dem mein Name stand.«

Alexander musterte sie intensiv, neigte ein wenig den Kopf wie ein Hund, der einen hellen Ton vernahm.

»Deine Oma war nicht zufällig Flora?«, fragte er vorsichtig. »Flora Pilcher?«

Lilly fühlte, wie ihr Mund trocken wurde. Sie brachte nur ein zaghaftes Räuspern zustande, was ihn laut auflachen ließ.

»Aber ja, jetzt ergibt alles einen Sinn.« Er kratzte sich den Nacken, wobei sich sein Bizeps spannte. »Deine Oma war bei mir.« Er zeigte auf den Gutschein. »Sie hat ihn bei mir gekauft, wollte mir aber partout nicht verraten, für wen er war.« Wieder bedachte er sie mit diesem seltsamen Blick, und Lilly bemerkte, wie sein Lächeln nach und nach in sich zusammenfiel und einem ernsten Ausdruck wich. »Es war kurz bevor sie starb, was ich sehr bedaure. Sie war ein großartiger Mensch. Aber das wirst du ja selbst am besten wissen.«

»Zumindest höre ich das nicht zum ersten Mal«, erwiderte Lilly ausweichend. »Allerdings täuschst du dich in dieser Hinsicht. Ich kannte meine Oma kaum.« Sie seufzte. »Im Grunde bin ich nur hier, um mich um das Erbe zu kümmern, das sie mir hinterlassen hat.«

»Das Haus«, sagte Alexander.

»Wie auch immer.« Lilly schwenkte den Gutschein vor Alexanders Nase. »Jetzt bin ich hier und finde über und über Briefe von Oma – mit Aufgaben, die ich zu erfüllen habe.«

Alexander fand sein Lachen zurück. »Das klingt wirklich ganz nach Flora. Sie hatte schon immer einen besonderen Sinn für Humor.« Er neigte den Kopf und sah sie verschmitzt an. »Also möchtest du nun das Tauchen erlernen.«

Lilly sagte nichts und blickte sich stattdessen ein weiteres Mal in dem Raum um, der vollgestopft war mit all den merkwürdigen Gerätschaften. Auf einem Regal bemerkte sie Tauchmasken, die auf Styroporköpfen befestigt waren. Das sah richtig unheimlich aus. Und dazu die engen Neoprenanzüge an den Kleiderständern. Ganz sicher wollte sie genau das nicht. »Ich bin hier, weil Oma es so wollte«, stellte sie klar.

»Hast du denn Taucherfahrung?«

Sie schüttelte den Kopf und schluckte schwer, weil allein die Vorstellung noch immer Ängste in ihr wachrief.

»Im Grunde bin ich erst mal *nur* hier«, sagte sie betont, »um einen Termin mit dir auszumachen.« Sie holte tief Luft, weil ihr in dieser Umgebung selbst das Atmen immer schwerer fiel. »Ich bin bloß noch ein paar Tage in Südtirol, um mich um alle Formalitäten zu kümmern. Danach geht es zurück nach Deutschland.« Sie hob beschwichtigend die Arme. »Es hat also wirklich keine Eile mit dem Kurs. In ein paar Wochen komme ich bestimmt nach Südtirol zurück, und … «

»Sieh dich um«, fiel er ihr ins Wort. »Hier ist ohnehin gerade nichts los. Wir können sofort mit deinem Schnupperkurs beginnen.«

Lilly riss erschrocken die Augen auf und zuckte zurück. »Oh, das geht gerade überhaupt nicht. Ich habe noch so viel zu tun. Ohnehin bin ich schon viel zu spät dran.« Sie warf einen

Blick auf ihr Handgelenk, nur um festzustellen, dass sie ihre Uhr wohl vergessen hatte anzuziehen.

»Welche Größe trägst du?«, fragte Alexander, als hätte er ihr überhaupt nicht zugehört. »Ich vermute, Größe S?« Er lächelte sie an. Schon wieder. Es war ein nettes Lächeln. Mit Grübchen und allem Drum und Dran. »Es gibt nichts, wovor du Angst haben musst. Mein Kurs ist extra auf Anfänger wie dich ausgerichtet.

Er nickte ihr zu. »Keine Sorge«, sagte er. »Beim ersten Mal werden wir nicht allzu weit hinaustauchen, versprochen. Der See ist auch gar nicht so tief.«

Kapitel 18

Stille und Ruhe

Der vollgesogene Neopren-Albtraum umhüllte sie wie eine zweite Haut. Lilly rief sich ins Gedächtnis, das Atmen nicht zu vergessen. Doch da ließ sie eine aus dem Nichts auftauchende Untiefe ins Leere treten, und schwupps, tauchte sie mit dem Kopf unter. Sofort zappelte sie sich an die Oberfläche zurück und spürte zwei Hände, die ihr auf die Beine halfen.

»Auf einmal warst du fort«, drang die Stimme ihres Tauchlehrers dumpf in ihre Ohren. Er hatte sich seinen Neoprenanzug wieder komplett übergestreift und trug wie sie eine Taucherbrille. Dabei stand er bis zur Hüfte im Wasser und hob entschuldigend die Hände, als Lilly festen Boden unter den Füßen spürte. »Das war mein Fehler, ich hätte dich vor der Stelle warnen sollen.«

Lilly riss sich den Atemregler aus dem Mund.

Das war sie also, die erste Tauchstunde ihres Lebens. Alexander hatte sie nach einer kurzen Einführungsrunde in einen Tauchanzug verfrachtet, der so eng war, dass sie kaum noch Luft bekam. Sie hatte um einen größeren Anzug gebeten, doch Alexander hatte ihr erklärt, dass das Neopren möglichst eng anliegen sollte, um seine Funktion zu entfalten. Nicht erwähnt hatte er, dass es eine Weile dauerte, bis das Wasser, mit dem der

Anzug sich vollsaugte, die Körpertemperatur erreichte. Nach dem anfänglichen Schock musste sie zugeben, dass der See gar nicht so kalt war. Zumindest nicht in Nähe des Ufers. Alexander hatte ihr erzählt, dass es der See mit der höchsten Wassertemperatur in Südtirol war. Immerhin.

Also würgte sie die aufsteigende Panik mit den letzten Resten des Seewassers herunter, das sich noch in ihrem Mund befand, und zwang sich zu einem Lächeln.

Sie wollte dieser Sache eine Chance geben. Weil ihre Oma es so wollte. Und aus irgendeinem Grund wollte sie auch Alexander nicht vor den Kopf stoßen. Er gab sich redliche Mühe, dass sie Gefallen am Tauchen fand.

Regelrecht abgemüht hatte er sich, um ihr alles über das Tauchen zu erzählen. Auch wie der Atemregler funktionierte und was die wichtigsten Signale bedeuteten. Lilly hatte sich als eifrige Schülerin erwiesen, die Handzeichen schnell erlernt und problemlos den Umgang mit ihrer Ausrüstung verstanden. Allzu schwer war das nicht. Schwieriger hingegen war es, ihre eigene Courage aufrechtzuerhalten. Es war nicht ohne, mit der schweren Ausrüstung in tiefes Gewässer zu steigen. Schon gar nicht, wenn man unter Klaustrophobie litt und der Anzug sie permanent einengte.

»Also, legen wir los!« Er hielt noch immer ihre Hand. »Wir machen das jetzt genau so, wie ich es dir beigebracht habe. Sobald du mit dem Kopf unter Wasser bist, atmest du völlig ruhig ein und aus.« Zur Veranschaulichung nahm er seinen Atemregler in den Mund und machte es kurz vor.

»Wir gehen immer tiefer, bis wir keinen Boden mehr unter den Füßen haben, und dann schwimmen wir unter Wasser und nehmen unsere Flossen wie beim Kraulen zu Hilfe. Ich werde die ganze Zeit dicht neben dir sein.« Er lächelte zuversichtlich.

»Keine Sorge, der See ist wirklich nicht sehr tief. Bis zur tiefsten Stelle sind es keine sechs Meter. Aber so weit werden wir diesmal nicht runtergehen.« Er nickte ihr zu. »Achte nur auf den Druckausgleich – nicht, dass du mit Ohrenschmerzen wieder auftauchst.«

Mit einem Mal verschwand das Lächeln aus seinem Gesicht. »Dennoch, Lilly, es ist dein erster Tauchgang. Höre bitte ganz genau auf deinen Körper. Gib ein Zeichen, wenn du dich unwohl fühlst. Wenn du Kopfschmerzen bekommst, dir schlecht wird, du schlagartig müde wirst ... oder Angstzustände bekommst.«

Lilly nickte und versprach es, woraufhin Alexander sein unerschütterliches Lächeln wiederfand. »Du wirst sehen, es wird dir gefallen. Abzutauchen ist wie das Betreten einer völlig neuen Welt. Und der Vorteil beim Tauchen im See ist, dass du keine gefährlichen Strömungen, Untiefen oder Tiere fürchten musst. Allerhöchstens kann mal ein Karpfen an dir knabbern.« Er stieß ein verspieltes Lachen aus, und Lilly lachte gekünstelt mit. Sie konnte gut und gerne darauf verzichten, von irgendetwas unter Wasser angeknabbert zu werden. Mit einer impulsiven Geste wischte sie den Gedanken beiseite.

»Bereit?«

Sie hob den Daumen, und schon ging er los, ihr erster Tauchgang. Gemeinsam watschelten sie tiefer und tiefer in den See hinein, bis erst Alexander und dann auch sie mit dem Kopf untertauchte. Augenblicklich spürte sie die Wassermengen um sich herum. Sie erinnerte sich an Alexanders Worte, versuchte, sich zu konzentrieren und ruhig ein- und auszuatmen, aber ihr Herzschlag beschleunigte sich, begann zu rasen. Gleichzeitig wurde ihre Atmung flacher. Das war nicht gut. *Beruhige dich*, ermahnte sie sich selbst eindringlich.

Sie glitt in die Tiefe, fühlte sich immer unwohler. Die zunehmende Dunkelheit und Stille waren äußerst beklemmend. Nun bemerkte sie, dass sie zitterte. Das Gewicht der Sauerstoffflasche drückte sie erbarmungslos nach unten. Sie schloss die Augen, zwang sich zur Ruhe, doch ihre Gedanken drehten sich im Kreis, Schreckensszenarien spielten sich in ihrem Kopf ab. Sie fühlte sich wie eine Gefangene, konnte nicht mehr klar denken. Als sie die Augen wieder öffnete, verengte sich ihr Sichtfeld, bis sie nur noch Schwärze sah.

In diesem Moment tauchte Alexander neben ihr auf, griff nach ihrer Hand und zog sie nach oben.

Sie erreichten die Oberfläche, und Lilly riss den Atemregler aus dem Mund, um gierig nach Luft zu schnappen.

»Es ist okay«, sagte er ruhig. »Atme tief durch und konzentriere dich auf meine Worte.«

Seine Stimme hatte tatsächlich etwas Beruhigendes.

»Du musst absolut nichts da unten befürchten«, sprach er weiter auf sie ein. »Solange ich bei dir bin.«

Es half, sie wurde ruhiger. »Es … es tut mir leid. Ich weiß auch nicht, was in mich gefahren ist.«

Er schüttelte den Kopf. »Vielen Menschen passiert das, wenn sie das erste Mal tauchen.«

Langsam kamen ihre Nerven wieder zur Ruhe. Sie blickte auf das Wasser um sich herum und sah, dass es in der Tiefe immer noch dunkel, ansonsten aber völlig ruhig war. *Wovor fürchte ich mich eigentlich?*

»Wollen wir zurück an Land schwimmen?«, fragte er sie.

Lilly schüttelte vehement den Kopf und steckte sich den Atemregler wieder in den Mund.

Alexander nickte anerkennend. Und so tauchten sie ein weiteres Mal ab. Er befand sich nun die ganze Zeit dicht neben ihr, sodass Lilly nur ihre Hand hätte ausstrecken müssen, um ihn zu berühren. Allmählich wurde es tiefer, Lilly verlor den Halt unter den Füßen und schwebte durch das Wasser. Alexander begann zu schwimmen. Lilly schaute ihm nach, wie er in einer fließenden Einheit die Arme bewegte und dazu mit den Flossen schlug. Sie versuchte, es ihm nachzumachen, doch die Bewegungen mit den Füßen kamen ihr unkoordiniert vor. Irgendetwas schien sie dennoch richtig zu machen, denn sie bewegte sich voran, schwamm auf Alexander zu, der auf sie wartete und mit Daumen und Zeigefinger einen Kreis formte. Das Zeichen dafür, dass alles in Ordnung war. Ein wenig erfüllte sie das mit Zuversicht. Als sie ihn erreicht hatte, zeigte dieser mit dem Daumen nach unten.

Also ging es nun abwärts. In die Tiefe. Lilly horchte in sich hinein. Ihr Herz schlug schwer. Aber sie verspürte keine aufglimmende Panik. Sie schaute hinab, bemerkte, wie das Sonnenlicht durch das klare Wasser brach und einen regenbogenfarbenen Glanz auf die Felsen und Pflanzen unterhalb der Wasseroberfläche warf. Es war unsagbar schön.

Sie ließ den Blick in alle Richtungen schweifen. Unterbrochen von den Blubberblasen, die um sie herum aufstoben, offenbarte sich ihr eine faszinierende Unterwasserwelt. Ein Schwarm kleiner Fische schwamm neugierig vorbei. Direkt unter sich sah sie Büschel von Seegras, das sich geschmeidig in der sanften Strömung hin und her bewegte.

Alexander stieg weiter nach unten, blickte aber immer wieder hinauf, um sich zu vergewissern, dass sie ihm folgte. Der Abstieg kostete Lilly einiges an Überwindung. Schlagartig wurde sie sich dessen bewusst, wie viel Wasser über ihr war. Kurzzeitig beschleunigte sich ihre Atmung, und ihr Puls stieg. Doch sie unterdrückte das Gefühl der lauernden Panik und beschloss, sich der für sie neuartigen Welt zu öffnen. Durch den Regler atmete sie gleichmäßig ein und aus und folgte Alexander, der sich immer weiter nach unten sinken ließ.

Sie spürte einen beinahe schmerzhaften Druck auf den Ohren. Rasch kniff sie die Nase zusammen und vollführte den Druckausgleich, wie Alexander es ihr erklärt hatte. Es gelang ihr sofort. Allmählich bekam sie ihren Körper in den Griff, begann die Schwerelosigkeit des Wassers zu genießen, in der sie sich wunderbar leicht vorkam. Sie war nun gleichauf mit Alexander, dessen breites Grinsen sie sogar unter der Tauchmaske erkennen konnte.

Lilly war gebannt von der Schönheit, die sie umgab. Sie sah, wie sich alles im Wasser bewegte, und hörte nur ihren eigenen Atem, der beständig durch das Mundstück rauschte.

Die Stille und Ruhe unter Wasser wirkten beinahe meditativ und von solch einer intensiven Reinheit, wie sie es neulich beim Yoga am See erfahren hatte. Ihre Gedanken wurden stiller, und ihr Geist kam zur Ruhe. Sie fühlte sich vollständig in die Schönheit des Sees und seiner Bewohner eingebunden. In diesem Moment wurde ihr klar, dass sie etwas Besonderes erlebte. Etwas, woran sie sich für immer erinnern würde. Ebenso wurde ihr bewusst, dass sie dieses faszinierende Gefühl unter Wasser wieder erleben wollte.

Alexander wandte sich ihr zu und gab ihr ein Zeichen, dass sie allmählich auftauchen sollten. Mit einer Mischung aus Enttäuschung und Erleichterung folgte sie ihm zurück an die Oberfläche.

Als sie die Wasseroberfläche durchbrach, riss sie sich erneut den Atemregler aus dem Mund, schnappte dieses Mal aber nicht hektisch nach Luft, sondern stieß einen inbrünstigen Urschrei aus.

»Das war das Schönste, was ich je erlebt habe!«, rief sie, und noch im Schwimmen warf sie sich ihrem Tauchlehrer frenetisch um den Hals. »Danke, Alexander. Danke, dass du mir das gezeigt hast!«

Kapitel 19

Der beste Tauchlehrer der Welt

Noch immer war es für Lilly kaum zu fassen, dass sie wirklich Tauchen war. Sie sah Alexander an und bekam das Strahlen einfach nicht aus dem Gesicht. Ihm schien es nicht anders zu gehen, während er neben ihr her spazierte. Mit den Flossen in den Händen lächelte er versonnen vor sich hin und schüttelte sich das nasse Haar wie ein Hund.

Kurz sah er sie an. »Das hast du wirklich gut gemacht.«

Verlegen schaute sie weg und wandte sich ein letztes Mal zum See um, der in verschiedenen Blautönen schimmerte. Einmal mehr lächelte sie. »Ich hatte auch den besten Tauchlehrer.«

Das Kompliment schien ihm zu gefallen. Sie standen nun vor der Tauchschule. Wieder fiel ihr Blick auf das Schild: *See-leuchten.*

»Was hat es mit dem Namen auf sich?«, wollte sie wissen.

Alexander hob den Kopf und betrachtete das Schild, als hätte er das schon eine ganze Weile nicht mehr getan. Er legte die Flossen in ein Regal vor dem Eingangsbereich und winkte ab. »Eine Schnapsidee«, sagte er in beiläufigem Tonfall. Dann kam er auf sie zu und befreite sie von ihrer Taucherausrüstung. Lilly glaubte schon, dass er nichts mehr sagen würde. Doch dann: »Bei meinem ersten Tauchgang in diesem See bin ich auf etwas Ungewöhnliches gestoßen.« Er machte sich an ihrer Sauerstoffflasche zu schaffen, und Lilly stöhnte erleichtert auf, als er sie von dem Gewicht befreite.

»Es war ein später Tauchgang«, erzählte er weiter. »Ich bin mit dem Boot raus zur Mitte des Sees, um allein zu sein, wollte den Kopf freibekommen.« Sie sah, wie er für einen kurzen Moment die Augen schloss. Seine Hände ruhten auf ihrem Atemregler. Dann öffnete er sie wieder und befreite sie von dem Rest ihrer Ausrüstung. »Bevor die Sonne ganz unterging, wollte ich unbedingt noch einmal hinunter zum Grund des Sees. Den ganzen Tag über hatte er mich magisch angezogen. Also bin ich getaucht. Und als ich immer tiefer ging, bemerkte ich, wie sich der Grund des Sees in ein wundersames Lichtspiel verwandelte.«

»Die Strahlen der untergehenden Sonne?«, vermutete Lilly.

Er hielt in seiner Bewegung inne. »Leuchtende Algen«, sagte er in beinahe verschwörerischem Tonfall. »Zumindest vermute ich das. Vielleicht waren es auch biolumineszierende Bakterien.« Er grinste. »Ist aber doch auch völlig egal. Der See hat geleuchtet! Während ich im Wasser schwebte und mich von der Schönheit des Lichtspiels verzaubern ließ, durchfuhr mich plötzlich ein Gefühl der Erleuchtung. Es war, als ob mir etwas ins Ohr geflüstert hätte, dass ich endlich meinen Traum verwirklichen und eine Tauchschule gründen sollte.« In seinen Augen blitzte Begeisterung auf. »Seeleuchten.« Er strahlte geradewegs. »Der Name erinnert mich immer wieder an diesen magischen Moment, den ich auf dem Grund des Sees erlebt habe.« Er nickte zu seinen eigenen Worten. »Der Name soll nicht nur die leuchtenden Algen symbolisieren, die Faszination der Unterwasserwelt, sondern auch den Wunsch, meine Begeisterung für das Tauchen mit anderen Menschen zu teilen und ihnen diese einzigartige Erfahrung zu ermöglichen.« Er klopfte ihr auf die Schulter. »Wie mit dir.«

Wieder fühlte Lilly sich verlegen, was zum großen Teil an diesem Blick lag, mit dem er sie bedachte. Das erste Mal fielen ihr Alexanders Augen wirklich auf. Sie waren blau wie der See, und die Begeisterung, mit der er seine Geschichte erzählt hatte, flackerte noch immer in seinen Pupillen. Beinahe so, als leuchteten auch sie.

»Als ich die Idee in die Tat umsetzte, hielten mich alle für verrückt. Ein See ist schließlich nicht das weite Meer. Aber um das Tauchen zu erlernen, herrschen hier die idealen Bedingungen. Er senkte den Blick. »Blöd nur, dass sich hier gar nicht so viele Menschen für das Tauchen begeistern lassen, wie ich erhofft hatte.«

Das Lächeln in seinem Gesicht wirkte ein wenig verkrampfter, und er hob das Kinn, blickte in die Ferne. »Anscheinend interessieren sich hier alle nur für die Berge.«

Lilly dachte daran zurück, dass sie heute Morgen ganz allein in der Tauchschule gestanden und dass Alexander sofort einen Termin für sie frei gehabt hatte. Doch sie kannte ihn nicht gut genug, um nachzuhaken.

Alexander vollführte eine einladende Geste. »Und jetzt raus mit dir aus dem Neoprenanzug. Nicht, dass du dich noch erkältest.« Seine Stimme nahm einen väterlichen Tonfall an, was Lilly zum Lachen brachte. Dennoch gehorchte sie und betrat das Innere der Tauchschule, wo sie zielstrebig auf die Umkleidekabine zuhielt. Sie zog den Vorhang zu und zwängte sich mit Leibeskräften aus der Enge des Gummianzugs. Dieser Kraftakt tat ihrer guten Laune keinen Abbruch. Da war ein Gefühl in ihrer Brust, das sie viel zu selten verspürte. Sie war stolz auf sich. Sie hatte es geschafft, ihre Angst zu überwinden, und war jetzt eine richtige Taucherin. *Wie es wohl sein würde, dieses Seeleuchten mit eigenen Augen zu erleben?*

»Den Anzug kannst du mir geben«, hörte sie Alexanders Stimme hinter dem Vorhang. Gleichzeitig schob sich ein Handtuch durch den Spalt. Dankbar nahm sie es entgegen und drückte ihm im Tausch das nasse und obendrein verflucht schwere Gummiteil in die Hand.

»Ich kann es immer noch nicht glauben, dass ich das getan habe«, sagte sie, während sie sich trocken rubbelte. »Ich hätte nie gedacht, dass ich mich unter Wasser so gelöst fühlen würde.«

»Das Tauchen kann wirklich befreiend sein«, sagte Alexander. »Es ist, als würde man in eine andere Welt eintauchen.«

Lilly nickte und zog sich schließlich fertig an. »Danke, dass du mein Tauchlehrer warst. Ohne dich hätte ich das niemals geschafft.«

»Na ja.« Er räusperte sich. »Das ist mein Job. Ich sorge dafür, dass du dich sicher fühlst, damit du das Tauchen wirklich genießen kannst.«

Sie rubbelte sich die Haare mit dem Handtuch trocken. »Hast du einen Föhn?«

Sie hörte sein amüsiertes Lachen durch den Vorhang. »Der ist leider kaputt. Aber das Handtuch kannst du mir geben.«

Das ließ sie sich nicht zweimal sagen und warf es über den Vorhang auf die andere Seite.

Dann ging sie in die Knie, um die Riemen ihrer Sandalen zu schließen, als genau auf ihrer Augenhöhe Alexanders Hand durch den Schlitz des Vorhangs tauchte. Er hielt etwas fest.

»Was ist das?«, fragte sie neugierig.

»Ich weiß, dass das für dich jetzt sehr ungewöhnlich sein muss«, entgegnete er mit einem Zögern in seiner Stimme. »Bekomm bitte keinen Schock.«

150

Noch eine Sekunde musterte sie die Hand, die sich auf ihre Seite der Umkleidekabine verirrt hatte. Wortlos nahm sie den Umschlag entgegen, den Alexander festhielt.

»Für mich ist das nicht weniger merkwürdig«, drängte sich seine Stimme in ihre Gedanken. »Flora hat ihn mir vor einer Weile vorbeigebracht, kurz vor ihrem Tod. Da wusste ich noch gar nicht, wie krank sie war.« Sie hörte, wie schwer ihm das Sprechen fiel. »Flora meinte nur, dass irgendjemand irgendwann in meiner Schule auftauchen würde und ich dann wüsste, dass ich dieser Person diesen Umschlag zu überreichen hätte.« Nun lachte er leise. »Auftauchen«, wiederholte er amüsiert. »Das hat sie wirklich gesagt.«

Da Lilly noch immer nicht reagierte, setzte er hastig nach: »Ein Wortspiel ... wegen Tauchschule.« Dann erstarb auch sein Lachen, und er räusperte sich umständlich. »Nun ja, man muss Wortspiele natürlich mögen ... «

Nervös riss sie den Umschlag auf und brachte einen gefalteten Brief zum Vorschein. Die Handschrift ihrer Oma erkannte sie sofort. Sie begann sie zu lesen:

Liebe Lilly,
ich denke, es ist Zeit für ein weiteres kleines Abenteuer.
In meiner Nachttischkommode findest Du einen Umschlag
mit etwas Startkapital für einen Abend im Casino di Venezia.
Ja, Du hast richtig gelesen, ich möchte, dass Du in einen
Spielsalon gehst. Ich habe in meinem Leben immer gerne gespielt,
und glaube, es ist an der Zeit, dass Du etwas von meiner
Leidenschaft teilst.
Aber natürlich gibt es eine Bedingung. Die gibt es schließlich
immer, nicht wahr? Ich möchte, dass Du bei Deinem letzten
Spiel alles, was Du dann noch an Geld zur Verfügung hast, auf

die Zahl 7 setzt. Warum die 7? Nun, sie ist meine Glückszahl.
Vielleicht wird sie auch Dir Glück bringen.
Ich hoffe, Du wirst diese Aufgabe annehmen und etwas Spaß
haben. Denke immer daran, dass das Leben zu kurz ist, um es
nicht in vollen Zügen zu genießen.
In Liebe
Deine Oma
PS: Nimm den besten Tauchlehrer der Welt als Begleitung mit.

»Das ist verrückt«, sagte Lilly verwirrt. »Warum sollte meine Oma das wollen?« Sie zog den Vorhang zur Seite und starrte direkt in Alexanders blaue Augen.

Ein fettes Fragezeichen stand auf seiner Stirn geschrieben, in die die Strähnen seiner nassen Haare fielen. Sie hatten sich ein wenig gelockt.

Kopfschüttelnd sah sie ihn an, setzte mehrmals zum Sprechen an, doch immer wieder versagte ihr die Stimme. Mit dem Brief wedelte sie vor seiner Nase herum.

»Etwas Schlimmes?« Besorgnis hatte sich in seinen Tonfall eingeschlichen.

Sie schüttelte noch heftiger den Kopf.

»Ich soll ins Casino«, platzte es endlich aus ihr heraus. Ruckartig hob sie das Kinn, sah Alexander an. »Und zwar mit dir.«

Kapitel 20

Die Kunst des Buchbindens

»Warum hast du mir nicht erzählt, dass Alexander der Besitzer der Tauchschule ist?« Fast schon vorwurfsvoll sah sie von dem zerfledderten Buch auf und blickte in Maximilians mürrisches Gesicht. Dessen Mund verzog sich genau in dem Moment zu einem breiten Lächeln.

»Du wirst einem alten Mann doch wohl noch seinen Spaß gönnen«, sagte er. »Und außerdem wusste ich nicht, wie du zu Alexander stehst«, räumte er ein. »Womöglich wärst du gar nicht erst dorthin gegangen, wenn du gewusst hättest, dass du den Lehrer kennst?«

Darauf fiel ihr keine Antwort ein. Mit einem Seufzen, das zumindest ungehalten klingen sollte, widmete sie sich wieder dem Buch. Sie war gerade dabei, etwas Leim gleichmäßig auf einem Stück Leinenpapier zu verteilen, das sie zuvor unter Maximilians akribischer Anleitung in der Größe des Buchrückens zurechtgeschnitten hatte.

Wie selbstverständlich hatte sie sich nach dem Frühstück auf den Weg zur Buchbinderei gemacht, als täte sie das seit Jahr und Tag. Maximilian hatte sie nur mit seinem üblichen Brummen begrüßt, sie zu sich herangewinkt und ihr jeden einzelnen Arbeitsschritt erklärt, den er ausgeführt hatte.

Sosehr sie sich jetzt ablenkte, ihre Gedanken kreisten noch immer um Omas letzten Brief. Nach der Tauchschnupperstunde war sie gestern mit der alten Vespa zurück in das Haus gefahren, um sich von dem Inhalt der Nachttischschublade zu überzeugen. Wie Oma geschrieben hatte, lag dort tatsächlich ein Umschlag für sie bereit, wieder mit ihrem Namen beschriftet. Darin steckten zwanzig Einhundert-Euro-Scheine, die aussahen wie neu gedruckt. Ein Batzen Geld, um es im Casino zu verspielen.

»Vorsichtig«, ermahnte Maximilian sie. »Das ist ein altes Buch, da musst du viel behutsamer vorgehen.« Er machte es ihr vor.

»Entschuldigung.«

Sie konnte ihre Neugierde nicht länger im Zaum halten, sie war so sehr mit dem Gedanken ans Casino beschäftigt, dass sie sich nur schwer auf die von Maximilian gestellte Aufgabe konzentrieren konnte. Schließlich erzählte sie es ihm: »Weißt du, auch bei Alexander hatte Oma einen Brief für mich hinterlassen.«

»So?«, brummte er ohne einen Anflug von Überraschung.

»Sie will, dass ich einen Abend im Casino verbringe«, erklärte Lilly daraufhin und entschied sich dann dazu, die Katze aus dem Sack zu lassen. »Mit Alexander.«

Zumindest das schien den Buchbinder nun doch zu überraschen.

Seine Brauen schossen in die Höhe. »Mit Alexander?«

Lilly nickte.

Ein breites Grinsen schob sich erneut in sein Gesicht. »Warum auch nicht«, sagte er. »Die beiden mochten sich. Und ganz besonders hatte sie den kleinen Benno ins Herz geschlossen.«

»Kannten sie sich denn gut?«, fragte Lilly.

Er grunzte. »Es ist eine kleine Stadt. Hier kennt jeder jeden, und das ist auch gut. Ob man es will oder nicht.«

»Aber die beiden mochten sich?«, hakte Lilly nach.

»*Jeder* mochte deine Oma.« Maximilian nickte ihr zu, und seine Hände fanden wieder den Weg zum Buch. »Aber ja, die beiden mochten sich besonders. Flora glaubte wohl, ein wenig für die beiden verantwortlich zu sein. Sie hatte sich damals um die Haushaltsauflösung gekümmert, als Alexanders Eltern recht kurz hintereinander verstarben. Sie waren im Besitz einiger Antiquitäten und hatten vor ihrem Tod deine Oma mit dem Wiederverkauf beauftragt.«

»Und so haben sie sich näher kennengelernt.«

»Ganz genau.« Maximilian schmunzelte versonnen. »Sie war sogar so verrückt, sich von Alexander das Tauchen beibringen zu lassen.« Er blickte zur Decke. »Ich habe ihre Worte noch genau im Ohr, als sie mir von ihrem Vorhaben erzählte. Sie sagte: ›Da lebe ich schon mein ganzes Leben hier an diesem Ort, ohne auch nur einmal auf dem Grund des Sees spazieren gewesen zu sein.‹ Und das hat sie dann tatsächlich gemacht. So war Flora.«

Lilly versuchte, sich vorzustellen, wie ihre Oma sich bei ihrer ersten Tauchstunde angestellt hatte. Vermutlich weniger ängstlich als sie. Sie nahm sich vor, Alexander danach zu fragen.

»Und jetzt machst du genau so weiter.« Maximilian trat einen Schritt zur Seite und führte ihre Hände zum Buch.

Sie sah ihn erschrocken an. »Du meinst, ich soll …?!«

»Klar meine ich. Ich habe dir doch gezeigt, wie es geht.«

Mit einem tiefen Atemzug platzierte sie vorsichtig das vorbereitete Papier auf dem Buchrücken und strich es glatt, um Blasen zu vermeiden. Dann nahm sie das entsprechende Werkzeug zur Hand, um die Kanten akkurat zu glätten, während sie Maximilians Anweisungen im Hinterkopf behielt. Dieser blickte ihr dabei permanent über die Schulter. »Gut so.« Er stieß ein zufriedenes Brummen aus. »Jetzt müssen wir diesen Teil noch eine Weile trocknen lassen, ehe wir uns den anderen beschädigten Stellen widmen und den Buchrücken mit einem Papierbezug versehen.«

Lilly entwich ein tiefes Seufzen der Erleichterung. Diese Arbeit erforderte einiges an Fingerspitzengefühl. Stellenweise musste sie mit der Präzision eines Gefäßchirurgen ans Werk gehen, mit ruhiger Hand und klaren Gedanken. Es war der zweite Tag, an dem sie von Maximilian in die Kunst des Buchbindens eingeweiht wurde, und schon jetzt war sie Feuer und Flamme für diese Arbeit. Das lag nicht nur an ihrer Liebe zu den Büchern, es war das große Ganze drum herum. Der Geruch des alten Papiers, die handwerkliche Tätigkeit. Sie hatte gar nicht gewusst, wie viel Freude es ihr bereitete, etwas mit den Händen zu erschaffen. Es war eine völlig andere Arbeit, als vor einem Computer zu sitzen und mit einem Tabellenprogramm Marketingpläne zu erstellen. Das hier war viel echter und ... greifbarer.

Zufrieden mit sich selbst, vollführte sie einen Schritt zurück und sah Maximilian erwartungsfroh an.

»Das war gar nicht schlecht«, summte er Zustimmung. »Du bist nicht untalentiert. Ich glaube, wir können es wagen.«

»Wagen?« Sie sah ihn irritiert an. »Was wagen?«

Maximilians Wangen hoben sich, als er sie mit einem Lächeln bedachte und etwas hinter seinem Rücken hervorholte. Es war ein Buch. Aber nicht irgendeines. Es war Omas Originalausgabe von *Alice im Wunderland.* Er legte es ihr fast schon liebevoll in die Hände.

»Warum soll ich mir die Arbeit antun«, erklärte er, »wenn es hier eine talentierte junge Dame gibt, die ihr Buch selbst restaurieren kann.«

»Du meinst …?«

Sein Lächeln breitete sich aus und erfasste nun auch seine Augen. »Ich meine, dass es eine wunderbare Aufgabe für dich ist. Ich bringe dir die Kunst des Buchbindens anhand deines eigenen Buches bei.«

Lilly wollte etwas erwidern, als er die Hand hob. »Sei unbesorgt. Jeden einzelnen Schritt werde ich dir haarklein erklären.« In einer gefühlvollen Geste strich er über die abgeblätterten Lettern des Buches. »Es wäre schließlich eine Schande, wenn du dieses Schätzchen zerstören würdest.«

»Ganz bestimmt werde ich das nicht«, versprach Lilly. »Ich werde es in neuem Glanz erstrahlen lassen.«

Maximilian lachte frei heraus. »Davon bin ich überzeugt, dass du das wirst.«

Er stellte sich so dicht neben sie, dass sich ihre Schultern berührten. Seine Nähe war ihr nicht unangenehm.

»Ich befürchte, wir müssen es von Grund auf neu aufbauen.« Trotz der vermeintlichen Hiobsbotschaft schien Maximilian seine gute Laune nicht zu verlieren. »Das perfekte Gesellenstück für dich also. Wenn wir mit diesem Buch fertig sind, wirst du einiges über meinen Beruf gelernt haben.«

Lilly verspürte eine flatternde Unruhe in ihrer Magengrube. Dieses Buch bedeutete ihr unendlich viel.

»Das Erste, was du wissen musst, ist, dass jedes Buch seine eigene Geschichte hat und mit Respekt behandelt werden muss. Es ist eine Kunst, Bücher zu erhalten, und du hast gerade den ersten Schritt auf einem sehr erfüllenden Weg gemacht.« Noch einmal streifte er behutsam mit den Fingern über den verwitterten Einband. »Siehst du, wie der Buchrücken an einigen Stellen gebrochen ist? Wir müssen ihn verstärken.«

Er reichte Lilly ein Stück Leinengewebe, das sie so zuschnitt, wie er es ihr bereits gezeigt hatte.

Während sie gemeinsam an der Aufbereitung des Buchrückens arbeiteten, erzählte Lilly ihm ausführlich von Omas Brief, den Alexander ihr überreicht hatte. Maximilian hörte aufmerksam zu, ohne sie zu unterbrechen. Nachdem sie den Rücken gereinigt hatte, erklärte Maximilian ihr den nächsten Schritt. »Jetzt müssen wir die losen Seiten sichern. Hierfür verwenden wir diesen speziellen Kleber.« Er reichte ihr eine kleine Tube mit Klebstoff und zeigte ihr, wie man ihn sparsam auftrug. Darüber hinweg fragte er: »Die Sieben, sagst du? Das ist sogar mir neu, dass Flora Gefallen am Glücksspiel gefunden hatte.« Er drehte die Tube wieder zu und stellte sie zurück in das Regal, dann zeigte er Lilly, wie man die Seiten perfekt andrückte und vorsichtig den überschüssigen Kleber entfernte. Sie bewunderte ihn für seine ruhigen Hände. »Und welches Casino schwebte deiner Oma vor?«

Lilly war so sehr damit beschäftigt, ihm auf die Finger zu schauen, dass sie eine ganze Weile nachdenken musste, bis sie seine Frage beantworten konnte. »Sie schrieb etwas von einem Casino di Venezia, wenn ich mich recht erinnere.«

Maximilian brummte. »Venedig also.«

Lilly hielt in der Bewegung inne und drehte sich langsam zu ihm.

»Venedig?«, fragte sie stirnrunzelnd. »Oma meinte die Stadt Venedig?«

»Was dachtest du?« Ein lautes, reichlich belustigt klingendes Geräusch kam hinter seinem Bart hervor.

Gar nichts hatte sie sich gedacht. Warum auch. In ihrer Stadt gab es unzählige Eiscafés mit dem Namen *Venezia*. Warum also nicht auch ein Casino, das diesen Namen trug.

»Aber ... Venedig?«, wiederholte sie voller Unbehagen. »Ich war noch nie in Venedig.«

»Nun«, dann wird es aber wirklich allerhöchste Zeit.«

Unter der Werkbank zog er eine Kiste hervor, die vollgestopft war mit Lederstücken in allen erdenklichen Größen und Farben. »Such dir ein Leder aus, das zur Ursprungsfarbe passt.« Er schob die Kiste unter Lillys Nase. »Ich werde dir dann zeigen, wie man daraus einen neuen Einband herstellt.« Ohne eine weitere Erklärung wandte er sich von ihr ab.

»Warte«, sagte sie harsch. »Wohin gehst du?«

»Wohin schon«, fragte er zurück. »In die Küche.« Über die Schulter hinweg zwinkerte er ihr zu. »Oder glaubst du, der Apfelstrudel macht sich von allein?«

Lilly seufzte schicksalsergeben vor sich hin. Wenn das so weiterging, würde sie bei ihrem nächsten Tauchgang einen größeren Neoprenanzug brauchen.

Kapitel 21

Kleiderständerschätze

Heute Abend würde ein besonderer Anlass sein – ihr erster Casinobesuch –, und Lilly war fest entschlossen, das absolut perfekte Kleid für dieses außerordentliche Ereignis zu finden. Im Strom einer noch überschaubaren Anzahl an Touristen schlenderte sie durch die malerischen Gassen der Stadt. Ohne ein direktes Ziel vor Augen, ließ sie die Eindrücke der kleinen Geschäfte und Boutiquen auf sich wirken, spazierte an den hübsch dekorierten Schaufenstern vorbei, die in der Hauptsache typische Souvenirs aus Südtirol zur Schau stellten.

Beinahe empfand sie es als Fügung des Schicksals, als sie in einer Seitenstraße außerhalb des Zentrums ein Modegeschäft mit besonderen Kleidungsstücken im Schaufenster entdeckte. Lilly trat ein und war überrascht, wie viel größer der Laden im Inneren wirkte. Ihre Augen tanzten über die schier unendliche Vielfalt von Kleidern, die das Spektrum von klassisch-schlicht bis hin zu gewagt-auffällig durchschritten. Sie streifte sanft mit den Fingern über die Stoffe, ertastete die feine Seide und den kühlen Satin. Ein elegantes Kleid mit einem Anflug von Vintage-Charme fesselte ihre Aufmerksamkeit. Kaum hatte sie sich in den Anblick vertieft, hörte sie eine Stimme in direkter Nähe. Sie blickte auf und wurde von dem herzlichen Lächeln einer jungen Frau begrüßt. Sie hatte voluminöse Locken und trug ein wunderschönes Dirndl, das kunstvoll mit feinen Mustern verziert war. Ihre Augen strahlten eine aufrichtige Wärme aus, als sie Lilly direkt ansah.

»Herzlich willkommen«, sagte sie. »Darf ich vielleicht behilflich sein?«

Lilly hatte bereits ein »Ich schau mich bloß mal um« auf den Lippen gelegen, doch die Art dieser Frau hatte etwas derart Verbindliches, dass sie sich ihr öffnete. »Ehrlich gesagt können Sie das tatsächlich«, gestand sie. »Ich bin auf der Suche nach einem Kleid für einen Casinobesuch.«

Die junge Frau bekam große Augen. Beinahe so, als hätte Lilly ihr gesagt, sie suche ein Brautkleid. Vor Begeisterung schlug sie die Hände zusammen.

»Ich liebe das Glücksspiel«, sagte sie mit einem fröhlichen Jauchzen in der Stimme. »Daran ist mein Vater schuld.«

Lilly musterte sie irritiert.

»Er ist ein großer James-Bond-Fan«, erklärte die Verkäuferin sogleich, die, wie Lilly mit Blick auf das an ihrer Bluse befestigte Namensschildchen feststellte, Mathilda hieß. »Schon als Kind habe ich die Filmszenen im Casino geliebt, wenn die Männer feine Smokings trugen und die Frauen aufregende Abendkleider.«

»Nun ja.« Lilly lächelte verkrampft. Es schien, als hätte die Verkäuferin eine ganz andere Vorstellung von einem Casinobesuch als sie selbst. Und so erwiderte sie ausweichend: »Ich habe noch keine konkrete Idee von dem Kleid, das ich tragen möchte. Allzu schick sollte es aber auch nicht sein.«

Die Verkäuferin schüttelte energisch den Kopf. »Für einen Casinobesuch kann ein Kleid gar nicht schick genug sein.« Sie reckte ihr neugierig das Kinn entgegen. »Werden Sie in Begleitung dort sein?«

Lilly bejahte diese Frage zögerlich, woraufhin sie mit einem allwissenden Nicken bedacht wurde. »Dann gilt es natürlich, in erster Linie Ihre Begleitung zu verzaubern.«

Lilly hob abwehrend die Hände. »Oh nein, es ist nicht diese Art von Begleitung.«

Den schwachen Einwand bekam Mathilda wohl schon nicht mehr mit. Sie hatte sich bereits mit den Händen voran in den erstbesten Kleiderständer gestürzt und zog zielsicher ein langes Kleid nach dem anderen heraus. In Windeseile schlug sie Lilly eine Reihe von Kleidern vor, die allesamt ausgesprochen hübsch und vornehm waren. Viel zu vornehm für Lilly.

»Man muss sie natürlich anprobiert sehen, um sich wirklich entscheiden zu können«, plauderte Mathilda, während sie mit geübter Hand die Kleider von den Bügeln nahm und immer wieder Lillys Figur abschätzte. Schließlich legte sie sich eine große Auswahl geschickt über die Schulter und gab Lilly mit einem Fingerwink zu verstehen, dass sie ihr folgen solle. Wie eine Fashion-Generalin marschierte sie zielstrebig in Richtung der Umkleidekabinen.

Dort angekommen, zog sie mit einem kraftvollen Ruck den schweren Vorhang zur Seite. Sie hatte ein Funkeln in den Augen, das Lilly sowohl begeisterte als auch leicht einschüchterte. Fast wie eine Mutter, die ihre Tochter für einen großen Ball einkleidete, drängte Mathilda sie förmlich in die Kabine. »Los, los! Wir haben keine Zeit zu verlieren! Der perfekte Look wartet nicht!«

Während Lilly das erste Kleid anprobierte, konnte sie durch den Spalt des Vorhangs Mathildas Umrisse erkennen, die schon wieder auf der Suche nach weiteren Kleiderständerschätzen war.

Die Energie, die diese Frau an den Tag legte, war ansteckend. Und so schlüpfte Lilly von einem Kleid in das andere, trat aus der Umkleide, ließ sich mustern und wieder hineindirigieren, um das nächste Modell überzustreifen.

»Du bist neu hier, oder?«, fragte die Verkäuferin nach der fünften Anprobe. Lilly war kurz über diese persönliche Ansprache verwirrt. Andererseits waren sie alterstechnisch wohl nicht allzu weit voneinander entfernt.

»Ja, das kann man wohl sagen«, erwiderte sie leicht angestrengt, weil sie Probleme hatte, aus einem Kleid zu kommen. Es hatte sich raffiniert um ihre Taille geschmiegt, und die feinen Knöpfe im Rückenbereich waren knifflig und schwer zu fassen. Mit jedem Versuch, sie zu öffnen, schienen sie sich nur noch fester zu verschließen.

»Machst du Urlaub? Oder arbeitest du hier?«

Ein leises Seufzen entwich Lillys Lippen, während sie mit zittrigen Fingern versuchte, sich aus dem Kleid zu befreien. »Diese verdammten Knöpfe«, sagte sie angestrengt. Der Vorhang schob sich zur Seite, und Mathilda kam ihr zu Hilfe.

»Weder das eine noch das andere«, erklärte Lilly und atmete erleichtert aus, als sie es endlich aus dem Stoffgefängnis geschafft hatte.

Die Verkäuferin blinzelte sie forschend an.

»Also auf Verwandtschaftsbesuch?« Sie nahm die bereits anprobierten Kleider mit der linken Hand entgegen und hielt ihr mit der rechten eine azurblaue Robe aus einem glatten Stoff hin.

Lilly zögerte, weil sie die Farbe als zu auffällig empfand. »Ich habe das Haus meiner Oma geerbt. Etwas außerhalb der Stadt.« Lilly wollte nach dem Kleid greifen, doch die Verkäuferin zog es wieder weg.

»Doch nicht etwa Floras Haus?«

Lilly starrte sie an. Es war, als würde ein Teil von ihr resignieren und ein anderer Teil schmunzeln. Dass in dieser kleinen Stadt wirklich jeder ihre Oma kannte, war inzwischen fast zu erwarten.

»Ja, das war tatsächlich meine Oma!« Sie machte einen Schritt auf die Verkäuferin zu und nahm ihr das Kleid aus der Hand. Mit akribischem Blick musterte sie es und fuhr mit den Fingerkuppen über den glatten Stoff. Dann schüttelte sie den Kopf. »Trifft nicht ganz meinen Geschmack.« Sie reichte Mathilda das Kleid zurück.

Diese vollführte eine halbe Drehung zur Seite und zog zielsicher zwei weitere Kleider hervor.

»Ich kannte deine Oma ein wenig«, sagte sie. »Du musst wissen, dass dieses Geschäft meiner Mutter gehört und hier hauptsächlich die Einheimischen einkaufen, die keine Lust darauf haben, bis nach Meran zu fahren.«

Lilly dachte an die verwinkelte Gasse, durch die sie gekommen war, um dieses versteckte Juwel einer Boutique zu entdecken, das sich im Schatten der modernen Cafés und Souvenirläden verbarg. Sie glaubte ihr aufs Wort, dass sich nur wenige Touristen hierher verirrten. »Dann betreibst du diese Boutique gemeinsam mit deiner Mutter?«

Mathilda streckte die Hände von sich. »Himmel, nein, ich bin nur aushilfsweise hier.« Sie blies sich eine Strähne aus der Stirn. »Ich studiere in Mailand Modedesign und gönne mir gerade eine kleine Auszeit vom Studium-Stress.«

»Mailand?«, wiederholte Lilly mit raunender Stimme. »Das klingt aufregend. Dort war ich noch nie.«

»Die Stadt ist ein Traum«, bejahte Mathilda. »Die Architektur, die Kunst, das Essen …« Sie hielt kurz inne und blickte verträumt aus dem Schaufenster hinaus auf die Fußgängergasse.

»Aber kein noch so schöner Ort kommt dem Zuhause gleich, nicht wahr? Dem Herzensort.« Nun blickte sie Lilly geradewegs in die Augen, die zögernd nickte, weil sie nicht wusste, was sie dazu sagen sollte. Wenn sie an Zuhause dachte, war das erste Bild, das ihr in den Sinn kam, das der lebhaften, bunten Papageien, die sich in den Bäumen ihres Lieblingsparks tummelten. Aber während sie hier stand und ein atemberaubendes Kleid nach dem anderen anprobierte, fragte sie sich, ob die Stadt, in der sie wohnte, wirklich ihr Zuhause war. Ihr Herzensort? Ihr Leben dort war vertraut und bequem, aber in gewisser Weise auch vorhersehbar. Es fehlte das Gefühl von Abenteuer, von Freiheit, wie sie es hier in Südtirol verspürte. Auch ohne bunte Papageien schien alles irgendwie ... lebendiger.

»Du kanntest also meine Oma?«, fragte sie um einen Themenwechsel bemüht, weil sie spürte, wie ihr die schweren Gedanken aufs Gemüt schlugen.

Mathilda nickte so heftig, dass ihre Locken ein Eigenleben entwickelten.

»Das kann man ganz bestimmt so sagen.« Sie zwinkerte ihr verschwörerisch zu. »Deine Oma und ich, wir waren mal gemeinsam auf eine Hochzeit eingeladen. Es ist schon einige Jahre her, und da habe ich sie so richtig kennengelernt.«

Während sie sprach, wedelte sie Lilly zurück in die Umkleide.

Diese gehorchte und lauschte beim Umziehen Mathildas Erzählung. »Deine Oma trug ein wunderschönes altes Kleid, das sie extra für diesen Anlass von meiner Mutter umschneidern ließ. Als die Live-Band zu spielen begann und die Gäste auf die Tanzfläche strömten, schnappte sich auch deine Oma ihren Tanzpartner und legte los. Ich tanzte direkt neben ihr. Und plötzlich hörte ich ein lautes Reißen. Als ich mich zu ihr drehte, sah ich, wie das Kleid deiner Oma seitlich aufgerissen war. Panisch versuchte sie, sich mit den Händen zu bedecken, während sie von ihrer Begleitung von der Tanzfläche geführt wurde. Zum Glück hatte ich Nähzeug dabei und konnte das Kleid notdürftig reparieren.« Durch den Vorhang hinweg hörte Lilly das amüsierte Lachen in Mathildas Stimme. »Trotz des Vorfalls tanzte deine Oma noch die ganze Nacht weiter. Ihre Energie und ihr Lebensmut waren unerschütterlich. Aber wem sag ich das.«

Auch Lilly lächelte, während sie sich im Spiegel der Umkleidekabine musterte. Zu gern wäre sie dabei gewesen, als ihrer Oma das Kleid gerissen war. Sie trat aus der Kabine und wurde ein weiteres Mal von Mathildas abschätzigem Blick empfangen. »Schon mal gar nicht so schlecht«, sagte sie, wirkte aber nicht wirklich zufrieden.

Sie drehte sich ruckartig um und verschwand kurz aus Lillys Blickfeld, um dann mit einem Kleid zurückzukehren, das Lilly nirgendwo hatte hängen sehen. Es war atemberaubend schön. »Probier das mal«, flüsterte Mathilda fast ehrfurchtsvoll, während sie ihr das Kleid reichte. »Es ist erst heute Morgen eingetroffen, und ich bin noch gar nicht dazu gekommen, es auszustellen.«

Als Mathilda es ihr hinhielt, traute Lilly sich fast nicht, es zu berühren. Es war anders als alles, was sie jemals gesehen hatte. Das Kleid war aus einem Material gefertigt, das wie flüssiges Gold glitzerte. Es fühlte sich schwer und doch federleicht zugleich an, und als sie damit zum Fenster trat, schien es in allen Farben zu schimmern, als würde es das Licht einfangen und in einen Regenbogen verwandeln.

Beinahe andächtig streifte sie es sich über. Der Blick in den Spiegel machte sie sprachlos. Das Kleid schmiegte sich perfekt an ihre Figur, während der Stoff bei jeder Bewegung in den prächtigsten Farben schimmerte.

Mathilda spähte durch einen Spalt im Vorhang. »Ich wusste es«, hauchte sie. »Es ist, als wäre es für dich gemacht!« Mit einem Ruck zog sie den Vorhang zur Seite und zerrte Lilly sanft aus der Kabine. »Voilà!« Sie vollführte eine präsentierende Geste. »Du hast das perfekte Kleid für deinen ersten Casino-Besuch.« Sie zwinkerte ihr vielsagend zu. »Deiner Begleitung werden vor Begeisterung die Augen ausfallen.«

»Oh, nein!« Lilly riss die Arme hoch. »Es ist nicht *die* Art von Begleitung.«

Mathilda zwinkerte einmal mehr. »Spätestens dann wird es *die* Art von Begleitung sein.«

Lilly wollte darauf etwas erwidern, doch da ertönte ihr Smartphone in der Umkleidekabine. Ohne einen Blick auf das Display zu werfen, nahm sie das Gespräch entgegen, während sie in den Anblick ihres Spiegelbilds vertieft war. Sie bereute es in der nächsten Sekunde zutiefst. Denn es war Jos Stimme, die sie nun am Ohr hatte.

Kapitel 22

Rien ne va plus

Lilly stand vor dem großen Spiegel im Hotelzimmer und musterte sich in ihrem neuen Abendkleid. Mathilda hatte recht: Es war perfekt. Im stimmungsvollen Licht ihres Hotelzimmers wirkt es sogar noch schöner als in der Boutique. Vermutlich, weil es perfekt zum Ambiente des barocken Hotels passte, in das sie und Alexander sich für eine Nacht eingebucht hatten – selbstverständlich jeder in seinem eigenen Zimmer. Nachdem er darauf bestanden hatte, mit seinem Wagen nach Venedig zu fahren, hatte Lilly ihm galant vorgeschlagen, seine Hotelkosten zu übernehmen. Allerdings hatte er mit einer entschlossenen Handbewegung abgewinkt, als wäre der bloße Gedanke daran unmöglich. Dafür hatte Lilly einen festen Entschluss gefasst: Der Casinobesuch sollte ganz und gar von ihr finanziert werden, oder genauer gesagt, mit Omas Geld, das sie sorgsam im Nachttischschränkchen aufbewahrt hatte.

Mit dem Kopf voller Gedanken sah sie an sich hinab und strich nervös über den Stoff. So schön der Anblick auch war, sie spürte, dass sie und das Kleid noch keine Symbiose eingingen. Es war zweifellos schick, aber es war einfach nicht ihre Art, sich dermaßen herauszuputzen. Zwar trug sie in ihrem Beruf hin und wieder Röcke und Business-Kleider, aber ein Abendkleid war eine ganz andere Liga. Zudem wirkte der tief ausgeschnittene Rücken im Licht des Hotelzimmers noch eine Spur, nun ja, ausgeschnittener. Sie seufzte, weil es jetzt ohnehin kein Zurück mehr gab, und versuchte, ihre Frisur zu richten. In einer aufwendigen Prozedur hatte sie ihre Haare eingedreht, sodass sie nun in weichen Wellen über die Schultern fielen. Zudem war sie stärker geschminkt als sonst, was ihr ebenso gewöhnungsbedürftig vorkam. Sie schaute wieder in den Spiegel. Es fiel ihr ein wenig schwer, die ihr entgegenblickende elegante Frau wiederzuerkennen. Für ihren Geschmack war sie viel zu schick, aber Mathilda, die Boutique-Verkäuferin, hatte ihr versichert, dass sie für einen Casinobesuch gar nicht aufgedonnert genug sein konnte. Ein letztes Mal überprüfte sie den Sitz ihrer Frisur und sah dann rasch auf die Uhr. Sie war viel zu spät dran, was ihre Aufregung nur noch mehr steigerte. Alexander war bestimmt längst in der Lobby. Keinesfalls wollte sie ihn zu lange warten lassen.

Während sie den letzten Schliff an ihrem Outfit vornahm, indem sie eine Kette anlegte und Ringe überstreifte, die sie in Omas Schmuckschatulle entdeckt hatte, dachte sie an die Autofahrt zurück. Alexander hatte seinen Sohn bei einer Kinderbetreuerin untergebracht und war deshalb die ganze Zeit über sehr nervös gewesen. Normalerweise ließ er Benno bei Maximilian, aber dieser hatte sich ausgerechnet die nächsten beiden Tage für eine Drei-Gipfel-Wanderung ausgesucht. Ziemlich lange hatte Alexander sich darüber ausgelassen, wie sehr Benno fremdelte und nur ganz wenige Menschen in seiner Nähe zuließ. Immerhin konnte er sich mit dem Gedanken trösten, dass die Frau, die nach ihm sah, eine vertraute Bekannte war, die schon häufiger ein wachsames Auge auf den Jungen gehabt hatte. Aber eben noch nie über eine ganze Nacht. Umso dankbarer war

Lilly, dass Alexander sie begleitete. Wenngleich ihr bewusst war, dass er das nicht für sie, sondern für Flora tat. »Wenn das ihr Wunsch war«, hatte er gesagt, »werde ich selbstverständlich mitkommen.«

Die ganze Fahrt über hatte sie den Eindruck gehabt, dass es allerhöchste Zeit für ihn war, aus seinem Alltag rauszukommen. Lilly hatte keine Kinder und konnte sich nur entfernt vorstellen, wie es sein mochte, für einen kleinen Menschen verantwortlich zu sein. Obendrein als alleinerziehender Vater. Sie hätte brennend gern erfahren, was mit der Mutter des Kindes geschehen war, aber da Alexander das Thema bisher nicht angesprochen hatte, hatte sie sich entschieden, es ebenfalls nicht zur Sprache zu bringen. Auf keinen Fall wollte sie sich ungebührlich in seine Angelegenheiten einmischen.

Ein wenig verrückt war es schon. Bis vor wenigen Tagen hatte sie diesen Mann nicht mal gekannt. Nun teilte sie ein prägendes Taucherlebnis mit ihm, fuhr mit ihm in eine der wohl romantischsten Städte der Welt und würde mit ihm gleich ihren ersten Abend in einem Casino verbringen. Sie konnte nur ungläubig den Kopf über ihr eigenes Verhalten schütteln und fragte sich, was Jo wohl dazu sagen würde, wenn er jemals Wind davon bekäme. Lebhaft erinnerte sie sich daran, wie sie und Alexander die ganze Fahrt über geplaudert und sich angeregt über die unterschiedlichsten Themen ausgetauscht hatten. Mit jedem zurückgelegten Kilometer hatte sie sich in seiner Gegenwart wohler und sicherer gefühlt. Und nun stand sie da und fragte sich, ob sie Jo vermisste. Mit ihm hatte sie nie solche spontanen Auszeiten gehabt. Überhaupt war die Spontaneität keine feste Größe in ihrem Leben gewesen. Sie wusste nicht einmal, ob ihr eine derartige Impulsivität gefiel, wie Oma sie ihr abverlangte. Was war denn verkehrt an durchdachten Planungen und geordneten Tagesabläufen? Bis dato hatte sie damit stets einen sicheren Kurs gehalten. Doch seitdem sie von Omas Ableben erfahren hatte, schien nichts mehr nach Plan zu verlaufen. Ganz im Gegenteil: Jeder Tag hielt neue Herausforderungen bereit, die ihre innere Ruhe hart auf die Probe stellten. Und dennoch empfand sie eine tiefe Zufriedenheit. Es war in der Tat eine seltsame Art von Glück, im Hier und Jetzt zu sein, mit einem knurrenden Magen und keiner Vorstellung davon, wohin die Reise führen würde. Und vor allem, ohne zu wissen, was sie erwarten würde, wenn sie nach Deutschland zurückkehrte. Bei ihrem Telefonat hatte Jo ihr versprochen, ihre unentschuldigte Krankheit in einen spontanen Urlaub umzuwandeln, damit die Personalabteilung die Füße stillhielt. Dass er alles andere als amüsiert darüber war, stand auf einem ganz anderen Blatt, und obwohl er sie hintergangen hatte, nagte das schlechte Gewissen an ihr. Gerade in der stressigen Zeit, in der die Weichen für die Zukunft des Unternehmens neu gestellt wurden, hatte sie sich aus dem Staub gemacht und Jo mit allem allein gelassen. Obendrein vergnügte sie sich mit einem anderen Mann in Venedig.

Sie warf einen letzten Blick in den Spiegel. Sie schob die Gedanken an Jo von sich und fühlte sich bereit. Mit einem tiefen Atemzug, der sich beinahe zittrig von ihren Lippen löste, öffnete sie die Tür ihres Hotelzimmers und machte sich auf den Weg zur Lobby. Mit jedem Schritt fühlte sie sich in ihrem neuen Kleid wohler, gleichzeitig verführerisch und ganz wie eine echte Lady. Vielleicht sogar mehr als das: Als sie die Treppe in die opulente Hotellobby hinunterschritt, hatte sie das Gefühl, als wäre sie eine Prinzessin, die in einem märchenhaften Palast residierte. Mit erhobenem Haupt suchte sie nach Alexander, konnte ihn aber nirgends entdecken. Der Empfangsbereich war ein geschäftiges Gewimmel aus Gästen und Personal.

Dann fiel ihr ein Mann direkt vor der Treppe auf, der mit offen stehendem Mund zu ihr hinaufstarrte. Sie musste zweimal hinsehen, um sicherzugehen, dass sie ihn nicht mit jemand anderem verwechselte. Mit der Gewissheit blieb ihr glatt der Atem weg. Alexander hatte sich in einen Smoking geworfen, der ihn so elegant aussehen ließ wie James Bond in Person. *Das hätte Mathilda garantiert gefallen!*

Sein perfekt gestyltes Haar glänzte, während seine Augen sie tief und intensiv betrachteten. Noch immer stand ihm der Mund offen, und er schien den Blick gar nicht von ihr nehmen zu können, während sie sich ihm näherte. Mit jedem weiteren Schritt nach unten bemerkte sie jedes kleine Detail seines Outfits, vom glänzenden Satin am Revers bis hin zu den polierten Lackschuhen.

»Lilly.« Er räusperte sich das Krächzen aus der Stimme und versuchte es noch einmal. »Lilly! Fantastisch siehst du aus.« Charmant hielt er ihr eine Hand ihn, um ihr bei der letzten Stufe behilflich zu sein. Eine unnötige, aber überaus freundliche Geste, wie sie fand.

»Danke.« Sie grinste ihn an. »Du siehst auch gut aus.«

Er bedachte sie mit einem warmen, einladenden Lächeln, das ihr Herz höherschlagen ließ. Dabei wirkte er angespannt, geradezu nervös sogar. Er warf einen entsprechend fahrigen Blick auf die Uhr an seinem Handgelenk. »Du bist spät, wir hätten längst losgemusst«, sagte er leicht vorwurfsvoll. »Die Gondel wartet schließlich nicht ewig auf uns.«

Lilly schmunzelte. *Das ist einer dieser Sätze, die man viel zu selten im Leben hört.*

Direkt vor dem Hotelausgang wartete tatsächlich eine Gondel, deren schwarze Silhouette sich sanft in den Wellen wiegte. Der Gondoliere, eine schlanke Gestalt in traditioneller Kleidung, nickte ihnen zu und reichte ihnen mit einem Lächeln die Hand, um ihnen beim Einsteigen zu helfen. Alles ging dermaßen schnell, dass Lilly dieses Erlebnis gar nicht so recht verarbeiten konnte. Sie wusste überhaupt nicht, wo sie hinschauen sollte. Vom Wasser aus wirkte diese Stadt vollkommen anders. Mystischer. Atemberaubend. Die Gondel glitt sanft durch das Wasser, während Lilly und Alexander schweigend die maßlose Schönheit dieser einzigartigen Stadt bewunderten. Die leichten Bewegungen des Bootes schaukelten Lilly wie eine Wiege. Das Wasser um sie herum schien magisch zu leuchten.

»Ich bin froh, dass er nicht singt«, raunte Alexander ihr zu.

Schon bald konnte Lilly das Casinogebäude in der Dunkelheit erkennen. Ihr Herz schlug vor Aufregung schneller. Mit jedem weiteren Gondelschlag über den Canale Grande offenbarte sich ihr der atemberaubende Anblick. Das Casino di Venezia erstreckte sich über drei Stockwerke und hatte die Kulisse eines prächtigen Renaissancepalasts mit wunderschönen Verzierungen. Zahlreiche Rundbögen, hohe, mit Mittelsäulen versehene Fenster und steinerne Balkone zierten die Fassade. Wie von selbst griff sie nach Alexanders Hand, drückte sie fest. »Das ist so unfassbar schön.«

Er zwinkerte ihr verschwörerisch zu. »Warte, bis du es von innen siehst.«

Als sie sich bewusst wurde, dass sie noch immer seine Hand hielt und Alexander keine Anstalten machte, sie wegzuziehen, ließ sie sie schnell wieder los.

Die Gondel legte direkt vor dem Eingang des Casinos an einem Steg an, von wo aus Lilly den Klang von Klaviermusik hörte, der aus dem Innern des Gebäudes drang.

Alexander bezahlte den Gondeliere, trat voran auf den Steg und half ihr aus dem leicht schwankenden Boot. Über die

Holzplanken gelangten sie zu einer breiten Steintreppe, die wiederum zu einem Vordach führte, das von schweren Säulen gestützt wurde. Auf den letzten Metern zum Eingang des Casinos legte sich erneut Schweigen über sie. *Gleich betrete ich eine vollkommen neue Welt,* dachte Lilly ergriffen. Und tatsächlich: Kaum hatte sie das Casino verschluckt, schlug ihr eine Atmosphäre voller Leben entgegen. Sie fühlte sich wie in einem Film. Die Stimmung war elektrisierend. Der Klang von gedämpften Stimmen, klappernden Jetons und das Summen von Spielautomaten erfüllten das Casino. Am Empfangstresen wurden sie von einem überaus freundlichen Mitarbeiter begrüßt, der ihre Adressdaten aufnahm und sie in einen Computer eingab. Ebenfalls mussten sie beide ihre Ausweise vorzeigen.

Alexander nahm Lilly an der Hand und warf ihr einen beruhigenden Blick zu. Er führte sie durch das Casino, vorbei an Poker- und Blackjack-Tischen. Die gesamte Luft war erfüllt mit dem Duft von teurem Parfüm.

Vor dem riesigen Roulette-Tisch, der den Fixpunkt des Casinos darstellte, blieb Alexander stehen, drehte sich zu ihr um und umfasste nun auch ihre andere Hand, während er sie fast schon betörend ansah.

»Also dann«, sagte er über den vielstimmigen Klang der spielenden Gäste hinweg. »Womit möchtest du beginnen?«

Lilly ließ seine Hände los, drehte sich einmal im Kreis, um die gesamte Atmosphäre auf sich wirken zu lassen. Sie war hoffnungslos überfordert und schaffte gerade mal ein hilfloses Schulterzucken.

Also führte Alexander sie zum Start ihres Abends an einen Baccara-Tisch und erklärte ihr kurz die Spielregeln, die nicht sonderlich schwer waren. Anders als Blackjack war Baccara ein reines Glücksspiel und damit ganz nach Lillys Geschmack. Der

Dealer teilte ihr zwei Karten aus, und Lilly musste sich entscheiden, ob sie eine dritte Karte nehmen wollte oder nicht. Das Ziel des Spiels war es, eine Hand mit einem Wert von neun oder so nah wie möglich an der Neun zu haben.

Sie hatte eine Sechs und eine Sieben auf der Hand, was insgesamt dreizehn ergab. Also beschloss sie, keine dritte Karte zu nehmen und wartete stattdessen darauf, was Alexander tat. Er entschied sich für eine dritte Karte, was seine Hand auf insgesamt fünfzehn brachte.

Der Dealer enthüllte seine Karten und kam auf einen Wert von vierzehn. Lilly ließ einen begeisterten Schrei erklingen. Das erste Spiel ihres Lebens in einem Casino hatte sie gewonnen. Gegen Alexander und den Dealer. Sie war so voll Euphorie, dass sie ihm um den Hals fiel. Alexander verlor auch seine gute Laune nicht, als der Dealer seine gesetzten Chips einkassierte und Lilly ihren Gewinn überreichte. Sie wollte aufstehen, doch Alexander drückte sie wieder herunter. »Ich verlange eine Revanche.«

»Aber gern!«

So spielten sie Runde um Runde und Lilly setzte Chip um Chip. Das Glück war ihr weiter wohlgesonnen, denn auch in den folgenden Spielen luchste sie Alexander einige Jetons ab, bis er genug hatte und ein anderes Spiel ausprobieren wollte.

Die Zeit verging wie im Flug, und Lilly hatte mit ihrer Begleitung den Spaß ihres Lebens. Ganz besonders am Blackjack-Tisch, an dem sie dem armen Bankangestellten gezeigt hatten, was für ein gutes Team sie waren. Ganze drei Mal hintereinander hatten sie gegen die Bank gewonnen und letztlich ein ordentliches Sümmchen an Jetons überreicht bekommen. Allmählich wurden Lilly die Bedienungen zum Verhängnis, die dafür sorgten, dass sie eine volle Champagnerflöte in der Hand hielt. Alexander hingegen hatte stets abgelehnt, dafür aber einen alkoholfreien Fruchtcocktail nach dem anderen gekostet. Ein guter Grund mehr für Lilly, sich ebenfalls zurückzuhalten. Keinesfalls wollte sie sturzbetrunken von ihm ins Hotel gebracht werden.

Die Zeit verging so schnell, dass sie ihren Augen nicht traute, als es weit nach Mitternacht war und die Müdigkeit sie übermannte.

»Sollen wir zurück uns Hotel?«, fragte Alexander, während er die gewonnenen Jetons zu einem beachtlichen Stapel auftürmte. »Ich könnte uns eine Gondel rufen.« Jetzt brachen sie beide in unbändiges Kichern aus, womit sie sich unliebsame Blicke mancher Gäste einfingen.

Lilly unterdrückte ein Gähnen, schloss kurz die Augen und verspürte einen leichten, angenehmen Schwindel in ihrem Kopf. »Ich glaube, das ist gar keine schlechte Idee.« Sie drehte sich langsam zu der Mitte des großen Raums, wo der Roulette-Tisch die Aufmerksamkeit der meisten Besucher auf sich lenkte. Wie ein frisches Stück Erdbeerkuchen an einem Hochsommertag, das ein Schwarm Wespen für sich entdeckt hatte.

»Da wäre noch eine Sache«, sagte sie leise.

Alexander nickte nur, nahm sie an der Hand und führte sie zu den anderen Wespen.

Lilly stand nervös vor dem Tisch und blickte auf das Spielbrett. Konzentriert sah sie sich um und betrachtete die Spieler, die geschickt ihre Jetons auf dem Spieltisch platzierten, während der Croupier das Roulette-Rad in Gang setzte. Sie fühlte sich unsicher und wusste nicht genau, wie sie vorgehen sollte. Genau genommen wusste sie es schon, bloß war es unsagbar viel Geld, das sie im Laufe des Abends gewonnen hatte. Die zweitausend Euro Startkapital hatten sie beide mehr als verdoppelt.

»Worauf wartest du?«, forderte Alexander sie auf. Doch Lilly zögerte. »Das ... das ist Wahnsinn«, sagte sie. »Was wir alles mit dem Geld machen könnten.«

Alexander zuckte nur mit den Schultern. »Wir machen doch etwas damit, wir erfüllen Floras Wunsch.« Er lächelte sie so warmherzig an, dass ihr flau im Magen wurde. Schwer zu sagen, ob es an diesen Grübchen lag oder an dem vielen Champagner.

»Alles auf die Sieben«, sagte Alexander. »So wollte deine Oma es.«

Lilly nickte und schüttelte gleichzeitig den Kopf. »Das ist Wahnsinn«, sagte sie wieder. Sie rang mit sich.

Alexander sah sie mitfühlend an. »Niemand zwingt dich dazu.«

»Ich weiß«, erwiderte sie.

»Faites vos jeux«, verkündete der Croupier, ein junger Mann mit weißem Hemd und roter Fliege, stilecht auf Französisch am Ende des Tisches und setzte auf Englisch nach: »Place your bets.«

Lilly zögerte noch immer. Hilflos sah sie Alexander an. »Wenn wir alles auf eine Zahl setzen, sind unsere Gewinnchancen eins zu siebenunddreißig.« Sie seufzte. »Das ist nicht viel.«

Alexander lächelte unverwüstlich. »Besser als beim Lottospielen.«

Lilly fixierte das Roulette-Rad. »Und wenn wir den Gewinn verteilen?«, fragte sie fast schon hoffnungsvoll. »Auf mehrere Zahlen?«

Wieder zuckte Alexander mit den Schultern. »Das könntest du tun«, räumte er ein. »Das wäre aber nicht das, was Flora wollte.«

»Nein, sie wollte, dass ich alles auf die Sieben setze.«

Mit anfliegender Panik sah sie dabei zu, wie die umstehenden Menschen ihre Jetons für die nächste Runde platzierten. Sie verfluchte ihre Entschlussangst. Es gab genau zwei Möglichkeiten – entweder würde sie hier stehen, bis das Casino schloss, und gar nichts setzen, oder aber sie würde endlich ihren Mut zusammennehmen und Omas Wunsch Folge leisten.

Im Anflug eines Geistesblitzes entschied sie sich für die dritte Möglichkeit. Sie schob den beachtlichen Jetonhaufen in Richtung des Croupiers, der sie mit zusammengeschobenen Brauen musterte.

»Alles auf Rot«, sagte sie.

Eine der Brauen schoss in die Höhe. »Ist Signora sich da sicher?«

Lilly nickte mutig und lächelte tapfer. »Ganz sicher.«

Um sie herum ertönte ein vielstimmiges Raunen. Anscheinend liebten Menschen es, wenn andere alles auf eine Karte setzten – oder in diesem Fall auf eine Farbe.

Verständlich, es ist ja auch nicht ihr Geld.

Sie vernahm Alexanders Blick von der Seite, konnte aber nichts aus seiner Mimik herauslesen.

»Das ist eine vernünftige Entscheidung«, sagte sie mehr zu sich selbst. »Die Chancen stehen nun fünfzig zu fünfzig. Rot oder schwarz.«

Was zuvor in Windeseile passierte, schien nun in Zeitlupe abzulaufen. Was sie betraf, konnten die anderen Mitspieler die Einsätze gar nicht mehr schnell genug setzen. Sie wollte es endlich hinter sich bringen und fühlte sich, als würde sie tausend qualvolle Tode sterben.

Nachdem alle Jetons ihren Platz gefunden hatten, sah sie gebannt zu, wie der Croupier das Roulette-Rad anstieß. Die Kugel hüpfte und rollte, bevor sie schließlich in einer Tasche des Rads landete. Sie kniff die Augen zusammen und drückte die

Daumen so fest, dass sie wehtaten. Gleichzeitig hatte Alexander seine Hand um ihre Schulter gelegt und drückte sie ebenfalls.

Ihr Herz verweigerte den Dienst, als der Croupier das Ergebnis verkündete. Mit einem Mal war es unwirklich still am Tisch.

»La case noire, le numéro dix-sept. Black wins, number seventeen.«

Lilly riss die Augen auf und sah die Kugel auf dem schwarzen Feld liegen.

Schwarz!

Die Stimmung um sie herum änderte sich schlagartig. Manche schrien begeistert auf, wieder andere fluchten den Teufel herbei. Lilly jedoch blieb ruhig.

»Tja.« Alexander gab ein unbestimmtes Geräusch von sich. »Wie gewonnen so zerronnen.« Er drückte sie noch einmal fest und nahm dann den Arm von ihr.

»Alles weg.« Seufzend sah Lilly dabei zu, wie der Croupier die Jetons einheimste. Ihre Jetons. »Der ganze Gewinn.«

Alexanders gute Laune war unverwüstlich. »Und wenn schon. Wir hatten einen fantastischen Abend, oder nicht? Deiner Oma hätte das gefallen.«

Lilly wurde schwer ums Herz. *Es hätte ihr sogar sehr gefallen.* Und doch war sie enttäuscht über sich selbst, weil sie sich nicht getraut hatte, alles auf die Sieben zu setzen. Sie hätte in dem Fall auch verloren, aber sie wäre aufrecht stehend und mit wehenden Fahnen untergegangen.

Alexander schob die Hände in die Hosentaschen und setzte sich in Bewegung. Dabei klimperte es auffällig laut. Sie beäugte ihn skeptisch.

»Was denn?«, fragte er. »Nur weil du deinen ganzen Gewinn verscherbelt hast, muss ich doch nicht auch mit leeren Taschen davongehen.«

Zielstrebig hielt er auf die Hauptlobby in Richtung Ausgang zu, blieb aber vor dem Kassenschalter stehen, um sich seine Jetons ausbezahlen zu lassen.

Lilly sah dabei zu, wie er ein Formular ausfüllte, dann die Hosentaschen leer räumte und einen Chip nach dem anderen zum Vorschein brachte.

»Das sind einige Jetons«, bemerkte sie voller Anerkennung. Alexander grinste verlegen. »Nun ja, ich bin wohl nicht völlig untalentiert, was das Pokern angeht.«

Freudig nahm er die rund fünfhundert Euro entgegen, die er gewonnen hatte. Er wollte sich gerade zum Gehen wenden, als jemand rief: »Signor Niedermaier?«

Alexander drehte sich um. »Sì?«

Hinter dem Kassenschalter kam ein elegant gekleideter Mann auf ihn zu.

Er reichte Alexander die Hand. Er war um die fünfzig und hatte dichtes blondes Haar, das zu einem akkuraten Seitenscheitel gekämmt war. Unter seinem Anzug erkannte Lilly ein weißes Hemd mit roter Fliege. »Verzeihen Sie die indiskrete Frage«, sagte er, an Alexander gewandt, ohne den Blick von Lilly abzuwenden. »Aber lautet der Name Ihrer Begleitung womöglich Lilly Maybacher?«

Sowohl Alexander als auch Lilly waren für einen kurzen Moment sprachlos. »Ähm, ja.« Sie räusperte sich verlegen. »Das bin ich.«

Der Mann zeigte ein höfliches Lächeln. »Das mag womöglich merkwürdig klingen, aber es wurde etwas für Sie hinterlegt.« Kurz schüttelte er den Kopf. »Verzeihen Sie, ich habe mich noch gar nicht vorgestellt. Stefano Grovo mein Name. Ich bin der Manager des Casinos.«

Lilly sah Alexander an, der jedoch genauso überrumpelt

wirkte wie sie selbst. Zögernd näherte sie sich dem Manager und beobachtete, wie er ein Kuvert aus der Innentasche seines Jacketts zog und es ihr hinhielt.

Natürlich!

»Wie gesagt, dieser Umschlag wurde für Sie von einer guten Kundin von uns hinterlegt. Sie sagte, dass Sie in Begleitung eines Herrn mit dem Namen Alexander Niedermaier aus Kaltern am See auftauchen würden.« Er schmunzelte. »Das alles klang für uns ein wenig ... unglaubwürdig, sodass wir seitdem Abend für Abend auf Gäste mit diesen Namen warten. Und nun, heute ... sind Sie tatsächlich da.« Kurz breitete er die Arme aus, als wollte er sie umarmen, zog sie jedoch schnell wieder zurück.

»Aber ... « Vollkommen perplex nahm Lilly den Umschlag entgegen. Sie erinnerte sich daran, dass sie am Empfang ihre persönlichen Daten hatte hinterlegen müssen und diese in den Computer eingegeben worden waren. Dennoch war das alles äußerst verrückt, zumal sie Omas Handschrift längst auf dem Kuvert erkannte hatte, auf dem ein weiteres Mal stand: *Für Lilly.*

Sie sah den Casinomanager mit großen Augen an, stammelte: »Aber ... wann?«

»Wir bewahren diesen Umschlag schon seit Wochen auf. Als ich von einem meiner Mitarbeiter erfahren habe, dass Sie tatsächlich bei uns zu Gast sind, wollte ich es mir nicht nehmen lassen, Ihnen diesen Umschlag persönlich zu überreichen.«

Lilly zerrte den Umschlag auf, spürte, wie ein Zittern Besitz von ihr ergriff. Sie fischte einen weiteren Gutschein aus dem Kuvert. »Was zum ...?!«

Stirnrunzelnd betrachtete sie den Gutschein und las den dazugehörigen Text. »Das ist doch wohl ein Scherz.«

Alexander trat an sie heran und nahm ihr den Gutschein aus

der Hand. Auch der Casinomanager reckte den Kopf, um einen Blick darauf zu werfen.

Alexander stieß ein belustigtes Lachen aus. »Ein Gutschein für eine Schatzsuche?« Er neigte den Kopf und sah Lilly lange an. Das Grinsen wollte nicht aus seinem Gesicht verschwinden. Beinahe schon wirkte es schadenfroh. Sie riss ihm den Gutschein aus der Hand, sah ihn sich noch einmal von beiden Seiten an. Mit einem Mal schnürte sich Lillys Kehle zu, denn ihr wurde die tiefe Bedeutung dahinter bewusst. Immerhin war die Schatzsuche früher ihr liebstes Spiel gewesen. Ganz automatisch glitt ihre Hand zu ihrem Hals, wo der goldene Papagei baumelte, den sie einst bei der Schatzsuche in Omas Haus erbeutet hatte.

Kapitel 23

Nachtschwärmer

Da hatte sie den Schlamassel. Nun war sie doch betrunkener, als sie es sein wollte. Kaum waren sie an der frischen Luft gewesen, hatte es Lilly wie ein Blitzschlag getroffen. Die Gondelfahrt zurück zum Hotel war in ihrer Erinnerung nur noch ein verschwommenes Puzzle. Nicht, dass sie einen Filmriss gehabt hätte, aber doch fehlten ihr die Eindrücke – wie bei einer langen Fahrt auf der Autobahn, bei der sie mit ihren Gedanken gern so sehr abschweifte, dass sie sich an Teile der Strecke gar nicht mehr erinnern konnte. Aber die Kanäle Venedigs waren alles andere als eine langweilige Asphaltstraße, daher ärgerte sie sich mit zunehmend klarer werdendem Kopf maßlos über die ausgelöschten Eindrücke. Jede einzelne klare Sekunde an diese Stadt wollte sie in ihren Erinnerungen festhalten.

Nun saßen sie und Alexander an der Hotelbar und nippten an ihren alkoholfreien Cocktails. Sie beobachtete die anderen Gäste, die sich in der Nähe befanden. Dem Anschein nach waren es hauptsächlich Touristen, die spät in der Nacht noch einen Drink zu sich nehmen wollten. Die Bar war einladend und gemütlich eingerichtet. Dunkle Holztöne, rot gepolsterte Sitzmöbel und gedämpftes Licht sorgten für eine entspannte Atmosphäre.

Es war schon spät, aber Lilly spürte noch immer das Adrenalin durch ihren Körper rauschen. Sie fühlte sich lebendig und frei und versuchte, wieder nüchtern zu werden, um klare Gedanken fassen zu können. An Schlaf war für sie bei all der Aufregung nicht zu denken, und sie war froh, dass Alexander ihr noch ein wenig Gesellschaft leistete. Er saß auf dem Barhocker direkt neben ihr, hatte sich seiner Fliege entledigt, die oberen Knöpfe seines Hemdes aufgeknöpft und die Ärmel bis zu den Ellbogen hochgekrempelt. Das Smoking-Jackett lag neben ihm auf der Theke. Lilly hatte derweil Mühe, sich in ihrem engen Kleid halbwegs grazil auf dem Barhocker zu halten, zumal der Stoff und das Polsterleder eine verflixt rutschige Kombination abgaben. Und doch genoss sie den Moment, den Zauber der Nacht.

Nicht weit von ihr entfernt saßen ein paar Nachtschwärmer und unterhielten sich angeregt auf Englisch über ihre Erlebnisse in dieser Stadt.

Lilly hatte den Duft von frischen Limetten und Minze in der Nase, den ihr alkoholfreier Cocktail verströmte. Sie beglückwünschte sich für ihre Entscheidung. Mit dem Strohhalm in seinem Drink herumstochernd, drehte Alexander den Kopf in ihre Richtung.

»Bist du enttäuscht, dass du alles verloren hast?«

Lilly schüttelte den Kopf. »Nein, nicht wirklich.« Und doch seufzte sie leise. »Ich ärgere mich nur darüber, dass ich nicht den Mut hatte, alles auf die Sieben zu setzen, wie Oma es sich gewünscht hatte.«

»Verloren hättest du so oder so.« Er grinste sie vergnügt an, wurde aber augenblicklich ernst. »Aber ich verstehe. Es erfordert Mut, alles zu riskieren.«

Lilly verzog das Gesicht. »Manchmal ist es eben schwer, den nötigen Mut aufzubringen.«

Himmel, was redete sie da. Und warum schaute Alexander sie auf einmal so merkwürdig an. Während sie seinen Blick erwiderte und sich konzentrieren musste, nicht gleich zwei Paar Augen in seinem Gesicht zu sehen, bemerkte sie ein weiteres Mal, wie attraktiv dieser Mann war. Seine blauen Augen waren einfach umwerfend. *Und diese Grübchen, wenn er lächelt.*

Hastig wandte sie sich von ihm ab und verbarg ihr Gesicht hinter dem Cocktailschirmchen.

Sie schloss kurz die Augen und erinnerte sich an Jo. Das erste Mal seit Langem fragte sie sich, was er wohl gerade machte. Mit einem Mal war da ein Stich von Traurigkeit in ihrer Brust, weil sie hier mit Alexander saß und dessen Anwesenheit so genoss. Vielleicht sogar zu sehr. Sie schlug die Augen wieder auf und betrachtete ihn verstohlen von der Seite. Sein Blick war in sein Cocktailglas vertieft. Gerade war er dabei, eine halbierte Zitronenscheibe mit der Spitze des Schirmchens aufzuspießen. Obwohl sie ihn so gut wie gar nicht kannte, mochte sie seine ruhige, unkomplizierte Art. Doch wie sehr mochte sie ihn? Und vor allem: Mochte er sie? Es war für sie unmöglich, zu sagen, woran sie bei ihm war. Doch wie stand es um ihre Gefühle für Jo? Sollte sie sich nicht besser darauf konzentrieren, was sie mit ihm hatte? *Ja, das sollte ich!* Mit absoluter Entschlossenheit nickte sie ihren Gedanken zu.

Unversehens drehte Alexander den Kopf in ihre Richtung und sah sie unverwandt an. »Woran denkst du?«

Dieses Lächeln! Diese Grübchen!

»An gar nichts«, log Lilly und nahm aus Verlegenheit schnell einen weiteren Schluck aus ihrem Glas – nur um festzustellen, dass dieses leer war.

Alexander winkte den Barkeeper heran, wollte gerade eine neue Bestellung aufgeben, als es in seinem Jackett zu klingeln begann. Mit einem Stirnrunzeln zog er sein Smartphone aus der Innentasche der Jacke. Sein Stirnrunzeln vertiefte sich, während er auf das Display starrte. Beinahe hektisch nahm er das Gespräch entgegen. »Hallo, Alice, was ist los?«

Lilly war durch seinen ernsten Tonfall alarmiert und musterte ihn genau. Während er das Handy ans Ohr presste, wurde seine Mimik sorgenvoll. Der Barkeeper zog sich dezent zurück und widmete sich der Bestellung eines anderen Gastes.

»Er erbricht die ganze Zeit und lässt sich nicht mehr beruhigen?«, wiederholte Alexander das Gehörte. Wohl, damit auch Lilly verstand.

»Sag ihm, dass ich morgen Mittag wieder da bin, okay? Bitte was? Ja, dann gib ihn mir.«

Kurz nahm er das Telefon vom Ohr und flüsterte Lilly zu: »Es ist die Frau, die auf Benno aufpasst.«

Sie sah, wie er sich bemühte, sich ein Lächeln aufs Gesicht zu klatschen, was sich sofort in der Klangfarbe seiner Stimme widerspiegelte. »Hi, mein Großer, was ist denn los?«

Sie drehte sich ein wenig von ihm weg, um nicht zu aufdringlich zu wirken. Durch das Telefon vernahm sie das Weinen des Jungen. Alexander versuchte, ihn zu beruhigen. Ihr Herz zersprang fast, als sie Benno derart verzweifelt hörte.

Nachdem Alexander das Gespräch beendete hatte, wandte er sich entschuldigend an sie. »Er ist es einfach nicht gewöhnt, ohne mich zu sein«, erklärte er. Lilly sah ihm die Sorge um seinen Sohn an.

»Es ist wohl nicht leicht, Vater zu sein«, vermutete sie.

Nun hellte sich sein Lächeln doch ein wenig auf. »Es ist die tollste Erfahrung meines Lebens«, sagte er. Doch dann erstarb das Lächeln endgültig. »Aber die Sorgen, die man sich macht ...«

Lilly fragte sich einmal mehr, was wohl mit der Mutter war, aber sie traute sich nicht, nachzuhaken. Alexander machte erneut eine Handbewegung, um den Barkeeper heranzuwinken, doch sie hielt seinen Arm fest »Ich denke, wir sollten losfahren.«

Er sah sie mit geweiteten Augen an. »Was? Aber es ist mitten in der Nacht.«

Sie zuckte mit den Schultern. »Deinem Sohn geht es nicht gut.« Ohne groß darüber nachzudenken, legte sie eine Hand auf seinen Unterarm. »Ich sehe dir doch an, dass es dir bei dem Gedanken auch nicht gut geht.« Sie lächelte ihn von ganzem Herzen an. »Ich will nicht, dass du ihn in dieser Situation alleine lässt. Es ist sicher besser, wenn wir zurückfahren.«

»Aber … wir sind in Venedig.«

»Die Stadt läuft uns nicht weg.« Nun war sie es, die den Barkeeper herbeischnippte und die Rechnung beglich. Alexander schien nicht zu wissen, was er sagen sollte, als sie vom Barhocker rutschte.

»Lass uns rasch packen gehen. In fünf Minuten treffen wir uns an der Rezeption zum Auschecken.«

Ohne seine Antwort abzuwarten, drehte sie sich um und verließ die Hotelbar in Richtung ihres Zimmers. Sie war noch ein kleines bisschen wackelig auf den Beinen, aber das war absolut nicht mehr der Rede wert. Eine zweieinhalbstündige Autofahrt würde sie gewiss überstehen.

Kapitel 24

Fit wie ein Velociraptor

Lilly blickte gedankenverloren aus dem Fenster. Dunkelheit umhüllte sie, und nur das Scheinwerferlicht auf der Straße gab ihr Orientierung. Sie rieb sich die Augen und kämpfte sich zurück in die Wachwelt. Dabei hatte sie sich bemüht, nicht einzuschlafen, um Alexander Gesellschaft zu leisten, aber die Müdigkeit hatte sie schließlich übermannt. Alexander hatte sie schlafen lassen und sie erst mit einem gut gelaunten Lächeln geweckt, als sie nur noch wenige Kilometer vor sich hatten. Und jetzt waren sie endlich angekommen. Alexander wohnte direkt im Zentrum der kleinen Stadt, gar nicht weit von Maximilians Buchbinderei entfernt, wie Lilly feststellte. Er parkte das Auto in der Einfahrt, und sie stiegen aus. Kaum hatten sie die Türen zugeschlagen, wurden sie von einer ziemlich aufgewühlten Frau in Empfang genommen.

Lilly folgte Alexander ins Wohnzimmer und sah, wie der kleine Junge auf dem Sofa lag. Er hatte eine Schüssel neben sich stehen, die er gerade benutzt hatte, um sich zu übergeben. Als Alexander sich neben ihn setzte, schlang der Junge sofort die Arme um ihn.

»Alles wird wieder gut«, redete Alexander beruhigend auf ihn ein, während er ihm ein Glas Wasser reichte.

Lilly verabschiedete die Frau, die sich um den Jungen gekümmert hatte, und verharrte einen Moment nachdenklich im Türrahmen. Es war schön zu sehen, wie liebevoll er seinen Sohn tröstete.

»Wer ist die Frau?«, fragte der Junge, als er Lilly über Alexanders Schulter hinweg erblickte.

»Das ist Floras Enkelin«, erklärte Alexander, und obwohl der Kleine sich die halbe Nacht über erbrochen hatte, strahlte er Lilly an.

»Du bist die aus dem Sportgeschäft und warst neulich bei Maximilian.«

»Ertappt.« Lilly grinste, wandte sich aber ganz fix ab, als Benno wieder nach dem Eimer griff und wirklich unschöne Geräusche von sich gab.

Sie ging in die Küche und schaltete den Kaffeeautomaten ein.

Als sie mit zwei dampfenden Tassen ins Wohnzimmer zurückkehrte, lag Benno mit dem Kopf auf Alexanders Schoß. »Mir geht es schon wieder viel besser«, kam es krächzend aus dem kleinen Mund, als er Lilly erblickte. »Ist der Kaffee für mich?«

Lilly schüttelte schmunzelnd den Kopf und reichte die Tasse Alexander, der sie dankbar ergriff.

»Mir geht es wirklich wieder besser«, beharrte der Junge. Er richtete sich auf, fuhr sich durch das völlig verwuschelte Haar und gähnte herzergreifend. »Morgen bin ich wieder fit wie ein frisch geschlüpfter Velociraptor.«

»Klar bist du das.« Alexander machte ein Geräusch, das wohl einen Dinosaurier im Stimmbruch darstellen sollte. Er kniff seinem Sohn in die Wange. Lilly bemerkte, dass er seinerseits ein Gähnen unterdrückte.

»Dann spricht also absolut nichts gegen unseren Söfiwalt-wip morgen?«

Nun lachte Alexander schallend auf. »Oh, nein, mein Lieber, ganz bestimmt nicht in deinem Zustand.«

»Aber mir geht es wirklich wieder gut«, beharrte Benno. Ich hab mich seit zwei Minuten nicht mehr übergeben!«

»Spitzenleistung«, bemerkte Lilly anerkennend.

Doch Alexander schüttelte nur den Kopf. »Ziemlich sicher hast du dir einen üblen Virus bei einem deiner Freunde eingefangen.«

»Die sind alle gesund.«

»Trotzdem«, sagte Alexander.

»Es lag ganz bestimmt nur an der Aufregung«, versuchte der Junge es weiter. »Weil du nicht da warst und ich nicht bei Onkel Maximilian schlafen konnte.« Er zwinkerte Lilly verschwörerisch zu: »Außerdem kocht Alice ganz miserabel. Vielleicht lag es auch einfach an ihren Spinatpfannkuchen.« Er gab gespielte Würgelaute von sich.

Alexander wandte sich Lilly zu. »Alice meint es gut. Sie ist der Meinung, dass in jeder Mahlzeit etwas Grünes sein muss.« Er schloss Benno ein weiteres Mal in den Arm. »Aber jetzt bin ich ja hier.«

»Und ich werde mich jetzt auch nicht mehr übergeben. Außerdem habe ich Hunger wie ein Mammut während der Eiszeit.«

Alexander sah erst seinen Jungen, dann den Eimer ungläubig an. »Du kannst doch jetzt nicht ans Essen denken.«

Doch Lilly verstand den kleinen Racker. Denn ihr Magen hing ebenfalls durch. Sie warf einen Blick auf die Wanduhr, die über dem Fernseher hing. Es war bereits viel zu spät für einen Mitternachtssnack, aber auch noch zu früh für ein Frühstück.

Also anstelle eines Lunchs ein Brinner, dachte sie belustigt. Eben etwas zwischen Dinner und Breakfast. Sie behielt das Wortspiel jedoch für sich, weil sie sich nicht sicher war, ob Alexander das genauso lustig finden würde. Ohnehin sah er sie schon so merkwürdig an.

»Was gibt es denn da zu grinsen?«, fragte er mit hochgezogener Braue.

»Nichts. Ich finde bloß, dass wir alle eine Kleinigkeit vertragen könnten.«

Alexanders Blick ging ebenfalls zur Uhr, und er rollte mit den Augen. Doch dann stand er auf. »Also schön. Ich schaue mal nach, was der Kühlschrank hergibt.«

Nur wenig später hatten die drei die Küche erobert. Lilly und Benno schauten dabei zu, wie Alexander ein paar Eier aus dem Kühlschrank holte und sie zu einem Omelett verarbeitete. Dann fand er noch eine Packung Speck und schnitt ihn in kleine Stücke, um ihn mit in die Pfanne zu geben. Außerdem fügte er ein paar Tomaten und Zwiebeln hinzu.

Lilly schloss die Augen und schnupperte. »Das duftet köstlich.«

»Pizza wär mir lieber!«, bemerkte Benno wenig begeistert.

Während das Omelett auf dem Herd brutzelte, schnitt Alexander ein paar Scheiben Brot und röstete sie im Toaster. Er sah noch mal in den Kühlschrank und fand ein Glas Marmelade, das er auf den Tisch stellte, direkt vor Bennos Nase. »Du isst erst mal ein Marmeladenbrot«, sagte er. »Nichts zu Fettiges für deinen Magen.«

Als das Omelett fertig war, gab er es auf einen tiefen Teller und stellte es auf den Tisch. Er fügte die gerösteten Brotscheiben hinzu und legte ein paar Tomatenscheiben daneben.

Benno biss bereits beherzt in seinen Marmeladentoast.

Lilly und Alexander begannen ebenfalls zu essen. Das Omelett war köstlich, und sie war froh, nach dem aufregenden Abend und der langen Fahrt endlich etwas im Magen zu haben. Während sie Bissen um Bissen verschlang, blickte sie sich immer wieder um. Sie genoss das Essen und die Gesellschaft mitten in der Nacht. Alexander hingegen ließ seinen Jungen nicht aus dem Blick, beäugte jeden seiner Bissen skeptisch. »Ich hab doch gesagt, dass es mir wieder besser geht.«

»Mach trotzdem langsam«, schlug Alexander vor. »Dein Magen wird es dir danken.«

»Ach, was. Ich habe einen Magen wie ein Brontosaurus!« Mit großen Augen wandte er sich Lilly zu: »Wusstest du, dass die Sauropoden Steine gegessen haben, um das Essen im Magen zu zerkleinern?«

Lilly machte große Augen. »Nein, das ist mir völlig neu.«

»Er befindet sich gerade in der Dinophase«, erklärte Alexander entschuldigend. »Da müssen wohl alle Jungs irgendwann mal durch.«

Benno schaute seinen Vater an: »Ich will unbedingt die Nacht morgen im Freien verbringen, so wie wir es seit Wochen geplant haben. Ich fühle mich echt schon viel besser.« Zum Beweis biss er ein extra großes Stück von seinem Toast ab.

Alexander zögerte mit einer Antwort, gab sich stattdessen einem ausgiebigen Gähnen hin. Lilly verspürte Mitleid. Sie hatte wenigstens eine Weile auf der Rückfahrt schlafen können.

»Wir können nicht riskieren, dass du richtig krank wirst und womöglich in der Schule fehlst«, sagte er gerade zu seinem Sohn und tätschelte ihm die Hand. »Wir können das ein anderes Mal machen.«

Aber der Junge gab nicht auf. »Bitte, Papa, ich will es wirklich tun. Es ist doch das Männlichkeitsritual!« Er sah seinen Vater mit großen Augen an. »Wir haben schon alles dafür besorgt, und außerdem hast du es versprochen.«

Alexander sah fragend zu Lilly, die mit den Schultern zuckte. »Wenn es ihm doch besser geht ...«

»Jaaa!« Der Junge schrie begeistert auf und Alexander senkte kapitulierend den Kopf. »Also schön, wenn du dich heute Nacht nicht mehr übergibst und mir versprichst, sofort nach dem Essen ins Bett zu gehen, ziehen wir es durch.« Er streckte ihm die Hand entgegen, und die beiden vollführten eine komplizierte Abklatschorgie, die Lilly sprachlos machte.

»Und was ist mit dir?« Der Junge wandte sich nun ihr zu. »Hast du Lust, mit uns zu kommen?«

Lilly schaute verdutzt zurück. »Es ist doch euer Männlichkeitsritual. Ich bin kein Mann.«

Benno kniff die Augen zusammen und schien angestrengt darüber nachzudenken. Er suchte kurz den Blick seines Vaters, dann schaute er Lilly abschätzend wieder an. »Das ist natürlich ein kleines Problem. Aber wir können bei dir eine Ausnahme machen«, sagte er in einem geradezu gönnerhaften Tonfall. »Also?«

Lilly sah zu Alexander, der wieder dieses Grübchengrinsen an den Tag beziehungsweise den frühen Morgen legte. »Ja, Lilly«, sagte auch er mit dieser fragenden Stimme. »Also?«

Sie zögerte einen Moment, atmete tief ein. Dann antwortete sie: »Ich würde gerne mitkommen.«

Kapitel 25

Der Weg zur Natur

Himmel, worauf hatte sie sich da bloß eingelassen! Ihre erste Nacht im Freien. Sie war sich gar nicht mehr so sicher, ob sie wirklich bereit dafür war. Mit dem Kopf aus dem Zelt schauend, ließ sie die Umgebung auf sich wirken. Sie hörte das Rauschen des nahen Baches und das Knistern des Lagerfeuers.

Alexander und Benno waren schon fleißig gewesen, hatten Holz gesammelt und das Feuer entfacht, das eine warme und einladende Atmosphäre schuf. »Kommst du zu uns, oder willst du etwa schon schlafen gehen?«, fragte Benno.

Sie war gerade dabei gewesen, ihren Schlafsack zurechtzulegen, weil sie das nur ungern in völliger Dunkelheit tun wollte.

»Bin sofort bei euch.«

Also krabbelte sie aus dem Zelt, streifte sich ihren warmen Kapuzenpulli über und setzte sich zu den beiden ans Feuer. Alexander hielt ihr einen Stock hin.

»Magst du auch ein Marshmallow?«

»Nichts lieber als das!«

Sie hielt den Stock mit der klebrigen Süßigkeit über die Flammen und schaute dabei zu, wie sich die weiße Masse allmählich schwarz verfärbte.

»Du darfst ihn nicht so dicht an die Flammen halten«, belehrte Benno sie. »Sonst verkohlt er.«

»Aber so schmecken sie doch am besten!« Sie grinste ihn geheimnistuerisch an und musste noch mehr lachen, weil er sich im selben Moment gleich zwei Marshmallows in den Mund stopfte. Seinem Magen schien es wieder blendend zu gehen. Noch in derselben Bewegung spießte er zwei weitere mit seinem Stock auf. Sie beobachtete ihn, wie er angestrengt versuchte, der Masse in seinem Mund irgendwie Herr zu werden. Sein dickbackiges Gesicht strahlte vor Freude. Ihm schien die Aussicht auf eine Nacht in der Wildnis nichts auszumachen. Im Gegenteil.

Alexander hingegen schien Lillys Zögern zu bemerken. »Alles in Ordnung?«, fragte er mit einem warmen Lächeln.

Lilly nickte unsicher und blickte in die Flammen. »Es ist nur ... ich habe noch nie im Freien geschlafen«, gab sie leise zu.

Er sah sie überrascht an. »Ist das dein Ernst?«

Sie nickte verlegen.

»Mach dir keine Sorgen, wir werden auf dich aufpassen.«

Die Wärme des Feuers und Alexanders Nähe beruhigten sie tatsächlich ein wenig. Sie lauschte dem Knistern des Feuers, während sie ihre Gedanken ordnete und sich langsam entspannte. Sie hatten den perfekten Zeltplatz gefunden. Eine kleine Lichtung mitten im Wald, umgeben von hohen Tannen. Der Platz lag abseits der ausgetretenen Wanderpfade und bot ihnen die perfekte Abgeschiedenheit für eine Nacht im Freien. Einen Survival-Trip.

Mit dem Blick ins Feuer horchte sie in sich hinein. Die wilden Tiere und mögliche umherschweifende Serienmörder einmal außer Acht gelassen, hatte diese Erfahrung durchaus etwas für sich.

Es war kurz vor Sonnenuntergang, und die Bäume warfen lange Schatten auf den Waldboden. Der letzte Rest des Tageslichts tauchte den Himmel in ein dunkles Rosa. Lilly empfand die Atmosphäre als beinahe mystisch, und ein wenig war sie sogar froh darum, Teil davon zu sein. Was sollte schon passieren?

Die beiden Zelte standen dicht beieinander. Alexander würde mit seinem Sohn in dem etwas größeren Zelt übernachten, während sie von ihm ein kleineres ausgeliehen bekommen hatte. Es war ein Iglu, und sie wäre beinahe am Aufbau verzweifelt, wäre Alexander ihr nicht zu Hilfe gekommen, sobald er mit dem großen Zelt fertig gewesen war.

Ihre Unruhe flammte wieder auf, als sie das schlichte Zelt betrachtete. Nur eine dünne Plane würde sie heute Nacht von der wilden Natur trennen. *Ein Tier mit scharfen Krallen könnte leicht ...* Sie verwarf den Gedanken und versuchte, sich auf die Vorfreude zu konzentrieren. Immerhin war dies ein Abenteuer.

Lächelnd wandte sie sich an Alexander: »Vielen Dank für die Einladung.«

Er hob die Hände, deutete auf seinen Sohn. »Das war Bennos Idee.«

Dieser mampfte freudig weiter und schluckte angestrengt, dann reckte er ihr seinen klebrigen Daumen entgegen. »Ich gehe mir mal am Bach die Hände waschen.«

Die beiden sahen ihm schweigend nach.

Nach einer Weile senkte Alexander die Stimme zu einem Flüstern: »Er mag dich. Hat mich heute Morgen komplett nach dir ausgefragt.«

»Und?«, fragte Lilly zurück. »Was hast du gesagt?«

»Na, was wohl.« Er räusperte sich. Ein Windzug fegte über die Bäume hinweg und brachte die Blätter zum Rascheln. »Ich habe ihm gesagt, dass du eine Tauchschülerin von mir bist.«

»Aha.«

Wieder schwiegen sie, und Lilly kam es vor, als starrte Alexander angestrengt in die Flammen, nur um sie nicht ansehen zu müssen. Sie fasste sich ein Herz. »Darf ich dich etwas Persönliches fragen?«

»Natürlich darfst du.« Sogleich wandte er sich zu ihr.

Lilly schluckte schwer und atmete tief ein, bevor sie ihre Frage stellte. »Wo ist Bennos Mutter?«

Alexander wirkte mit einem Mal unruhig. Kurz glaubte sie, dass er ihr eine Antwort schuldig bleiben würde, aber dann begann er zu erzählen.

»Sie ist tot«, sagte er ernst. »Es gab einen Autounfall. Sie war auf dem Heimweg von der Arbeit und wurde von einem betrunkenen Fahrer gerammt.« Sein Blick verlor sich nun endgültig im Lagerfeuer. »Das ist jetzt schon drei Jahre her.«

Lilly war sprachlos und verfluchte sich dafür, diese Frage gestellt zu haben. Sie konnte sich nicht mal im Ansatz vorstellen, wie schrecklich es für Alexander und Benno gewesen sein musste, ihre Mutter und Frau zu verlieren.

»Es tut mir leid«, sagte sie leise und legte ihre Hand auf Alexanders Arm.

Er schüttelte den Kopf und lächelte gezwungen. »Es ist schon okay. Es war hart, aber wir haben uns gegenseitig unterstützt und sind weitergegangen.«

Lilly sah die Traurigkeit in seinen Augen. Er schaute zu seinem Jungen hinüber, der gerade dabei war, einen Staudamm im Bach zu errichten, der einem Biber alle Ehre machte.

Lilly neigte den Kopf. »Und Benno«, hakte sie nach. »Kommt er gut damit klar?«

»Es war sehr schwer für ihn. Aber er hat sich gut angepasst, und ich denke, er ist stärker geworden.« Stolz schwang in seiner

Stimme mit. »Solche Nächte wie gestern sind nicht einfach. Er hat wahnsinnige Verlustängste. Er lässt nur ganz wenige Vertraute in sein Leben.«

Das verstand Lilly nur zu gut. Sie selbst hatte zwar kein Elternteil an den Tod verloren, doch hatte ihr Vater sie verlassen, als sie ein wenig älter gewesen war als Benno jetzt. Vermutlich hatte sie das bis heute nicht verkraftet und sich deshalb stets mit den falschen Männern eingelassen. Bei dem Gedanken an Jo drang ein Seufzer von ihren Lippen.

»Er war sehr jung, als sie starb, und hat nicht viele Erinnerungen«, sprach Alexander weiter. »Es gibt immer noch Momente, in denen er sie vermisst und traurig ist, aber wir haben gelernt, damit umzugehen. Wir reden viel darüber und halten ihre Erinnerung am Leben«, fügte er hinzu.

»Ich kenne dich noch nicht lange, aber ich glaube, das machst du großartig.«

Er drehte den Kopf zu ihr, und Lilly glaubte, dass seine Wangen sich ein wenig röteten. Das konnte aber auch an der Hitze des Feuers liegen. Sie war so sehr in Gedanken vertieft, dass sie gar nicht mitbekommen hatte, wie ihr Marshmallow in Flammen aufging und vom Stock fiel, was sie beide zum Lachen brachte.

»Jetzt kennst du also unsere Geschichte.«

Lilly lächelte ihn an. »Danke, dass du sie mir erzählt hast.«

Auch Alexander lächelte, jedoch auf eine unergründliche Weise. »Und was ist mit dir?«, fragte er. »Gibt es einen Mann in deinem Leben?«

Lilly nahm den Blick von ihm und musterte den Waldboden. Warum sollte sie ihn anlügen? Also erzählte sie ihm von Jo. Alexander hörte aufmerksam zu, sagte aber nichts. Doch das Lächeln auf seinem Gesicht war verblasst, und beide verfielen in ein unangenehmes Schweigen. Schließlich versank sie erneut in ihren Gedanken und starrte genauso wie er in die züngelnden Flammen.

Doch bald wurde ihr das Schweigen zu viel. Also beschloss sie, das Thema zu wechseln.

»Wie lange lebst du schon in Südtirol?«

»Schon immer. Ich bin hier aufgewachsen.« Er erzählte ihr von seiner ersten Nacht in freier Natur, gemeinsam mit seinem Vater. Lilly lauschte gebannt. Und als Benno zurückkam, setzte er sich einfach auf ihren Schoß und hörte seinem Vater ebenfalls zu. Irgendwann war er bei der Tauchschule angelangt, bei dem Leuchten unter Wasser, das ihm den Weg für seine Zukunft offenbart hatte. Die Dämmerung brach herein, und die Sonne war hinter den Tannenwipfeln untergegangen.

»Und nun bist du glücklich?«, fragte sie ihn schließlich. »Mit deiner Tauchschule?«

Benno hob den Kopf und grinste sie an. »Es gibt nichts, was er lieber macht als Tauchen.«

»Das stimmt«, bestätigte Alexander. Doch Schwermut lag in seinen Blick. »Es ist wirklich der beste Job, den ich je hatte. Nirgends habe ich das Gefühl, freier zu sein als unter Wasser.«

Das konnte Lilly mittlerweile sogar nachempfinden. Als sie erst einmal ihre Ängste überwunden hatte, war auch sie dem Zauber der Unterwasserwelt verfallen. Doch Alexander kniff die Augen zu schmalen Schlitzen zusammen und wirkte auf eine melancholische Art weit weg.

»Es läuft nicht so gut an?«, äußerte sie ihre Vermutung. Er sah sie an, als hätte sie ihn aus den tiefsten Gedanken gerissen, und nickte.

»Ich habe sie erst seit einem Dreivierteljahr«, sagte er. »Sie ist noch nicht so bekannt, und momentan fehlt mir das Geld für Werbung, weil ich so viele Investitionen tätigen musste.« Er lachte verhalten auf. »Du hast ja keine Vorstellung davon, wie teuer das ganze Equipment war, das ich mir zulegen musste.«

»Wer nicht wirbt, stirbt«, sinnierte Lilly gedankenlos vor sich hin. Ausgerechnet war es eines dieser Henry-Ford-Zitate, die Jo immer wieder zum Besten brachte. Für Lilly waren die meisten davon nichts weiter als gehaltlose Floskeln, wobei sie ohnehin nie ein Fan von Zitaten oder Sprüchen auf Abreißka- lendern gewesen war. Jo aber lebte geradezu in Zitaten.

»Die Werbung ist in der Tat ein Problem«, stimmte Alexan- der leise zu.

Wieder schwiegen sie.

Doch in Lillys Kopf fügten sich plötzlich Puzzleteile zusam- men, als hätte ein verborgener Schalter *Klick* gemacht. Alexan- der sprach weiter, aber seine Worte rauschten nur noch an ihr vorbei. Sie spürte nicht mal, wie die Temperatur sank, während die Dämmerung fortschritt.

»Du zitterst ja«, bemerkte Benno. »Hast du etwa Angst? Keine Sorge, hier gibt es nichts, was du fürchten musst.«

Lilly wollte ihm gerade erklären, dass sie der Kälte we- gen zitterte, aber Benno war noch nicht fertig. »Außer Bä- ren vielleicht. Oder hungrigen Wölfen, die im Rudel Jagd auf schlafende Menschen machen. Und Giftschlangen! Die sind besonders heimtückisch und verstecken sich gerne in den Schlafsäcken.« Er hob einen mahnenden Finger. »Es heißt schließlich nicht ohne Grund Söfiwaltwip. Das kommt nämlich von Überleben.«

Sie konnte nicht anders, sie lachte herzhaft auf und drückte den Jungen fest an sich. Während er sich an sie kuschelte, be- merkte sie Alexanders Blick von der Seite, sah, wie sich die Flammen in seinen Augen spiegelten.

Als die ersten Sterne am Himmel erschienen, spürte Lilly eine tiefe Ruhe in sich. Fast schon freute sie sich auf das Zelt, auf ihre erste Nacht im Freien, umgeben von der wolfshungrigen Atmosphäre des Waldes und der Gesellschaft ihrer beiden neuen Freunde.

Irgendwann wurde Lilly sich bewusst, wie erschöpft sie war. Die Strapazen der vorangegangenen Nacht waren noch nicht vergessen, und auch Alexander gab sich einem beherzten Gähnen hin. Nun freute sie sich regelrecht auf ihren Schlafsack, auf ihre erste Nacht im Zelt.

»Also, wie schaut's aus?« Benno sprang von ihrem Schoß. »Seid ihr bereit für die Nachtwanderung?«

Kapitel 26

Für einen guten Zweck

Lilly saß unter einem aufgespannten Sonnenschirm auf ihrer Terrasse und arbeitete auf ihrem Laptop an der Druckvorlage für ein Plakat. Es war ein herrlicher Spätnachmittag, eine sanfte Brise strich durch die Bäume und trug den Duft von Blumen und frisch gemähtem Gras mit sich. Sie liebte die Arbeit im Freien. Die entspannte Atmosphäre wirkte inspirierend und motivierend auf sie, während sie Designelemente verschob und justierte. Die letzten Stunden hatte sie intensiv an der Gestaltung gefeilt, und nun ging es um die abschließende Feinarbeit. Mit geschultem Auge bearbeitete sie die Farben und Schriftarten, bis sie sich endlich zufrieden zurücklehnte und sich das Ergebnis betrachtete. Der Entwurf war fertig. Besonders stolz war sie auf ihren Slogan, der ihr gestern beim Sortieren von Omas Unterlagen einfach so zugefallen war.

Nachdem sie die Datei abgespeichert hatte, griff sie zum Telefon und wählte die Nummer einer Kollegin ihrer Firma.

»Plakativ GmbH, Sie sprechen mit der Planungsabteilung, Frau Bäumler, was kann ich für Sie tun?«

Lilly musste sich ein Grinsen unterdrücken, weil ihre Kollegin diesen Text so monoton herunterleierte wie eine computergenerierte Bandansage. Aber sie ließ sie ausreden, unterbrach sie nicht, bis sie damit fertig war. »Hallo, Marie, ich bin es, Lilly.«

Eine kurze Pause entstand, gefolgt von einem schnell-schrillen: »Lilly, wie schön, von dir zu hören! Wie geht es dir? Wir vermissen dich hier alle sehr! Wir haben uns solche Sorgen gemacht, weil du plötzlich nicht mehr zur Arbeit erschienen bist. Erst hieß es, du seist krank, und dann, dass du deinen Resturlaub abfeierst.« Wieder eine kurze Pause. »Aber das ist doch gar nicht deine Art, den lässt du doch sonst immer verfallen.«

Lilly blies sich eine Strähne aus der Stirn.

»Es stimmt«, sagte sie in gut gelauntem Tonfall. »Ich bin gerade in Urlaub.« Mit gespielter Wut schob sie nach: »Sollte man zumindest meinen.«

Ihre Kollegin horchte auf. »Warum das?«

»Weil mich mein Vorgesetzter auch nicht während meines wohlverdienten Urlaubs in Ruhe lässt.« Sie stieß ein Schnauben aus, das in ihren Ohren ein wenig zu theatralisch ausgefallen war.

»Jo!«, sagte Marie nur. Jedoch mit einer Stimme, die Bände sprach. Sie schob ein Kichern nach. »Den solltest du mal erleben, seit du nicht mehr da bist. Er ist vollkommen am Rotieren.«

Kein Wunder, dachte Lilly. *Nun muss er all die Arbeit, die er sonst mir auf den Tisch geknallt hätte, selbst erledigen.*

»Der Vorstand sitzt ihm arg im Nacken«, sprach Marie mit gesenkter Stimme weiter. »Erst hat er diesen visionären Zukunftsplan für die Firma, und nun muss er eben zeigen, dass er diesen Plan auch in die Tat umsetzen kann.«

Lilly nickte den Hörer an. Ihre Ideen als seine zu verkaufen, war eine Sache, sie aber in der Praxis anzuwenden, eine ganz andere.

»Wie auch immer.« In einer raschen Bewegung wischte sie

sich die vom Wind verwehten Haare aus der Stirn. »Er hat mir eine supereilige Kampagne aufs Auge gedrückt«, kam sie endlich zu dem Grund ihres Anrufs. Wieder schnaufte sie, dieses Mal jedoch ein wenig zurückhaltender. »Kein großer Auftrag«, setzte sie sofort nach. »Er besteht bloß aus einem Motiv.«

»Aha.«

Lilly hörte Tippgeräusche durch den Hörer. Vermutlich öffnete Marie gerade das Planungsprogramm. »Welche Region?«, fragte sie wieder mit dieser nüchternen Computerstimme. »Oder überregional?«

»Weder noch«, sagte Lilly zögernd. »Es ist eine Kampagne für Südtirol.«

Erneut wurde es still in der Leitung. Dabei war das gar nicht ungewöhnlich. Die Plakativ GmbH arbeitete mit vielen ausländischen Plakatunternehmen zusammen, um auch internationale Kampagnen von Großkunden steuern zu können.

»Südtirol«, wiederholte Marie nur, und jeder einzelne Buchstabe klang wie ein Fragezeichen.

»Hier bin ich zurzeit in Urlaub«, erzählte Lilly einen Teil der Wahrheit und seufzte laut in den Hörer hinein. »Das ist doch auch der Grund, warum Jo will, dass ich mich darum kümmere, weil ich gerade vor Ort bin.« Sie winkte ab, auch wenn ihre Kollegin das gar nicht sehen konnte, aber in ihrer Theater-AG auf dem Gymnasium hatte sie gelernt, dass man beim darstellerischen Spiel viel glaubwürdiger wirkte, wenn man den ganzen Körper mit einbezog. »Wie gesagt, es ist eine kleine Kampagne.«

Marie murmelte nachdenklich, und das Geklacker der Tastatur verstummte kurz. »Also schön, dann lass mal hören. Wann und wo?«

Lilly atmete erleichtert auf und nannte ihr den Zeitpunkt für den Start der Kampagne sowie die Aushangorte, wobei sie sich vorrangig auf das nahe gelegene Umfeld konzentrierte.

»Okay, das ist wirklich sehr kurzfristig«, sagte Marie, als sie mit den Eingaben fertig war. »Aber das sollten wir hinbekommen. Und der Rechnungsempfänger?«

Lilly schnappte kurz nach Luft. Jetzt kam es darauf an.

»Es soll unter ›Eigenwerbekampagne‹ laufen.«

Es wurde still in der Leitung.

Zu still.

»Und Jo hat das abgesegnet?«

»Ganz genau, ja.«

»Aber … was hat das denn mit einer Eigenwerbung zu tun?«, hakte Marie nach. »Es wird doch gar nicht eine unserer Firmensparten beworben.«

»So ist Jo halt«, sagte Lilly beschwichtigend. »Er kennt Gott und die Welt und überstrapaziert es manchmal mit dem Verwendungszweck der freien Stellen für die Eigenwerbung.«

»Ganz sicher tut er das«, pflichtete Marie ihr bei und klang dabei noch immer skeptisch, wie Lilly fand. Zu skeptisch. Dabei waren Pflegeplakatierungen absolut üblich in ihrer Branche. Niemand wollte abgerissene Plakatwände auf den Straßen, weil sie ein schlechtes Bild auf das Unternehmen und die ganze Branche warfen. Mussten Plakatwände ausgetauscht werden, weil der Werbezeitraum verstrichen war, oder Motive aufgrund von Witterungsverhältnissen zerstört wurden, es aber keine direkten Folgebuchungen für die Stellplätze gab, wurden eben Motive für Eigenwerbezwecke plakatiert. Für Personalrecruiting zum Beispiel. Und hin und wieder nutzte man diese Art der Plakatierung auch, um wohltätige Institutionen zu unterstützen. Und das, was Lilly da tat, war eindeutig ein wohltätiger Zweck, womit sich zumindest ein bisschen das schlechte Gewissen in ihr beruhigen ließ. Trotzdem war es ein riskantes Unterfangen, das sogar ihr berufliches Vorankommen gefährden könnte. Andererseits durfte sie wohl auf Jos Unterstützung zählen, denn er hatte einiges wiedergutzumachen. Zudem hatte sie Herzblut, Mühe und viele Opfer in das Unternehmen gesteckt. Wahrscheinlich würde man sie nicht ohne Weiteres entlassen, sollte es hart auf hart kommen.

Marie schien ihrem Unmut noch nicht vollständig Luft gemacht zu haben. »Jo wird noch in Teufels Küche kommen, wenn er weiter derart seine Befugnisse überstrapaziert.«

»Dann sorgen wir eben dafür, dass der Vorstand keinen Wind davon bekommt«, pflichtete Lilly im verschwörerischsten Tonfall bei, zu dem sie imstande war.

Auch Marie begann zu flüstern. »Das bekommen wir schon hin, allzu groß ist die Kampagne ja wirklich nicht.« Ein kleines bisschen klang sie sogar belustigt. Es ging doch nichts über den richtigen Partner in Crime.

»In Ordnung, wenn Jo das über dich laufen lässt, passt dann alles für mich. Ich werde sein Kürzel unter die Einplanung setzen, und damit ist das Ding gebongt.«

Lilly konnte förmlich durch das Telefon hören, wie Marie ihr konspirativ zuzwinkerte.

»Du bist die Beste. Ich schicke dir sofort die Datei zu, damit du sie direkt in die Druckerei geben kannst.«

»Aber wirklich direkt, Lilly«, ermahnte Marie sie. »Sonst bekommen wir ein ernstes Zeitproblem. Der Aushangtermin ist ja schon ganz bald.«

»Sorry für die Dringlichkeit, aber du kennst Jo«, hielt Lilly dagegen.

»Und ob.« Marie lachte laut auf. »Immer alles sofort, aber erst auf den letzten Drücker damit um die Ecke kommen.«

Lilly stieg in das Lachen mit ein, denn das traf es ziemlich gut. »Und dass ich mich ausgerechnet in meinem Urlaub darum kümmern muss«, beschwerte sie sich noch einmal, um den allerletzten möglichen Zweifel auszuräumen.

Als sie das Gespräch beendet hatte, meldet sich ihr schlechtes Gewissen auch nur ganz leicht zu Wort. Der Zweck heiligte schließlich die Mittel, und einen Denkzettel hatte Jo verdient. Sie klappte den Laptop zu und hielt ihr Gesicht in die warmen Sonnenstrahlen. Er und die Firma würden es ganz bestimmt verkraften.

Kapitel 27

Unliebsame Mitteilungen

Viel zu lange hatte Lilly diesen Termin vor sich hergeschoben. Doch die Dringlichkeit lag wie ein schwerer Stein in ihrem Magen. Darin befand sich ein überaus elegantes Büro, das so gar nicht mit der nüchtern-zweckmäßigen Einrichtung des deutschen Notars vergleichbar war. Der Raum, in dem sie nun saß, war gespickt mit wertvollen Antiquitäten und kunstvollen Gemälden. Eine gemütliche Sitzecke mit samtbezogenen Sesseln und einem kleinen Tisch lud zum Verweilen in einer ruhigeren Ecke ein.

Giancarlo, der italienische Notar, empfing sie mit einem herzlichen Lächeln auf Deutsch, obwohl er sich eben mit seiner Sekretärin fließend auf Italienisch unterhalten hatte. Lilly bewunderte und beneidete die Sprachfähigkeiten der Südtiroler gleichermaßen. Sie stellte es sich faszinierend vor, in einem Land zu leben, in dem mehrere Sprachen gesprochen wurden.

»Guten Tag, Frau Maybacher. Schön, Sie wiederzusehen. Wie geht es Ihnen?« Der Notar stand von seinem Schreibtisch auf, wies auf einen der gemütlichen Sessel und setzte sich neben sie.

Lilly erwiderte das Lächeln und nahm Platz. »Danke, Signor Giancarlo. Mir geht es gut, obwohl die vergangenen Tage ziemlich aufregend waren.«

Der Notar nickte verständnisvoll. »Eine Erbschaft bringt immer eine Menge Veränderungen mit sich. Aber ich hoffe, dass Sie sich bereits ein wenig in Ihrem neuen Zuhause eingelebt haben?«

Sie wollte ihm sagen, dass es nicht ihr Zuhause war. Andererseits war es nunmehr ihr Haus, also war seine Aussage nicht völlig falsch. Und so nickte sie zustimmend. »Ich fühle mich sehr wohl darin.«

Giancarlo nahm eine Akte zur Hand. »Das freut mich zu hören. Aber wir müssen leider noch einige Formalitäten klären.«

Er begann, die Dokumente mit Lilly durchzugehen, während sie über die notwendigen Informationen sprachen, die er noch von ihr brauchte. Dabei stellte sich heraus, dass das Haus nicht ganz schuldenfrei war. Lilly seufzte innerlich, als sie hörte, dass sie eine Hypothek übernehmen musste, die ihre verstorbene Großmutter aufgenommen hatte.

Für die nächste Frage fasste sie all ihren Mut zusammen: »Wie hoch ist die Hypothek?«

Der Notar bedachte sie mit einem mitfühlenden Blick. »Es tut mir leid, Ihnen das mitteilen zu müssen, aber es handelt sich um einen Betrag von 50.000 Euro. Es scheint, als hätte Ihre Großmutter das Darlehen vor einigen Jahren aufgenommen, und es ist seitdem unverändert geblieben. Mittlerweile sind auch einige Raten überfällig, die recht bald beglichen werden sollten.«

Lilly spürte einen Kloß im Hals. Das war eine beträchtliche Summe, und sie hatte gehofft, die Entscheidung, was sie mit dem Haus anstellen würde, noch ein wenig aufschieben zu können. Doch daraus würde jetzt wohl nichts mehr werden.

»Also bleibt mir im Grunde nichts anderes übrig, als das Haus zu verkaufen.«

»Nicht, wenn Sie eine andere Möglichkeit haben, die Hypothek zu begleichen.«

Lilly kaute schweigend auf ihrer Unterlippe herum.

»Es ist ein guter Zeitpunkt für einen Verkauf«, sagte Giancarlo. »Die Immobilienpreise in Südtirol sind äußerst stabil und sogar steigend. Sie würden das Haus schnell und rentabel veräußern können.« Er beugte sich vor und räusperte sich. »War Ihre charmante Freundin nicht Immobilienmaklerin? Sie könnte Ihnen bestimmt wertvolle Tipps geben.«

Lilly erinnerte sich daran, dass Sarah ihr bei ihrem letzten nächtlichen Telefonat in etwa genau dasselbe gesagt hatte. Dennoch hatte sich an ihrem Gemütszustand nichts geändert. Es war das Wohnhaus ihrer Oma, in dem auch ihre Mutter aufgewachsen war. Das konnte sie doch nicht einfach so verkaufen. Andererseits, welche Wahl blieb ihr? Seufzend lehnte sie sich in den Sessel zurück und verschränkte die Arme.

»Wenn ich das Haus verkaufe, Signor Giancarlo? Kann ich die Hypothek mit dem Verkaufserlös begleichen?«

Der Notar überlegte einen Moment. »Selbstverständlich. Mehr als das sogar. Aber es wäre ratsam, einen Gutachter zu beauftragen, um den genauen Wert des Hauses zu ermitteln und eine fundierte Entscheidung treffen zu können. Ich sehe eher Probleme, was den Zeitrahmen betrifft. Denn Sie müssen beachten, dass es eine recht spezielle Immobilie ist.«

Lilly sah ihn fragend an.

»Der Antiquitätenladen«, konkretisierte der Notar seine Aussage. »Ich habe ihn mir angeschaut. Er ist alles andere als in einem vorzeigbaren Zustand und vollgestellt mit, verzeihen Sie mir den Ausdruck, Plunder.«

»Und das würde ein Problem bei dem Verkauf darstellen?«
Lilly sah ihn eindringlich an. Sie schluckte, als Giancarlo bedächtig nickte. »Mein Rat wäre es, dafür zu sorgen, dass sämtliche Antiquitäten ausgeräumt werden. Das würde den Verkauf der Immobilie erheblich beschleunigen. Häuser mit Geschäftsräumen werden immer mal wieder gesucht, aber sie sollten leer sein.«

Lilly biss sich nachdenklich auf die Unterlippe. Die Situation war anspruchsvoller, als sie erwartet hatte. Das Haus verkaufen ... was würde Oma sagen? Sie dachte fieberhaft über ihre Möglichkeiten nach, während Giancarlo die restlichen Formalitäten runterleierte und eine Unterschrift nach der anderen forderte.

»Vielleicht kann ich Ihnen in dieser Angelegenheit weiterhelfen, wenn Sie das möchten«, sagte er, während er die Dokumente nach weiteren fehlenden Unterschriften durchsah. »Ich kenne einen lokalen Antiquitätenhändler, der sicherlich einen Blick auf Ihre Stücke werfen würde.«

Lilly ließ sich die Adressen geben. Kurz hielt sie inne und sah den Mann nachdenklich an. Vielleicht gab es doch noch eine Möglichkeit, den Verkauf zu verhindern.

»Und die Aussicht, dass der *Plunder* so viel wert sein könnte, dass ich damit die Hypothek tilgen kann?«, fragte sie vorsichtig.

Giancarlo ließ die Frage unbeantwortet im Raum stehen. Sein Schweigen sagte jedoch mehr als tausend Worte. In Lillys Innerem tobte ein Sturm aus Ängsten und Unsicherheiten. Die Hypothek ihrer verstorbenen Großmutter, die sie nun übernehmen musste, lastete wie eine bleischwere Last auf ihren Schultern. Wie sollte sie mit dieser finanziellen Verpflichtung umgehen?

Als sie sich gemeinsam durch den Wust an Dokumenten ge-kämpft hatten – sollte noch einer behaupten, dass das deutsche Erbrecht kompliziert war –, bedankte Lilly sich bei ihm, und sie erhoben sich gleichzeitig. Der Notar lächelte warmherzig. »Es ist mein Beruf und meine Pflicht, Ihnen in dieser Angelegen-heit beizustehen. Zögern Sie nicht, mich zu kontaktieren, wenn Sie weitere Fragen haben.« Er führte sie zur Tür. »Was haben Sie heute noch vor?« Er warf einen Blick aus dem Fenster. »Schauen Sie sich unsere wundervolle Stadt an?«

»Das würde ich wahnsinnig gern«, erwiderte Lilly mit ei-nem aufrichtigen Seufzen. »Aber auf mich wartet eine Schatz-suche im Wald.«

Der Notar hob die Brauen. Doch ehe er nachhaken konnte, war Lilly auch schon durch die Tür verschwunden.

Kapitel 28

Geheimnisse der Schatzsuche

Lilly war von einer Mischung aus Neugier und Respekt erfüllt, als sie sich mit Floras Roller und dem Gutschein in der Tasche auf den Weg zur Schatzsuche machte. Ein ums andere Mal hatte ihre Oma ein echtes Händchen für überraschende Geschenke bewiesen. Doch wie eine Schnitzeljagd durch den Wald zu Highlights wie einem Tauchkurs, einem Paragliding-Flug und einem aufregenden Casinobesuch passen sollte, wollte sich ihr beim besten Willen nicht erschließen. In ihrem Kopf spukten die aberwitzigsten Gründe herum, warum Oma das von ihr wollte. Aber eine Antwort darauf fand sie nicht. Eine Zeit lang hatte sie im Internet recherchiert, um herauszufinden, was es mit einer Geocache-Schatzsuche genau auf sich hatte. Natürlich ging es dabei nicht um einen richtigen Schatz. Wie vermutet, war es nichts anderes als ein nettes Hobby, um sich in der Natur zu bewegen. Und doch war da diese kleine Stimme in ihrem Kopf, die ihr sagte, dass womöglich mehr dahintersteckte. Ihre Oma würde sie nicht nur auf Schatzsuche schicken, damit sie sich die Beine im Wald vertrat. Dafür glaubte Lilly, sie mittlerweile besser zu kennen. Es musste einen plausiblen Grund geben. Bloß welchen? Vielleicht würde sie bald eine Antwort darauf bekommen. Wie es das Navigationssystem ihres Smartphones verlangte, verließ sie die asphaltierte Straße und tuckerte gemächlich einen Schotterweg entlang, der in einen breiten Wald hineinführte, bis sie nach einigen Hundert Metern einen Wanderparkplatz erreicht hatte, auf dem mehrere Autos standen. Dort fand sie bereits eine kleine Gruppe von Männern und Frauen unterschiedlichen Alters vor, die im Kreis zusammenstanden und sich angeregt unterhielten. Kaum war sie vom Roller abgestiegen und hatte sich ihres Helms entledigt, wurde sie auch schon vielstimmig begrüßt und in die Runde aufgenommen.

»Du musst die Lilly sein.« Einer der Männer blickte von seinem Klemmbrett auf und lächelte sie an. Mit seinem dichten Bart und der auffälligen Brille, die auf seiner Nase tanzte, wenn er sprach, gab er ein lustiges Erscheinungsbild ab.

Lilly lächelte zurück, vielleicht ein bisschen unsicher. »Die bin ich!« Sie hielt dem Mann den Gutschein hin. Er warf einen halbherzigen Blick darauf, ließ dann das Klemmbrett hinter seinem Rücken verschwinden und wandte sich der Gruppe zu.

»Nun, wo wir alle vollständig sind, können wir beginnen«, sagte er.

Lilly spürte, wie ihr die Hitze in die Wangen stieg. War sie tatsächlich die Letzte? Das war ihr hochnotpeinlich.

»Ich bin der Georg«, stellte der Mann sich vor und schob sich die Brille zurecht. »Bevor ich euch in die Geheimnisse der Schatzsuche einweihe, erkläre ich euch die Grundlagen des Spiels.« Er beugte sich vor und hob einen großen Rucksack an, der vor seinen in dicken Wanderschuhen steckenden Füßen stand.

»In der Hauptsache geht es um das Lesen von Koordinaten und die Verwendung von GPS-Geräten, um die versteckten Schätze zu finden.« Er blickte in die Runde und wiederholte es noch einmal: »Schätze.«

Seine Stimme nahm einen geheimnisvollen Ton an. Lilly konnte ein Augenrollen nicht verhindern. Durch ihre Recherchen im Internet wusste sie mittlerweile, dass die Schätze bei einem Geocache nichts als irgendwelche Gegenstände waren, die man sonst aus Kaugummiautomaten zog. Kleine Plastikfiguren. Spielzeugautos. Hübsch geformte Steine. Mehr Nostalgie als echter Wert.

Doch die Gruppe tat ihm den Gefallen und spielte das Spiel mit. Um Lilly herum raunten mehrere Teilnehmer verschwörerisch. Georg sank in die Knie, zog den Reißverschluss des Rucksacks auf und brachte eine Handvoll Gerätschaften zum Vorschein, die er vor sich ausbreitete. Lilly ließ derweil den Blick über die Gruppe schweifen, um ihre Mitstreiter in Augenschein zu nehmen. Eine lebhaft wirkende rothaarige Frau direkt gegenüber kommentierte jeden von Georgs Handgriffen und machte ihre Witze. Sie trug einen knallroten Rucksack, der sich ein wenig mit ihren Haaren biss. Direkt neben Lilly stand ein korpulenter Mann, den sie in den Fünfzigern vermutete. Er hatte einen ausgeprägten Südtiroler Dialekt, der stark ins Ladinische ging. Das machte es ihr schwer, ihm zu folgen, als er sie ansprach und wissen wollte, wer sie war. Zumindest glaubte sie, dass er das wissen wollte, vielleicht hatte er sie aber auch nur nach der Uhrzeit gefragt. Auf jeden Fall lächelte er viel, was Lilly ungemein sympathisch fand.

Etwas abseits hielt sich ein junges Paar, das sich unentwegt verliebte Blicke zuwarf und verhalten kicherte. Der Rest der Gruppe bestand tatsächlich nur aus Pärchen meist älteren Semesters. Eindeutig waren die Touristen in der Überzahl. Lilly vermutete, dass der Mann neben ihr der Einzige aus der Gegend war. Mit ihr hatten sich insgesamt elf Personen zur Schatzsuche eingefunden, was sie doch sehr überraschte. Niemals hätte sie geglaubt, dass solch ein eigenwilliger Kurs auf ein derartiges Interesse stoßen würde. Und alle wirkten voller Tatendrang.

»Okay!« Georg klatschte in die Hände, um die Aufmerksamkeit zurückzugewinnen. »Bevor ich euch jetzt alles haargenau erkläre, wird eure erste Aufgabe sein, ein Zweierteam zu bilden und euch einen Team-Namen auszudenken.«

Lilly sah Georg überrascht und erschrocken zugleich ein. Genau eine Sekunde zu lange, denn schon hatte die Rothaarige den Mann neben ihr als Teampartner auserkoren, was zur Folge hatte, dass Lilly teamlos war. Alle anderen hatten ihre Partner bereits mitgenommen. »Wir sind die famosen Schatzsucher«, tönte die Rothaarige gut gelaunt, was der korpulente Mann mit einem eifrigen Nicken quittierte.

»Ein famos-toller Name«, pflichtete Georg bei, während er die GPS-Geräte verteilte. Jede Gruppe bekam ein Gerät sowie eine Landkarte. Als er vor Lilly stand, sah er sich suchend um. »Nanu?«, bemerkte er. »Wo ist denn dein Teampartner?«

Lilly sah sich gespielt suchend um, zuckte dann mit den Schultern. »Ich habe keinen.«

Georg wirkte noch verwirrter. »Aber wir sind zu zwölft, das geht doch perfekt auf.«

»Irrtum, Georg«, korrigierte ihn der korpulente Mann. »Wir sind nur elf.«

»Aber … ich habe doch nachgezählt.« Er zog das Klemmbrett wieder hervor und warf einen intensiven Blick auf die Liste, die dort eingespannt war. »Zehn, elf, zwölf«, las er murmelnd. Mit Daumen und Zeigefinger fuhr er sich mehrmals über den Kinnbart. »Wer fehlt denn dann?«

Plötzlich hörte Lilly ein hektisches Keuchen hinter sich, gepaart mit schnellen Schritten, die über den Waldboden schlurften.

»Entschuldigt die Verspätung«, hörte sie eine abgehetzte Stimme im Rücken, die ihr vage vertraut vorkam. Zeitgleich erhellte sich Georgs Gesicht.

»Ha, du musst unser zwölfter Mann sein.« Georg sah vom Klemmbrett auf. »Stimmt's?«

Lilly drehte sich um. Unmittelbar hinter ihr stand Maximilian. Sein Gesicht war gerötet und verschwitzt, doch er lächelte und entschuldigte sich noch einmal kurzatmig für seine Verspätung. Als ihre Blicke sich trafen, schien es, als wären sie beide von einem Blitzschlag getroffen. Zunächst konnte keiner der beiden etwas sagen. Und als Lilly dann doch etwas sagen wollte, kam Georg ihr zuvor.

»Kein Ding, du bist genau rechtzeitig.« Er klopfte Lilly auf die Schulter und drückte Maximilian das GPS-Gerät in die Hand. »Damit wäre auch unser sechstes Team komplett. Sucht euch noch schnell einen Namen aus, und dann können wir auch schon los«, er rieb sich die Hände, senkte die Stimme. »Auf jedes Team wartet ein Schatz. Lasst mir mit dem GPS-Tracker ein Signal zukommen, sobald ihr euren Schatz gefunden habt. Viel Erfolg bei eurer Suche!«

Kapitel 29

Ein Brief von Flora

Lilly seufzte leise und blickte auf das Gerät in ihrer Hand. Sie hatte keine Ahnung, wo sie überhaupt anfangen sollte. Es war frustrierend, dass etwas so vermeintlich Einfaches wie die Nutzung eines GPS-Geräts sie so sehr herausforderte. Zu allem Überdruss war von ihrem Teampartner keine Hilfe zu erwarten. Maximilian schien über noch weniger technisches Verständnis zu verfügen als sie selbst und hatte ihr das Gerät sogleich überlassen.

Sie warf ihm einen frustrierten Blick zu, während sie versuchte, die Koordinaten zu entziffern, die Georg ihnen als Ziel genannt hatte. Maximilian würdigte das Gerät nicht mal mit einem Blick. Sein Desinteresse war offensichtlich. Er marschierte stur neben ihr und hatte die mitgegebene Landkarte zur vollen Größe ausgebreitet. Immer wieder brummte er ungehalten hinter der Karte.

»Das GPS-Gerät zeigt uns auch den Weg«, sagte Lilly. »Wir müssen nur herausfinden, wie es funktioniert.«

Doch ihr Teampartner schüttelte den Kopf. »Ich vertraue den neumodischen Dingern nicht, ich setze auf das gute alte Kartenlesen.«

Sie musste der Wahrheit ins Gesicht sehen: Sie waren ein

grauenhaftes Team. Viel irritierender war jedoch der Umstand, dass sie überhaupt ein Team waren. Sie zogen nun schon eine ganze Weile durch den Wald, ohne einem erkennbaren Weg zu folgen, weil Maximilian glaubte, in der Karte eine Abkürzung erkannt zu haben, ohne dass einer der beiden die dringlichste Frage gestellt hatte. Also lag es wohl an ihr, das Gespräch darauf zu lenken: »Warum bist du überhaupt hier?«

Maximilian warf ihr einen langen Blick zu, zögerte aber mit seiner Antwort. Langsam senkte er die Hand mit der Karte und musterte den Waldboden.

»Die Frage habe ich mir ebenfalls gestellt«, gab er nach einer Weile murmelnd von sich. »Da war dieser Brief in meinem Briefkasten. Ich habe ihn vorgefunden, als ich von meiner Gipfelwanderung zurückkam.« Er stieß ein brummiges Lachen aus. »Da war ich schon verwundert genug, weil ich sonst nur Rechnungen bekomme. Aber dieser Brief ... « Er hielt inne und sah Lilly fast befremdlich an.

»Was war mit dem Brief?«

»Es geht überhaupt nicht darum, was damit war, sondern wer ihn mir geschrieben hat.« Der dunkle Klang seiner Stimme bescherte ihr eine Gänsehaut. Sie wusste es bereits, bevor er es aussprach.

»Es war ein Brief von Flora«, sagte er zu ihrer Bestätigung. »Ich habe ihre Handschrift sofort erkannt.« Er sah ihr so fest in die Augen, dass sie angestrengt schluckte. »Ist das nicht merkwürdig?«, fragte er. »Da bekomme ich Wochen nach ihrem Tod einen Brief von ihr. Wie kann das sein?«

Die Frage galt nicht Lilly, das verstand sie sofort.

»Ich habe gesehen, dass er einen Poststempel aus Venedig hat und erst einen Tag zuvor abgeschickt wurde.«

Das ließ sie aufhorchen.

»Was stand in dem Brief?«

»Gar nichts«, gestand Maximilian. »Er enthielt bloß einen Gutschein.«

»Für eine Schatzsuche«, äußerte sie die naheliegende Vermutung.

Maximilian nickte. »Ganz genau. Ist das zu fassen? Ich und ein Spaziergang durch den Wald, um einen Schatz zu suchen.« Sein Lachen klang aufrichtig. »Dabei wusste Flora ganz genau, dass ich mit solchem Unfug überhaupt nichts anzufangen weiß.«

Dennoch bist du hier, dachte Lilly. Das zeigte ihr einmal mehr, wie viel ihre Oma diesem Mann bedeutet haben musste.

»Also habe ich die Nummer angerufen und den komischen Kauz, ich meine, diesen Georg, am Apparat gehabt, der mich zu dem Kurs eingeteilt hat.«

Lilly sah Maximilian schweigend an. Sie dachte fieberhaft darüber nach, wie es sein konnte, dass ihre Oma ihm den Brief Wochen nach ihrem Tod hatte zusenden können, doch schon im nächsten Moment lag die Antwort klar auf der Hand. Wenn der Poststempel aus Venedig war, konnte es nur das Casino gewesen sein, das den Brief an Maximilian verschickt hatte. Einmal mehr bewunderte sie ihre Oma für ihre Weitsicht. Vermutlich hatte Lilly mit dem Casinobesuch eine Kettenreaktion in Gang gesetzt, die nicht nur dafür sorgte, dass sie und Alexander von dem Casinomanager den Umschlag ausgehändigt bekommen hatten, sondern kurz darauf auch ein Brief an Maximilian versendet wurde.

Aber warum? Diese eine Frage ließ ihr keine Ruhe.

»Guck mich nicht so an«, forderte Maximilian sie schroff auf. »Ich war nicht weniger überrascht, als ich dich im Kreis dieser merkwürdigen Gestalten gesehen habe.« Er stieß ein weiteres Brummen aus, das fast schon einem Lachen gleichkam. »Und jetzt irre ich mit dir durch den Wald, um einen Schatz zu finden.«

»Sei nicht zu enttäuscht«, warf Lilly grinsend ein. »Ich habe mich schlaugemacht, es ist nicht wirklich ein Schatz.«

Maximilian winkte ab. »Bringen wir es einfach hinter uns.« Er hielt sich wieder die Karte vors Gesicht. »Also, ich denke, wir müssen hier entlang.« Seine ausgestreckte Hand zeigte auf einen schmalen Pfad, der ein gutes Stück tiefer in den Wald hineinführte. Lilly runzelte die Stirn und blickte auf das GPS-Gerät. Langsam, aber sicher kam sie damit zurecht.

»Nein, nein, das kann nicht stimmen. Wenn ich die Anzeige hier richtig deute, müssen wir dorthin gehen.« Sie zeigte in die entgegengesetzte Richtung.

»Ach was, ich kenne eine Abkürzung.« Er setzte sich weiter in Bewegung, doch Lilly blieb stehen.

Also hielt auch Maximilian inne, drehte sich langsam um und sah sie mit aufgeblasenen Backen an. »Vertrau mir doch einfach und lass uns versuchen, den Schatz zu finden, okay? Wir sollten zusammenarbeiten und uns nicht streiten.« Nun lachte er wirklich. »Ich will keinesfalls gegen die anderen Trottel verlieren und leer ausgehen.«

Lilly nickte zögerlich, und sie machten sich auf den Weg, den Maximilian vorgeschlagen hatte. Während sie durch den dichten Wald wanderten, lauschte sie den Klängen der Natur. Das Dickicht um sie herum war von einer geheimnisvollen Stille erfüllt, die nur durch ihre Schritte und das Flüstern des Windes, der durch die Bäume streifte, unterbrochen wurde.

Lilly versuchte noch immer, das große Ganze dahinter zu verstehen, warum Oma sie ausgerechnet mit Maximilian bei diesem Kurs haben wollte. Es war verrückt. In den letzten Tagen war Oma ihr so nahe gewesen, als würde sie jeden Moment zwischen den Baumstämmen auftauchen können. Es war ein Gefühl, das sie mit Freude und Wehmut zugleich erfüllte.

»Flora war eine verrückte Nudel«, platzte Maximilian in ihre Gedanken hinein. »Nur damit du's weißt.«

Dasselbe Gefühl hatte Lilly auch beschlichen.

Sie wanderten weiter; in regelmäßigen Abständen warf sie einen Blick auf das GPS-Gerät, um nicht vollends die Orientierung zu verlieren. Zu ihrem Erstaunen waren sie schon bald wieder auf dem richtigen Kurs. Maximilian hatte recht gehabt, sie waren tatsächlich eine Abkürzung gegangen. Diese Feststellung behielt sie jedoch für sich, die Genugtuung gönnte sie ihm nicht. Dafür stolzierte er ohnehin schon viel zu selbstgefällig daher. Überhaupt war sie überrascht darüber, wie fit er war. Lilly schnaufte leicht, weil der Weg durch den Wald zwar sanft, aber stetig bergauf ging. Maximilian hingegen zeigte keinerlei Ermüdungserscheinungen. Andererseits kam er gerade erst von einer mehrtägigen Gipfelwanderung. Und wieder fragte Lilly sich, wie wohl ihr Leben verlaufen wäre, wenn sie in Südtirol geblieben wäre, umgeben von den Bergen und dieser einzigartigen Landschaft, die eine Sehnsucht in ihr weckte, die sie zwar nicht so recht zu fassen bekam, die sie aber auch nicht losließ.

Ihr schien, als würde sie der Weg immer tiefer in den dichten Wald hineinziehen. Wie lange waren sie schon unterwegs, zwei Stunden? Die Vögel zwitscherten, und die Sonne fiel in breiten Strahlen durch die Baumkronen hindurch.

Maximilian war wieder in sein übliches Schweigen verfallen. Doch es war eine Stille zwischen ihnen, die ihr in keiner Weise unangenehm war. Im Gegenteil: Nach den vielen Stunden, die sie gemeinsam beim konzentrierten Arbeiten in der Buchbinderei verbracht hatten, war sie angenehm vertraut.

»Ich glaube, wir sind gleich da«, sagte sie mit einem weiteren Blick auf ihr GPS-Gerät.

Maximilian grunzte zustimmend hinter der Karte, die er just in diesem Moment vors Gesicht hielt, um sich ebenfalls davon zu überzeugen. »Sag ich doch.«

Sie zuckte jäh zusammen, als ihr Gerät zu piepsen begann.

»Himmel, was ist das denn schon wieder?« Maximilian schien ebenso erschrocken.

Mit jedem weiteren Schritt wurde das Piepsen hektischer und lauter.

Maximilian lachte glucksend. »Das ist ja wie beim Topfschlagen.«

Lilly achtete nicht auf ihn. Auf einmal war sie aufgeregt, war das Schatzfieber in ihr geweckt. »Wir müssen ganz nah dran sein!« An einem bestimmten Punkt jedoch wurde das Geräusch weder lauter noch schneller. Lilly sah sich um. »Irgendwo hier muss der Schatz sein.«

Die teilten sich auf, um besser suchen zu können. Lilly hatte Schmetterlinge im Bauch, während sie jeden Baumstumpf, Fels und Strauch genauer inspizierte. Sie genoss den erdigen Duft des feuchten Waldbodens und das Rascheln der Laubblätter bei jedem ihrer Schritte. Die kleinen Einzelheiten der Natur, die sie bisher kaum wahrgenommen hatte, schienen plötzlich lebendig und bedeutungsvoll.

Man sollte wirklich öfter mit offenen Augen durch die Gegend gehen.

Nach einiger Zeit des Suchens entdeckte sie schließlich einen ungewöhnlichen Stein, der ausgerechnet inmitten von Brennnesseln lag. Es war ein großer Stein, und eine Seite war dicht mit Moos bewachsen. Vorsichtig versuchte sie, an den Brennnesseln vorbeizukommen, jedoch nur halb erfolgreich.

Ihre linke Wade streifte die Blätter und wurde in brennenden Schmerz getaucht. Hastig griff sie nach dem Stein, versuchte, ihn seitlich anzuheben.

»Ich glaube, hier ist was!«

Mit schnellen Schritten war Maximilian bei ihr, und gemeinsam hoben sie den Stein an, unter dem in einer Mulde ein kleines, verschlossenes Kästchen zum Vorschein kam. Lillys Augen funkelten vor Aufregung.

Maximilian begutachtete das Kästchen und nickte zufrieden. »Schätze, das ist es, Lilly. Du hast unseren Schatz gefunden!«

Sie konnte es kaum erwarten, das Kästchen zu öffnen und zu sehen, welche Geheimnisse darin verborgen waren.

Als sie schließlich den Deckel anhob, fand sie tatsächlich eine Sammlung kleiner Schätze: ein angelaufenes silbernes Amulett, eine unbeschriebene Postkarte von den Dolomiten, einige Münzen und auf dem Boden der Kiste ein leicht vergilbter Umschlag, auf dem in geschwungener Schrift stand: *Für Lilly und Maximilian.*

Ihr pochendes Herz setzte einen Schlag aus.

»Floras Handschrift«, raunte Maximilian dicht neben ihr.

Doch etwas war anders als sonst.

Dieser Umschlag unterschied sich nicht nur darin, dass er auch an Maximilian gerichtet war. Er war mit einem Siegel aus rotem Wachs verschlossen. Lilly strich über das beeindruckende Siegel, welches das Zeichen einer Lilie trug. Ein Schauer jagte ihr über den Rücken. Denn dieser Blume verdankte sie ihren Namen.

Sie sah Maximilian an, der noch immer stur den Umschlag fixierte. »Wollen wir ihn lesen?«

Er antwortete ihr mit einem kaum sichtbaren Nicken.

Behutsam brach sie das Siegel und öffnete den Umschlag. Darin befand sich ein in feiner Handschrift geschriebener Brief.

Liebste Lilly, mein lieber Maximilian,

ich schreibe Euch diesen Brief mit einem Lächeln auf den Lippen und Tränen in den Augen. Ihr wisst ja nicht, wie sehr es mein Herz erfreut, dass Ihr zwei Euch kennengelernt habt und nun gemeinsam auf Schatzsuche geht. Herzlichen Glückwunsch, denn allem Anschein nach wart Ihr erfolgreich, sonst würdet Ihr diese Zeilen gar nicht erst lesen können.

Nun, meine Lieben, folgt der Teil, der mich zum Lachen bringt, wenn ich mir Eure verblüfften Gesichter vorstelle. Aber auch der Teil, der mich zu Tränen rührt, da es ein Geheimnis ist, das ich viel zu lange gehütet habe. Denn es gibt da etwas, was ich Euch endlich offenbaren muss, bevor es zu spät ist. Für mich ist es das leider längst, aber nicht für Euch.

Maximilian, mein lieber Freund, ich muss Dir etwas gestehen. All die Jahre habe ich es für mich behalten, weil meine Tochter mir verbat, darüber zu sprechen. Aber ich kann nicht länger schweigen. Denn Du, mein Lieber, bist Lillys leiblicher Vater. Und Lilly, meine süße Enkelin, Maximilian ist der Mann, der Deiner Mutter einst das Herz geraubt hat – und der bis eben nichts von Deiner Existenz wusste. Du kannst ihm keine Vorwürfe machen.

Deine Mutter bat mich einst, dieses Geheimnis zu hüten, um Euch beide vor den Schwierigkeiten und Herausforderungen zu bewahren, die damit einhergehen könnten. Doch nun, da mein Leben sich dem Ende zuneigt, kann ich die Wahrheit nicht länger für mich behalten. Es ist an der Zeit, dass Ihr beide Eure wahre Verbindung kennt.

Ich wünsche Euch beiden von ganzem Herzen, dass Ihr nun

zueinander findet und Eure gemeinsame Zeit schätzt. Ihr seid
beide so wundervolle Menschen, und ich bin überzeugt, dass Ihr
einander Halt und Liebe geben könnt. Lasst Eure Vergangenheit
hinter Euch und schaut gemeinsam in eine hoffnungsvolle
Zukunft.
In Liebe,
Deine Oma, Deine Freundin

Lilly stand fassungslos da, den Brief in ihren zitternden Händen. Sie konnte kaum glauben, was sie soeben gelesen hatte. Diese Enthüllung stieß sie in ein Wechselbad der Gefühle.

Wie von selbst schossen ihr die Tränen in die Augen, als sie zu Maximilian aufsah.

»Ist das wirklich wahr?«, fragte sie mit bebender Stimme. »Bist du … mein Vater?«

Er sah sie nur an. »Ich … ich weiß es nicht, Lilly. Aber … Flora würde darüber doch keine Scherze machen.« Er hob die Hand, fuhr sich über das Gesicht. »Ich hätte nie gedacht, dass ich eine Tochter habe.«

Beide standen eine Weile schweigend da. Omas Worte hallten in Lillys Gedanken nach. Schließlich brach Maximilian das Schweigen.

»Lilly, wenn es stimmt … Ich … ich hätte für dich da sein sollen. Ich wusste es nicht, und das tut mir unendlich leid.«

Sie lächelte schwach und wischte sich die Tränen aus den Augen. »Oma hat das Geheimnis bewahrt, weil meine Mutter es von ihr verlangt hatte.« Sie wollte noch mehr sagen, doch die Gefühle übermannten sie, ließen sie verstummen.

Maximilian machte Anstalten, sie in den Arm zu nehmen, zog seine Hände aber wieder zurück.

Lilly rang ihre Gefühle nieder und sammelte sich. Sie blickte den Mann vor sich an, der ebenso überfordert mit der Situation wirkte wie sie. »Aber jetzt, wo wir die Wahrheit kennen … Was bedeutet das für uns?«

Behutsam legte er eine Hand auf ihre Schulter. »Es bedeutet, dass wir eine Chance haben, uns kennenzulernen und eine Beziehung aufzubauen, die uns beiden bisher verwehrt geblieben ist. Wie Flora es gesagt hat: Wir können die Vergangenheit nicht ändern, aber wir können die Zukunft gestalten.«

Wieder näherte er sich ihr, und dieses Mal nahm er sie wirklich in den Arm. Lilly erwiderte den Druck erst zögerlich, dann inniger, bis bei ihr schließlich alle Dämme brachen und sie sich an Maximilians Schulter ausweinte. Bei dem Mann, der vor Kurzem noch ein völlig Fremder für sie gewesen war. Ihrem leiblichen Vater.

Kapitel 30

Liebe auf den ersten Blick

Lilly und Maximilian wanderten schweigend durch den dichten Wald, der sie mit seinen schattigen Pfaden und flüsternden Blättern umgab. Der Rückweg zur Sammelstelle, an der sie die anderen Schatzsucher treffen sollten, fühlte sich wie eine Reise in ein neues Leben an. Lilly war noch immer vollkommen außer sich, ihre Gedanken überschlugen sich. Omas Offenbarung ließ sie vor innerer Unruhe zittern. Mittlerweile verstand sie, dass ihre Oma alles von langer Hand geplant hatte und bis zu ihrem Tod damit gewartet hatte. Sie musste ganz genau gewusst haben, dass Lilly nach Südtirol kommen würde. Anscheinend hatte Oma sie besser gekannt als Lilly sich selbst.

Sie schaute hinüber zu Maximilian, der ruhig neben ihr herging, die Augen auf den Pfad gerichtet. Auch er wirkte tief in Gedanken versunken. Als er ihren Blick zu bemerken schien, brach er das Schweigen.

»Lilly, ich muss dir etwas gestehen. Es gab Momente, in denen ich bereits ahnte, dass wir eine tiefere Verbindung haben. Deine Leidenschaft für Bücher, deine Neugierde und deine ganze Art – all das hat mich an mich selbst erinnert.«

»Warum hast du nichts gesagt?«

Er zögerte einen Moment, bevor er antwortete: »Weil es

eben nur eine Ahnung war.« Er lächelte sie unsicher an. »Himmel, wie hätte ich denn mit dir darüber reden sollen?«

Während sie weitergingen, erzählte Maximilian ihr von seiner Beziehung zu ihrer Mutter. »Wir haben uns als junge Erwachsene kennengelernt«, begann er, »es war Liebe auf den ersten Blick. Deine Mutter war eine unglaublich starke und leidenschaftliche Frau. Doch sie war verheiratet.« Er senkte den Kopf. »Wir beide haben lange gegen unsere Gefühle angekämpft, sind uns aus dem Weg gegangen. Aber es ist eine kleine Stadt, man läuft sich dennoch über den Weg. Und irgendwann ...« Er brach kurz ab, seufzte. »Die Anziehung war einfach so groß, und es kam, wie es wohl kommen musste.«

»Ihr hattet eine Affäre?«

Maximilian nickte. »Nicht lange. Aber doch viel zu lange.«

Das Reden schien ihn große Kraft zu kosten. »Es gab weder ein Vor noch ein Zurück für uns. Von Anfang an war es aussichtslos, weil deine Mutter keine Person war, die ihren Mann verlassen hätte.«

Lilly sah ihn nachdenklich an. »Obwohl sie dich geliebt hat.«

Er schwieg. Aber sie erkannte, dass seine Augen feucht waren.

»Also bin ich gegangen. Ich zog für eine Weile nach Venedig, um mehr über die Kunst des Buchbindens zu lernen.« Er schmunzelte gedankenverloren vor sich hin. »Du musst wissen, dass Venedig seit Jahrhunderten für diese Handwerkskunst bekannt ist. Diese Stadt war ein wichtiger Ort für die Buchherstellung während der Renaissance. Damals bot sich für mich die Gelegenheit, von erfahrenen Meistern zu lernen und mich mit den Techniken und Materialien vertraut zu machen.«

Wieder Venedig ...

Sie lauschte seinen Worten und stellte sich ihn das erste Mal als jungen Mann vor.

»All die Zeit habe ich deine Mutter nicht vergessen können.« Er verzog die Lippen zu einem missmutigen Grinsen. »Als ich nach Jahren zurückkam, warst du längst geboren, und es schien, als hätten deine Mutter und ihr Mann sich zusammengerauft.« Wieder geriet er ins Stocken, als er sie beim Reden ansah. »Ich konnte ja nicht ahnen, dass du meine Tochter ... «

Nun waren es wirklich Tränen, die sich aus seinen Augenwinkeln lösten, die Wangen herabliefen und im dichten Bart verschwanden.

Bei dem Anblick überkam Lilly ein beklemmendes Gefühl. »Ahntest du damals schon, dass ich ... «

»Nein«, kam es sofort über seine Lippen. »Ich hatte nicht den leisesten Schimmer. Claudia hat mir auch nichts erzählt, als wir ... «

»Als ihr was?« Sie sah ihn forschend an.

Maximilian musterte wieder den Waldboden, verfiel ein weiteres Mal in sein brütendes Schweigen. Dann: »Eine ganze Weile ging es gut, aber dann begingen wir denselben Fehler ein weiteres Mal.«

»Ihr habt die Affäre wieder aufgenommen.«

Wieder ein zögerndes Nicken.

»Ich wusste, dass ihre Ehe nicht gut lief. Dennoch hätte ich das nicht tun dürfen.« Er sah Lilly mitfühlend an. »Deine Oma hatte es geahnt. Damals schon. Sie wusste, was wir füreinander empfanden.« Er lächelte unsicher.

»Und dann?«

Sein Lächeln erstarb, und er starrte mit ernstem Blick geradeaus.

»Es kam ganz plötzlich«, sprach er nach einer Weile weiter.

»Von heute auf morgen hat sie alle Brücken abgebrochen und ist mit dir und deinem Stiefvater fortgegangen.«

Lilly hörte aufmerksam zu und spürte den Schmerz in seinen Worten.

Maximilian seufzte. »Sie war die Stärkere von uns beiden und hat die für sie richtige Entscheidung getroffen.« Ein schmerzvoller Zug verzerrte sein Gesicht. »Die Liebe, die ich für deine Mutter empfand, war überwältigend. Und ich habe immer gehofft, dass sie eines Tages ganz bei mir bleiben würde. Aber das ist nie geschehen. Sie hatte ihre Entscheidung getroffen. Gegen mich.«

»Ihre Ehe war nicht sonderlich glücklich«, sagte Lilly leise. Ein Beben durchfuhr sie, als sie an die schlimme Zeit zurückdachte, kurz bevor sich ihre Eltern getrennt hatten. Ihre Stimme wurde brüchig. »Er konnte mich einfach nicht lieben.«

Maximilian sah sie mit gefurchter Stirn an.

»Mein Vater«, erklärte sie. »Also, ich meine …« Nun war sie es, der die Worte fehlten.

Maximilian drängte sie nicht, ging einfach weiter, Schritt um Schritt an ihrer Seite.

Nach einer Weile holte Lilly tief Luft: »Meine Eltern trennten sich, als ich ein Teenager war. Es war ziemlich schmerzhaft, und danach zog sich mein Vater komplett von mir zurück. Wir waren uns nie sonderlich nahe, aber urplötzlich war er wie ein Fremder für mich. Er schien mich nicht mehr zu wollen, und das hat mich tief verletzt.«

Die Erinnerung an diese schwierige Zeit machte sie tieftraurig, und sie fuhr mit leiser Stimme fort: »Seit Jahren habe ich keinen Kontakt mehr zu ihm. Ich habe versucht, mich mit ihm auszusöhnen, aber es hat nie funktioniert. Ich habe mich oft gefragt, warum er einfach nicht in der Lage war, mich zu lieben.

Was falsch mit mir war. Doch jetzt, da ich die Wahrheit kenne ... da frage ich mich, ob er es die ganze Zeit gewusst hat und deshalb nicht fähig war, mich so zu lieben, wie ein Vater es tun sollte.«

Maximilian legte einfühlsam eine Hand auf ihren Arm. »Das muss sehr hart für dich gewesen sein. Ich wünschte, ich hätte dir diesen Schmerz ersparen können.«

»Hast du denn nie versucht, wieder mit meiner Mutter Kontakt aufzunehmen?«

»Was hätte das gebracht?«

Darauf wusste Lilly ebenso wenig eine Antwort. Aber sie verstand ihn. Schließlich war es ihre Mutter, die ihn zurückgelassen, mehr noch, ihm verschwiegen hatte, dass sie eine gemeinsame Tochter hatten. Ein tosendes Gefühl brannte in ihrer Brust. Sie brauchte einen Augenblick, um zu verstehen, dass es Wut war.

Nun, wo sie die Wahrheit über ihre Herkunft kannte, rollte eine Welle von widersprüchlichen Emotionen über sie hinweg. Ihre Mutter hatte ihr ein Leben lang die Wahrheit über ihren leiblichen Vater vorenthalten und sie in Unwissenheit darüber gelassen, wer sie wirklich war.

Es war mehr als nur Wut, die sie empfand. Sie war regelrecht empört und tief verletzt. Sie wollte nicht begreifen, warum ihre Mutter ihr die Wahrheit verschwiegen hatte. Hatten sie nicht immer eine enge und vertrauensvolle Beziehung gepflegt? Warum hatte ihre Mutter nicht auf sie vertraut und ihr alles gesagt, damit sie eine Chance gehabt hätte, Maximilian viel früher kennenzulernen und eine Bindung zu ihm aufzubauen?

Je mehr sie über die Situation nachdachte, desto mehr fühlte sie sich verraten. Sie hatte das Recht gehabt, die Wahrheit zu erfahren und ihre eigene Geschichte zu kennen. Doch ihre Mutter hatte ihr dieses Recht verwehrt und sie in Unwissenheit gelassen.

Warum hast du das getan?

Kapitel 31

Das Telefonat

Lilly nahm auf der gemütlichen Sitzbank auf der Terrasse Platz, während die Sonne langsam am Horizont versank und den in der Ferne liegenden See rötlich schimmern ließ. Sie hatte sich auf dieses Telefonat vorbereitet, wie man sich nur auf ein Telefonat vorbereiten konnte. Mit von Brennnesseln zerschundenen Waden saß sie da und blickte auf die rötlichen Dächer der Stadt und auf den von Weinbergen umrahmten See, ohne wirklich hinzuschauen. Ihre Gedanken rasten so sehr, dass sie kaum imstande war, etwas anderes wahrzunehmen als die Unruhe, die in ihr tobte.

Mit den Fingern strich sie über das zerfledderte Papier des Briefes, auf dem die vertraute schwungvolle Handschrift ihrer Großmutter zu lesen war. Ihr Herz klopfte wild, während sie die entscheidenden Zeilen noch einmal überflog. Dabei kannte sie sie bereits auswendig. Sie fühlte sich verraten und verletzt, die Gefühle tobten wild in ihrem Innern. Doch zugleich spürte sie eine brennende Neugier. Sie brauchte Gewissheit. Und zwar sofort! Dabei war ihr vollkommen klar, dass dieses Gespräch das Potenzial hatte, alles zu verändern. Die Beziehung zu ihrer Mutter, das grundlegende Verständnis über ihre eigene Vergangenheit und vielleicht sogar ihre Zukunft. Nun wurde ihr regelrecht schlecht vor Aufregung. Daran änderte auch das Schauspiel der letzten Sonnenstrahlen nichts, die die Welt um sie herum in ein orangefarbenes Spektakel tauchten.

Entschlossen nahm sie das Telefon zur Hand. Ihr Herz klopfte heftig. Sie wählte die Nummer ihrer Mutter.

Nach einigen endlos erscheinenden Sekunden ertönte am anderen Ende der Leitung das vertraute »Hallo?«. Lilly schluckte schwer. Ihre Hände umklammerten beinahe krampfhaft das Telefon. »Mama, ich muss mit dir reden. Ich … «

»Du, Liebes«, wurde sie prompt unterbrochen. »Das ist gerade ganz schlecht. Wir wollen zum Sonnenuntergangsyoga runter an die Kapellbrücke und … «

»Ist Maximilian mein leiblicher Vater?« Ein wenig erschrak Lilly über sich selbst, weil sie diesen Satz beinahe in den Hörer geschrien hatte.

Am Telefon wurde es still.

Totenstill.

Dann hörte sie ihre Mutter atmen. Tief und schwer.

»Ich habe dir doch gesagt, dass du die Vergangenheit ruhen lassen sollst.«

Lillys Kehle schnürte sich zu. »Wieso hast du mich all die Zeit angelogen?«, presste sie mit zittriger Stimme hervor. Heiße Tränen liefen ihr die Wangen hinab.

Das Schweigen, das auf ihre Worte folgte, war erdrückend.

Es dauerte weiter an, und Lilly spürte, wie ihre Geduld schwand. Schließlich sagte ihre Mutter: »Lilly, ich … ich weiß, dass du viele Fragen hast. Es war nie meine Absicht, dir wehzutun oder dir etwas vorzuenthalten. Aber … in erster Linie wollte ich dich beschützen.«

Lilly biss sich auf die Unterlippe und versuchte, ihre aufsteigende Wut zu unterdrücken.

»Ich verstehe einfach nicht, warum du nie etwas gesagt hast. Warum hast du mir nie von Maximilian erzählt?«

Ihre Mutter seufzte schwer. »Weil ich Angst hatte, Lilly. Und ich habe sie immer noch. Es ist alles so schrecklich kompliziert.«

Lilly schaffte es nicht, ihre Wut länger zurückzuhalten.

»Wie konntest du so egoistisch sein? Du hast mich mein ganzes Leben lang angelogen und mir vorenthalten, wer mein Vater ist. Du hast mir diese Entscheidung einfach abgenommen!«

»Ich habe doch nur versucht, dich zu schützen. Ich wollte nicht, dass du verletzt wirst.«

»Aber das hattest du nicht zu entscheiden!« Nun schrie sie wirklich. Ihre Stimme zitterte vor Enttäuschung. »Du hast mich mein Leben lang angelogen.«

»Lilly, bitte, ich habe das getan, weil ich dich liebe«, flehte ihre Mutter.

»Nein, du hast es getan, weil du Angst hattest, die Kontrolle zu verlieren. Du hattest Angst davor, dass ich dich vielleicht weniger lieben würde, wenn ich die Wahrheit wüsste. Aber das Einzige, was du damit erreicht hast, ist, dass ich mich jetzt frage, ob ich dir jemals wieder werde vertrauen können.«

Sie hörte ein leises Schluchzen am anderen Ende der Leitung, aber sie war zu aufgebracht, um einen Gang runterzuschalten. »Ich kann nicht glauben, dass du das alles so lange vor mir verborgen hast, Mama. Ich dachte, wir hätten keine Geheimnisse voreinander, aber das war offensichtlich ein großer Fehler.«

»Ich ... Lilly ...« Ihre Mutter stammelte regelrecht, offensichtlich vollkommen mit der Situation überfordert. Doch bevor sie einen weiteren Satz hervorbrachte, hörte Lilly nur noch das Klicken in der Leitung. Mutter hatte aufgelegt. Einfach so.

Die Ruhe, die auf das abrupte Ende des Telefonats hin folgte, war ohrenbetäubend. Und unendlich schmerzhaft. Lillys Tränen flossen nun ungehindert. Ihr wurde schwindelig, als hätte eine unsichtbare Kraft ihr den Boden unter den Füßen weggerissen.

Sie war so sehr in ihren Gefühlen gefangen, dass sie das Klingeln an der Haustür zunächst nicht wahrnahm. Als das Läuten beharrlicher wurde, riss es sie schließlich aus ihrer Schockstarre. Hastig wischte sie sich die Tränen aus dem Gesicht und stolperte die Treppe hinunter, während es nun regelrecht Sturm klingelte.

»Ja doch!« Sie zog die Tür auf und war einen Moment lang sprachlos. Vor ihr stand Jo, ein unerwartetes Lächeln auf den Lippen und einen riesigen Strauß roter Rosen in den Armen.

»Hier steckst du also die ganze Zeit.«

»Was machst du denn hier?«, stammelte sie überrascht und verwirrt zugleich.

Jo grinste schief und hob die Rosen in die Höhe. »Ich dachte, ich überrasche dich mit diesen Schönheiten und einem spontanen Besuch. Ich wollte einfach für dich da sein.« Er musterte sie mit zusammengekniffenen Augen. »Aber es sieht so aus, als hätte ich einen schlechten Zeitpunkt erwischt.«

Lilly wischte sich über das Gesicht und spürte weitere Tränen auf ihrem Handrücken.

»Alles in Ordnung mit dir?«, fragte er sichtlich besorgt.

Lilly konnte nicht anders, als ein kleines Lächeln zustande zu bringen, obwohl die Tränen noch immer ihre Wangen hinunterkullerten.

Er trat einen Schritt näher, fing eine Träne auf. »Hey, was ist denn los?«

Lilly fixierte den Rosenstrauß. Er war bildhübsch. »Es ist

eine lange Geschichte, Jo. Ich habe gerade mit meiner Mutter gesprochen, und … es gab einige Enthüllungen, die mich ziemlich mitgenommen haben.«

Jo stand nur da und nickte, was sie mehr denn je verwirrte. Die Intensität seines Blickes war irritierend, und eine leichte Unbehaglichkeit durchströmte sie.

»Was machst du hier?«, fragte sie noch einmal. Und woher wusstest du überhaupt, wo du mich finden konntest?«

Er zuckte mit den Schultern und blickte beinahe schuldig drein. »Sarah hat es mir erzählt.« Er hob beschwichtigend die Hände. »Ich musste sie wirklich anflehen!«

Diese miese Verräterin! Wenn sie ihre Freundin nicht so vermissen würde, dann hätte sie ein Hühnchen mit ihr zu rupfen.

»Und jetzt … bist du hier.«

»Ganz genau.« Jo grinste sie an. »Jetzt bin ich hier.«

»Aber … was … und überhaupt?!«

Er wandte den Kopf nach hinten, und sie sah seinen Porsche in der Einfahrt stehen. Das Gespräch mit ihrer Mutter hatte sie derart mitgenommen, dass sie seine Ankunft überhaupt nicht bemerkt hatte. Und jetzt stand er direkt vor ihr und grinste noch immer.

»Ich habe eine anstrengende Autofahrt hinter mir«, sagte er und klang tatsächlich erschöpft. »Außerdem habe ich Hunger wie ein Bär. Wollen wir nicht essen gehen und in Ruhe über alles reden?«

Kapitel 32

Das Geständnis

Jo entführte sie in ein vornehmes Restaurant, das sich auf einem erhöhten Aussichtspunkt an der Grenze zur Innenstadt befand. Sie wurden zu einem liebevoll arrangierten Tisch gebracht, der ihnen eine grandiose Aussicht auf den See bot. Die Kulisse war einfach magisch, mit den dunklen Hügeln, den Lichtern, die sich im Wasser spiegelten, und dem klaren Nachthimmel, der die Szenerie verzauberte.

So schön der Anblick auch war, er konnte nicht darüber hinwegtäuschen, dass Lilly sich arg fehl am Platze fühlte.

Während Jo mit seinem perfekt sitzenden Anzug und seiner makellosen Erscheinung die passende Eleganz für dieses vornehme Restaurant ausstrahlte, war Lilly unsicher und kam sich wie ein Fremdkörper in ihrem einfachen, viel zu farbenfrohen Sommerkleid vor. Sie hatte gehofft, dass Jos Einladung eher zwanglos sein würde. Dabei hätte sie es besser wissen müssen. Denn dieser Luxus war typisch für Jo. Er war es gewohnt, in solch eleganten Restaurants zu verkehren und sich mit Stil und Klasse zu präsentieren.

Kaum hatten sie Platz genommen, vertiefte sich Jo bereits in die Speisekarte und blätterte zu den Getränken. Ein Hauch von Vorfreude lag in seiner Stimme, als er ihr offenbarte: »Während der Fahrt habe ich mich über dieses Restaurant informiert. Hier sollen internationale Spitzenweine angeboten werden.«

Lilly beäugte ihn, während er mit dem Zeigefinger die Reihe der aufgeführten Weine entlangfuhr.

Warum bist du wirklich hier?

Sie horchte in sich hinein, versuchte, die Gefühle zu ergründen, die sie für ihn empfand. Freute sie sich, dass er da war? Sie konnte es nicht sagen. Im Augenblick stand ihre Gefühlswelt kopf. Jo hätte keinen schlechteren Zeitpunkt für einen Wiedergutmachungsbesuch wählen können.

Ohne etwas von seinem miesen Timing zu ahnen, winkte er den Kellner heran und bestellte einen Pinot Noir aus der Region.

Als die Flasche gebracht wurde, schenkte der Kellner ihm eine kleine Menge des rubinroten Weines zum Probieren ein. Fachmännisch wirbelte Jo die dunkle Flüssigkeit im Glas herum und schnupperte daran, bevor er ihn kostete. Er nickte zufrieden, ließ die Gläser füllen und stieß mit ihr an, während der Kellner sich dezent zurückzog. Lilly war keine große Weinkennerin, aber erstaunt über den intensiven fruchtigen Geschmack. Sie musste sich zurückhalten, um das Glas nicht in einem Zug auszutrinken, weil sie bereits beim ersten Schluck spürte, wie sich ihre angespannten Nerven beruhigten.

»Der ist wirklich ausgezeichnet«, sagte sie und probierte ihn noch einmal.

Jo grinste zufrieden. »Ich wusste, dass er dir gefallen würde.«

Sie stellte das Glas ab und sah ihn über den Tisch hinweg an. »Warum bist du hier?«

»Essen«, erwiderte Jo sofort. »Ehrlich, ich sterbe vor Hunger. Weißt du schon, was du bestellen möchtest?«

Sie schüttelte den Kopf. Ihr war überhaupt nicht nach Essen zumute.

»Schön.« Jo widmete sich wieder der Karte. »Dann ist es in Ordnung für dich, wenn ich für uns beide bestelle?«

Sie musterte ihn skeptisch. »Du hast doch nicht den ganzen weiten Weg auf dich genommen, um mich in ein Restaurant auszuführen.«

Ohne von der Karte aufzusehen, sagte er: »Genau dafür würde ich sogar bis ans Ende der Welt fahren.«

In seinem Gesicht forschte sie nach dem Ernst dieser Aussage. Tatsächlich wusste sie nicht, woran sie bei ihm war. Sie hatte es nie gewusst. Niemals hatte er sich offen zu ihr bekannt, um ihre Karriere nicht zu gefährden, wie er ihr stets eingebläut hatte. Längst war Lilly überzeugt, dass es dabei hauptsächlich um seine eigene Karriere ging, denn Verhältnisse unter Kollegen waren beim Vorstand nicht gern gesehen. Und doch war er hier. In Südtirol. Bei ihr. Er saß ihr gegenüber und sah sie immer wieder an, mit einem Blick, den er für sie schon lange nicht mehr übrig gehabt hatte. Beinahe verliebt.

Mit einem Schnippen verschaffte er sich erneut die Aufmerksamkeit des Kellners und gab die Bestellung auf. Zur Vorspeise orderte er die hausgemachten Spinatknödel mit Parmesan und brauner Butter und als Hauptspeise zweimal das gebratene Saiblingfilet auf einer cremigen Risottobasis mit frischem Spargel.

Während sie auf das Essen warteten, beobachtete Lilly fasziniert, wie das sanfte Licht der Außenbeleuchtungen der umliegenden Häuser und Laternen die Welt hinter den Fenstern des Restaurants in ein funkelndes Kunstwerk verwandelte. Von der Seite spürte sie Jos Blick, der unablässig auf ihr ruhte.

Eine Weile sprachen sie nicht, und Lilly genoss einfach nur

die Aussicht. Als ihr die Stille genug war, drehte sie den Kopf in seine Richtung.

»Also, Herr Steiger.« Sie blinzelte ihn forschend an und konnte sich ein leichtes Lächeln dabei nicht verkneifen. »Warum sind Sie wirklich hier?«

Er hob das Weinglas an, setzte zum Trinken an, hielt aber inne. Über den Glasrand hinweg musterte er sie. Forschend. Vielleicht auch ein wenig lauernd, wie ein Tiger, der ein Gnu als Beute auserkoren hatte. »Deinetwegen.«

Lillys Lächeln wurde unsicherer. Sie war es nicht gewohnt, von ihm Honig ums Maul geschmiert zu bekommen.

Er nippte an seinem Glas und stellte es ab. Seine Hände aber umschlossen weiterhin den langen Stil, als müsste er sie irgendwie beschäftigten.

»Seit du nicht mehr da bist«, begann er leise, »weiß ich erst, wie sehr du mir fehlst.«

Sie neigte den Kopf, fragte amüsiert: »Weil sich niemand mehr um die Marketingpläne kümmert und dir bei den Werbekampagnen hilft?«

Nun lachte auch er, aber nur kurz. Mit einem Wimpernschlag war er todernst. »Weil ich *dich* nicht mehr habe.« Er sagte es voller Inbrunst, sodass Lilly angestrengt schluckte. Und dieser Blick, mit dem er sie bedachte. Ihr wurde heiß und kalt zugleich. Sie lehnte sich zurück, um dem Blick seiner stahlgrauen Augen ein wenig zu entfliehen. Unter anderen Umständen hätte sie sich geschmeichelt gefühlt und diese Aufmerksamkeit in vollen Zügen genossen. Aber die Umstände waren nicht anders. Sie waren komplizierter denn je.

»Du hast mich betrogen«, sagte sie geradeheraus.

Ein Ruck ging durch seinen Körper, und sein Mund klappte auf. »Bitte was?«

Lilly nickte, um sich selbst Mut zu machen. Sie verabscheute Konfrontationen jeglicher Art. Aber jetzt musste es sein.

»Bitte verkauf mich nicht für dumm!« Ihre Stimme schwoll so laut an, dass sich die anderen Gäste zu ihnen herumdrehten. In gedämpftem Tonfall fuhr sie fort: »Du hast die Präsentation aus meiner Tasche gestohlen und sie als die deine ausgegeben.«

Er verzog die Mundwinkel zu einem angestrengten Lächeln und nippte noch einmal an seinem Glas. Dieses Mal nahm er einen größeren Schluck.

Sie spürte, wie ihr Gesicht zu glühen begann. Der Groll auf diese Unverfrorenheit war noch immer nicht verflogen. Im Gegenteil: Er hatte nur geruht und brach nun aus ihr heraus wie ein Vulkan. »Wie konntest du mich nur derart hintergehen.«

In einer beschwichtigenden Geste hob er die Hände. »Es tut mir leid, Lilly. Mir ist bewusst, dass ich einen riesigen Fehler begangen habe. Ich weiß auch nicht, was mich dazu verleitet hat ... «

»Aber ich«, platzte sie lautstark in seine Entschuldigung. »Du hattest Angst, vor dem Vorstand schlecht dazustehen. Schlimmer noch. Wahrscheinlich hattest du befürchtet, dass ich an dir vorbeiziehen könnte.«

»Das ist doch Unsinn!« Er setzte ein joviales Lächeln auf. Aber seine Augen verrieten ihn. Allem Anschein nach hatte sie in Schwarze getroffen.

Wieder dieses Schweigen, das sich zu ihnen an den Tisch gesellte. Nach einer Weile wollte er zum Sprechen ansetzen, wurde aber von dem Kellner unterbrochen, der die Spinatknödel servierte. Er nahm Messer und Gabel zur Hand, zögerte jedoch. Lilly rührte ihr Besteck nicht einmal an.

Mit einem heiseren Räuspern legte Jo sein Besteck zur Seite.

»Ich weiß, dass ich großen Mist gebaut habe, und ich schäme mich dafür.«

Sie sah ihm fest in die Augen. Konnte sie seinen Worten Glauben schenken? Ein weiteres Mal vernahm sie diese unergründliche Tiefe des Grabens, der zwischen ihrem und seinem Gefühlsleben lag. Zwischenmenschlich tickten sie vollkommen unterschiedlich. Sehr lange war es genau das gewesen, was sie an ihm fasziniert hatte. Und noch immer hatte sein Charme das Potenzial, sie zum Schmelzen zu bringen. Aber der Verrat wog schwer.

»Du hast recht«, begann er schließlich. »Es hat einen Grund, warum ich die Reise nach Südtirol auf mich genommen habe.« Er hielt sich die Faust vor den Mund, räusperte sich ein weiteres Mal. Dann fuhr er sich unbedarft durch das Haar, unterstrich damit seine Nervosität.

Unvermittelt wurde ihr Mund trocken. Die plötzlich aufkommende Nervosität ihres sonst so selbstbeherrschten Vorgesetzten verunsicherte sie.

Jo sah ihr tief in die Augen. Er setzte zum Sprechen an, zögerte aber eine Sekunde. »Es gibt da etwas, was ich dir sagen muss«, begann er leise. »Etwas, was ich schon längst hätte sagen sollen.« Er versuchte sich an einem Lächeln, das ein wenig hilflos wirkte. Dabei strich er mit seinem Daumen über den Rand des Weinglases. »Ich möchte, dass du zurückkommst, Lilly. Es fällt mir schwer, es zuzugeben, aber ich … ich liebe dich. Mehr als alles andere auf dieser Welt.« Seine Stimme zitterte leicht. »Die letzten Tage haben mir gezeigt, dass ich mir nichts sehnlicher wünsche, als fest mit dir zusammen zu sein.«

Lillys Atemreflex setzte aus. Augenblicklich wurde ihr klar, wie viel Mut es ihn gekostet haben musste, sich ihr zu offenbaren. Sie hatte ihn nie als Mann der großen Gefühle kennengelernt, was es umso schwerer machte, diese plötzliche Offenbarung einzuordnen. Sie suchte nach den richtigen Worten, die sie darauf entgegnen konnte, brachte aber keinen Laut heraus. Stattdessen saß sie da, die Hände fest im Schoß verkrampft. Was hatte die Schicksalsgöttin sich dabei gedacht, ihr solch einen Tag aufzubürden? Erst die Offenbarung, dass Maximilian ihr Vater war, dann das erschütternde Gespräch mit ihrer Mutter. Und nun saß sie hier mit Jo, der ihr seine Liebe gestand.

Ausgerechnet jetzt!

Jo sah sie erwartungsfroh an.

Doch Lilly war nicht in der Lage, auf seine Liebeserklärung zu reagieren. Sie fühlte sich überwältigt von seinen Worten und ihren eigenen Gefühlen, die sie noch nicht ganz verstand. Himmel, sie verstand überhaupt nichts mehr. So saß sie ihm stumm gegenüber, während die Stille zwischen ihnen auf ein unerträgliches Maß anschwoll.

Kapitel 33

Wie ein Frosch

Keine zwei Stunden später fanden sie sich vor Lillys Haustür wieder, nachdem Jo darauf bestanden hatte, sie nach Hause zu fahren. Sie hatten viel geredet seit dem ehrlichen Geständnis. Über das Wetter und die Arbeit hatten sie gesprochen – vor allem über die Arbeit. Aber nicht über Lillys Gefühle. Jo hatte nicht gefragt, und sie hatte von sich auch nichts gesagt.

»Es war ein schöner Abend«, sagte er, als sie ihre Haustür erreichten. In seinen Augen funkelte das Mondlicht. Er lächelte. »Obwohl es das teuerste nicht gegessene Essen war, zu dem ich je eine Person eingeladen habe.«

Lilly nickte. »Es war wirklich ein schöner Abend. Entschuldige bitte, dass ich keinen Bissen herunterbekommen habe.« Sie presste die Lippen aufeinander und überlegte fieberhaft, was sie noch sagen könnte. Den ganzen Abend über hatte sie immer wieder diese unangenehme Stille heimgesucht. Nun schien sie regelrecht greifbar zu sein. Nur das melodische Zirpen der Grillen war zu hören. Es war ein unvertrauter Moment der Unsicherheit und des unbeholfenen Miteinanders.

Jo sah an ihr vorbei, nahm die Fassade in Augenschein.

»Das ist also das Haus deiner Oma, das du geerbt hast.« Sein Blick senkte sich, und er sah sie direkt an. »Was wirst du damit tun, es verkaufen?« Er lächelte. »Natürlich wirst du es. Was solltest du schon hier?« Er vollführte eine Kopfbewegung, als würde er sich die Umgebung zum ersten Mal anschauen. »Fernab von allem, was du so liebst.«

Lilly schwieg, weil sie einfach nicht wusste, was sie darauf erwidern sollte. Jo kannte sie verdammt gut, vielleicht so gut wie kein anderer Mann. Er wusste um ihre Ängste und Phobien und verstand, wie schwer sie sich mit Veränderungen tat. Oft hatte er sie damit aufgezogen, dass sie wie ein Frosch sei, den man in einen Topf mit kaltem Wasser setzte und das Wasser langsam erwärmte. Der Frosch gewöhnte sich allmählich an die steigende Temperatur und versuchte nicht mal, aus dem Topf zu springen, bis das Wasser schließlich kochte und er starb.

Wieder einer seiner Sinnsprüche. Lilly hatte darauf belustigt den Kopf geschüttelt, zumal sie nachgelesen hatte und wusste, dass diese These bereits wissenschaftlich widerlegt worden war. Es war nichts weiter als eine Metapher. Doch nach und nach hatte sie dieser Vergleich bis ins Mark erschüttert, denn sie erkannte darin eine erschreckende Wahrheit, die Jo längst an ihr bemerkt hatte. In vielerlei Hinsicht war sie tatsächlich wie der sinnbildliche Frosch. Sie schüttelte innerlich den Kopf, weil sie ausgerechnet in diesem Moment an die Geschichte denken musste.

»Also dann, gute Nacht.« Er wandte sich langsam zum Gehen, was Lilly in ihrem Gefühlswirrwarr mit einem Anflug von Erleichterung erfüllte. Sie brauchte dringend Zeit für sich, um ihre Gedanken zu sortieren.

Doch plötzlich drehte er sich um und trat wieder auf sie zu, seine Augen funkelten vor Entschlossenheit. Bevor sie wusste, wie ihr geschah, umfasste er ihren Hinterkopf und küsste sie sanft.

Lilly stand stocksteif da. Der Kuss ließ sie nicht kalt. Ganz im Gegenteil! Die Luft zwischen ihnen war elektrisch geladen, als sich ihre Lippen trafen. Überwältigt von ihren Gefühlen, hielt sie sich an der Türklinke fest, um nicht zu stürzen. Ihre Knie wurden weich, doch im selben Moment fragte sie sich, was sie da eigentlich tat. Sie küsste den Mann, der sie aufs Übelste betrogen hatte. Sie riss erschrocken die Augen auf, wollte ihn von sich stoßen, als sich etwas intensiv Buntes in ihr Blickfeld schob.

»Da bist du ja, Lilly!«

Sie vernahm die Stimme von Alexander, der unvermittelt vor dem Gartentor stand – mit einem riesigen Blumenstrauß in der Hand.

»Ich habe dich den ganzen Abend gesucht«, sagte er überrascht. Schon im nächsten Atemzug verdunkelte sich seine Miene. Jo zog sich nicht weniger verwundert von ihr zurück, drehte den Kopf in Richtung der Stimme. Alexander senkte den Strauß, und Lilly sah die tiefe Enttäuschung in seinem Gesicht. »Ich … ich wollte eigentlich … «

Weiter kam er nicht. Er räusperte sich angestrengt und machte auf dem Absatz kehrt, den knallbunten Blumenstrauß noch immer in der Hand.

Dieser Anblick zerriss ihr das Herz.

Jo, noch immer ganz dicht an ihrem Gesicht, blinzelte sie an. »Und wer war nun das?«, fragte er heiser. »Ein heimlicher Verehrer?«

Sie spürte einen Stich in der Magengrube, als sie ihn so davongehen sah. »Das war Alexander. Er ist ein … Freund.«

»Freund?« Jo hob eine Braue und wirkte auf einmal amüsiert.

»Anscheinend wäre er wohl gerne mehr als nur ein Freund.«

Sie schaute Alexander hinterher, wollte sich in Bewegung setzen, um die Situation klarzustellen. Doch Jo legte eine Hand an ihr Kinn und drehte ihren Kopf so, dass sie ihn ansehen musste. »Hast du ihm denn nicht erzählt, dass du schon in festen Händen bist?«

Nun war sie es, die ihn forschend ansah. »Bin ich das, ja?«

Statt einer Antwort küsste er sie ein weiteres Mal. Leidenschaftlicher. Und verlangender. Er drückte sich fest an sie und wanderte mit seinen Händen ihren Rücken hinab. In ihr wuchs ein Widerstand. Sie wollte diesen Kuss nicht erwidern. Entschieden versuchte sie, Jo von sich wegzustoßen, doch er wurde nur noch aufdringlicher, hatte die Arme jetzt fest um sie geschlungen. Schließlich mobilisierte sie all ihre Kraft, riss sich von ihm los und schlug ihm mit der flachen Hand ins Gesicht. Das Klatschen hallte durch die Stille des Abends. Selbst die Grillen verstummten. Jo trat überrascht zurück, hielt sich die Wange, während er sie vollkommen konsterniert ansah. »Du … du hast mich geschlagen.«

Lillys Herz raste, und ihre Wangen glühten vor Wut und Verlegenheit. »Ich kann das nicht.« Ihre Augen füllten sich mit Tränen.

Jo stand da, seine Wange noch immer von dem Schlag gerötet, und sah sie mit einem Ausdruck grenzenloser Fassungslosigkeit an.

Sie wischte sich mit dem Handrücken die Tränen aus den Augen. Jo stand noch immer da, vollkommen unfähig, etwas zu sagen. Lilly nutzte diesen Moment seiner Verwirrung, zog die Haustür auf, schlüpfte durch den Spalt und knallte sie fest hinter sich zu. Mit einem schweren Seufzer lehnte sie sich gegen die kühle Holztür und ließ ihren Gefühlen einmal mehr freien Lauf. Ihr ganzer Leib zitterte. Langsam glitt sie an der Tür hinab, bis sie auf dem Boden landete, das Gesicht in den Händen vergrub und lautlos schluchzte. Sie weinte, weil ihr alles zu viel war, weil sie überhaupt nicht wusste, wohin mit ihren unterdrückten Gefühlen. Ihr Innerstes zog sich zusammen, während sie versuchte, zu verstehen, was in ihr vor sich ging.

In ihrem Kopf kreisten Gedanken an die beiden Männer, die ihr Herz in Aufruhr versetzt hatten – Jo und Alexander. An Maximilian, der ihr Vater war. All das war einfach zu viel für sie. Sie war von Jos Liebesgeständnis und dem zärtlichen Kuss überwältigt gewesen, doch sein aufdringliches Verhalten hatte sie gleichermaßen abgestoßen. Und dann tauchte Alexander auf, mit diesem Blumenstrauß. Hinter ihren verschlossenen Lidern sah sie wieder sein Gesicht, die Enttäuschung in seinen Zügen. Ihr Herz krampfte sich zusammen. Und Jo, der den ganzen Weg nach Südtirol auf sich genommen hatte, um ihr seine Liebe zu offenbaren. Sie konnte nicht leugnen, dass sie sich von ihm angezogen fühlte, aber seine Aktionen hatten sie verärgert, verunsichert und verängstigt. Wie sollte sie ihm je wieder vertrauen können?

Sie dachte an die letzten Tage zurück, an die intensiven Begegnungen mit Alexander, während sie tauchen waren und einen unvergesslichen Abend in Venedig verbracht hatten. Und dann diese abenteuerliche Nacht in der Wildnis mit Benno. Sie konnte sich noch so sehr anstrengen, aber das Bild von ihm, wie er davonlief, wollte einfach nicht aus ihrem Kopf. Immer lauter wurde die Stimme in ihrem Innern, die ihr klarzumachen versuchte, dass sie einen schrecklichen Fehler begangen hatte.

Ihre Gedanken verfingen sich in einem Strudel aus Schuldgefühlen, Reue und Selbstzweifel. Sie war wütend auf sich selbst, weil sie es zugelassen hatte, dass die Situation derart eskalierte. Gleichzeitig plagte sie die Angst, sowohl Jo als auch

Alexander verloren zu haben – die beiden Männer, die auf solch unterschiedliche Weise ihr Herz berührten.

Inmitten dieses emotionalen Sturms kämpfte Lilly darum, herauszufinden, was sie wirklich wollte.

Sie wusste nicht, wie lange sie auf dem Boden vor der Tür kauerte, doch als plötzlich ein Klopfen in ihrem Rücken erklang, zuckte sie erschrocken zusammen. Sie zögerte, unsicher, ob sie öffnen sollte. In ihrem Kopf spielten sich Szenarien ab, in denen Jo vor der Tür stand – um sich bei ihr zu entschuldigen oder weiter um ihre Liebe zu kämpfen. Aber war sie bereit dafür? Sie schüttelte energisch den Kopf.

»Geh weg!«, schrie sie und erschrak selbst über ihre tränenerstickte Stimme.

Zur Antwort klopfte es energischer.

Lilly erhob sich, wischte sich ein weiteres Mal über das Gesicht. Mit zitternden Händen und angehaltenem Atem öffnete sie schließlich die Tür, bereit, sich der Situation zu stellen.

Doch als die Tür aufschwang, traf sie der Schlag. Denn vor ihr stand nicht Jo, sondern ihre Mutter, die sie mit besorgter Miene ansah. Lillys Puls rauschte wie ein Wildbach in ihren Ohren, als sie in das vertraute Gesicht schaute, und sie konnte nicht anders, als in einen weiteren Schwall von Tränen auszubrechen.

»Ich freue mich ja auch, dich zu sehen. Aber das ist doch noch lange kein Grund, draufloszuheulen.« Ihre Mutter legte die Hand auf den Koffergriff, der neben ihr stand. »Würdest du mich jetzt bitte reinlassen? Ich habe eine sechsstündige Autofahrt hinter mir und bin zu Tode erschöpft.«

Kapitel 34

Das Päckchen

Lilly saß mit ihrer Mutter am alten Küchentisch, der schon Generationen zuvor als Treffpunkt der Familie gedient hatte.

Vor ihr stand eine Tasse dampfenden Tees, der das Aroma unzähliger Bergkräuter verströmte. Die zarten Schwaden tanzten wie Geister in der Luft.

Ihre Mutter saß einfach da, in sich gekehrt, als wären die Wände der Küche ein Portal in eine andere Zeit. Ihr Blick suchte die verblichenen Fotografien an den Wänden ab.

»Hier hat sich ja kaum etwas verändert«, sagte sie zum wiederholten Male.

Lilly wusste nicht so recht, was sie vom plötzlichen Auftauchen ihrer Mutter halten sollte. Diese begann zögerlich, ihre Geschichte zu erzählen. Sie sprach von ihrer Affäre mit Maximilian, die sie vor vielen Jahren eingegangen war. Damals hatte sie ihren Mann, Lillys vermeintlichen Vater, hintergangen und ihre Ehe aufs Spiel gesetzt. Jahrelang hatte sie das Geheimnis bewahrt und ihrem Ehemann Lilly als seine leibliche Tochter präsentiert.

Lilly hörte ihrer Mutter zu, ohne sie zu unterbrechen. Immer wieder ging ihr Blick in Richtung der Sprossenfenster, hinter denen die Dunkelheit lag. Es war bereits weit nach Mitternacht; sie spürte keine Müdigkeit, dafür aber eine unendliche Erschöpfung, der sie mit tausend Stunden Schlaf nicht beikommen würde. Immer wieder fragte sie sich, was sie dabei empfand, ihre Mutter hierzuhaben. Sie liebte sie, zweifellos war sie die wichtigste Person in ihrer kleinen Welt. Und genau deshalb überschattete der Schmerz des Betrogenseins alles andere. Es fiel ihr schwer, ihre Wut und Enttäuschung im Zaum zu halten. Aber sie wollte Antworten und Erklärungen, und die würde sie nicht bekommen, wenn sie ihre Mutter in Grund und Boden schrie. Ein wenig war sie amüsiert über deren Erscheinungsbild, denn sie trug noch immer ihre Yogaklamotten, woraus Lilly schloss, dass sie nach dem Anruf alles hatte stehen und liegen lassen und ihre Sachen zusammengesucht hatte, um nach Südtirol zu fahren. Auch wenn sie es nicht gerne zugab, rechnete Lilly ihr zumindest das hoch an.

»Als deine Großmutter dahinterkam, hat sie mich sofort zur Rede gestellt und mir schwere Vorwürfe gemacht.« Sie sprach, ohne von ihrer Teetasse aufzusehen. Lilly fand, dass sie müde aussah. Eine Müdigkeit, die nicht die Folge der stundenlangen Anreise war, sondern viel tiefer lag. Vermutlich hatte sie sich jahrzehntelang vor diesem Gespräch gefürchtet. Und nun war es so weit, und sie kam nicht drumherum.

»Sie wollte, dass ich alles beichte. Meinem Mann gegenüber und Maximilian gegenüber. Aber ich konnte das nicht. Ich hatte solche Angst, alles zu verlieren. Ich wollte doch nichts weiter, als dass wir eine glückliche Familie sind.«

Ihre Stimme wurde leiser, und Lilly sah, wie sich Tränen in ihre Augen schoben. Langsam, beinahe widerwillig hob ihre Mutter den Kopf. »Wenigstens diese eine Sache wollte ich richtig machen.«

Lilly hielt dem Blick trotzig stand. »Und deshalb hast du

einfach alles aufgegeben und bist nach Deutschland davongelaufen.«

»Ein Neuanfang«, erklärte ihre Mutter. »Für uns alle. Es hätte nicht anders funktioniert.«

»Weil du noch immer Gefühle für Maximilian hattest.«

Ihre Mutter gab ihr keine Antwort, stattdessen versuchte sie sich an einem flehentlichen Lächeln. »Es war das Beste für uns alle. Dein Vater hatte bereits vermutet, dass Maximilian und ich Gefühle füreinander hegten. Und als er dann das Jobangebot aus Deutschland bekam, schien das wohl auch für ihn eine passende Gelegenheit zu sein, alles hinter sich zu lassen.« Sie seufzte. »Ich gebe zu, dass ich feige war. Ist es das, was du hören willst?«

Lilly sagte nichts.

»Deine Oma hat mir nie verziehen, dass ich fortgegangen bin und sie dich nicht mehr um sich hatte.« Wieder senkte sich ihr Blick. »Ebenso hat sie mir nie verziehen, dass ich dir nicht die Wahrheit erzählt habe.«

»Und damit hatte sie verdammt recht!« Lilly war plötzlich so wütend, dass sie mit der flachen Hand auf den Tisch schlug, woraufhin ihre Mutter erschrocken zusammenzuckte. Dieser Gefühlsausbruch tat ihr augenblicklich leid, aber sie konnte einfach nicht anders.

»Trotzdem hatte sie kein Recht, es dir zu erzählen«, beharrte ihre Mutter.

»Und dennoch hat sie es getan, wofür ich unendlich dankbar bin. Endlich weiß ich die Wahrheit über mich.«

»Ich war so jung damals«, sagte ihre Mutter in einem verzweifelten Tonfall. Sie kämpfte weiter mit den Tränen, was für Lilly ein ungewöhnlicher Anblick war. Sie hatte sie stets als Löwin gesehen, eine alleinerziehende Mutter, die sich jeglichen Widrigkeiten tapfer entgegengestellt hatte. Die Momente, in denen sie weinend zusammengebrochen war, konnte Lilly an einer Hand abzählen. Es war ein verstörendes Bild, das sie nicht kalt ließ.

Lilly versuchte, Anteilnahme zu zeigen, obwohl ihre Gefühle immer noch in Aufruhr waren. »Ich verstehe ein wenig, warum du das getan hast, aber es ist schwer, das alles jetzt zu verarbeiten«, sagte sie leise und blickte ihrer Mutter fest in die Augen. »Ich brauche Zeit, um darüber nachzudenken und herauszufinden, wie ich mit all dem umgehen soll.«

Der Kräutertee in der Tasse schmeckte bitter. Ihre Mutter versuchte weiterhin, sich zu erklären, doch Lilly schaffte es kaum noch, ihren Worten zu folgen. Ihre Gedanken wirbelten um die neuen Erkenntnisse und die vielen Fragen, die sie noch hatte.

Ihre Mutter nickte schließlich traurig und legte eine Hand auf Lillys, streichelte sie. »Ich bereue zutiefst, was ich getan habe. Ich hoffe, dass du mir eines Tages vergeben kannst. Und ich verspreche dir, ich werde immer für dich da sein, wenn du mich brauchst.«

Lilly spürte die warme Hand und empfand tatsächlich etwas Trost bei dieser Geste.

»Deine Oma«, sagte ihre Mutter in einem Tonfall, der wütend und belustigt zugleich klang. »Da hat sie also doch noch ihren Willen durchgesetzt und es dir mitgeteilt.« Sie nahm die Tasse zur Hand, pustete hinein und nippte vorsichtig daran.

Lilly spürte ein zaghaftes Lächeln im Gesicht. Sie erinnerte sich daran, wie sie oft zu dritt in dieser Küche gesessen und gefrühstückt hatten. Drei Generationen vereint. Es war die schönste, unbeschwerteste Zeit ihres Lebens gewesen. Jetzt ihre Mutter hier in dieser Küche zu wissen, brachte ein wenig davon zurück.

»Darf ich dich etwas fragen, Mama?«

»Alles, mein Schatz.«

»Als eure Ehe in die Brüche gegangen ist, warum hast du nicht wieder Kontakt zu Maximilian aufgenommen?«

Ihre Mutter sah sie lange an, ohne etwas zu sagen. Sie schlug die Lider nieder und ließ sie eine ganze Weile geschlossen. Eine einzelne Träne stahl sich aus ihrem Auge, kullerte die Wange hinab.

»Das habe ich getan«, sagte sie. Als sie den Blick hob und Lilly ansah, wirkte es, als kostete es sie unfassbar viel Kraft.

»Er hat mir den Kontakt verboten, weil er Angst hatte, wieder Gefühle für mich zu entwickeln.«

Lilly nickte. »Du hast ihm das Herz gebrochen. Er hat es mir erzählt.«

Ein lautes Schluchzen drang aus dem Mund ihrer Mutter. Sie rang um Fassung und wedelte mit der Hand. »Ich war so dumm und naiv und dachte, ich wüsste alles besser.« Sie konnte die Tränen nun nicht mehr aufhalten. »Hätte ich doch nur auf deine Oma gehört. Aber nein.«

Lilly konnte nicht anders, sie sprang auf, nahm ihre Mutter in den Arm und drückte sie fest, um sie zu beruhigen. Und es tat unfassbar gut.

»Verzeih mir«, hörte sie ihre Mutter schluchzen. »Verzeih mir, bitte.«

Als sie sich schließlich voneinander lösten, bemerkte Lilly, dass auch sie wieder Tränen in den Augen hatte. *Himmel, wie viel kann ein Mensch an einem Tag weinen?*

»Was wirst du nun tun?« Ihre Mutter sah sie lange an. »Hast du alles mit dem Nachlassverwalter regeln können? Wirst du das Haus verkaufen?«

Lilly seufzte. »Ich werde es wohl müssen. Aber all die Erinnerungen.« Sie lächelte matt. »Es gibt so viele Dinge, die ich erledigen muss, aber ich bin noch zu gar nichts gekommen. Außerdem hält mich Oma ständig auf Trab.«

Ihre Mutter sah sie verwirrt an, was Lilly zum ersten Mal seit Stunden von Herzen zum Lachen brachte. »Briefe«, erklärte sie. »Sie hat mir überall Briefe mit Aufgaben hinterlassen, die ich zu erfüllen habe.« Ausführlich erzählte sie ihr von ihren Erlebnissen, die mit einem Paragliding-Flug in den Bergen begannen und sie schließlich zu Maximilian geführt hatten. Ihre Mutter hörte schweigsam zu. »Wie auch immer sie das eingefädelt hat, seit ihrem Tod erreichen mich überall Botschaften von ihr aus dem Jenseits.« Sie lachte unsicher auf, weil es so, wie sie es aussprach, nach einer mysteriösen Folge von *Akte X* klang.

»Botschaften aus dem Jenseits«, wiederholte ihre Mutter nach einer Weile nachdenklich. Lilly sah, dass etwas im Gesicht ihrer Mutter zu arbeiten begann. Schlagartig riss sie die Augen auf, und ein schwerer Ruck ging durch ihren Körper. »Nachrichten!« Nun schrie sie fast, sprang ruckartig auf und stürmte auf den Küchenschrank zu, vor dem ihr Reisekoffer stand, den sie noch gar nicht ausgepackt hatte. In Windeseile wirbelte sie ihn der Länge nach auf den Boden, zerrte am Reißverschluss und öffnete ihn. »Botschaften!« Mit einem Mal hielt sie ein Päckchen in der Hand, das sie zwischen ihren gestapelten Klamotten herausgefischt hatte. Mit dem kehrte sie zurück an den Küchentisch, auf dessen Mitte Jos Blumenstrauß in einer Vase stand. »Dein Anruf hat mich so aus der Fassung gebracht, dass ich es beinahe vergessen hätte.« Sie stöhnte angestrengt, als hätte sie einen Hundert-Meter-Lauf hinter sich.

»Dieses Päckchen wurde mir von einem Notar zugestellt.« Sie legte es vor sich auf den Tisch. »Ich habe es an dem Tag erhalten, bevor ich nach Luzern zu meinem Yoga-Retreat aufgebrochen bin.«

Lilly musterte das Päckchen, das noch verschlossen und an ihre Mutter adressiert war. Sogleich erkannte sie Omas Handschrift.

»Ich hatte es mir fest vorgenommen, es zu öffnen und es deshalb mit in den Urlaub genommen.« Sie seufzte. »Aber ich konnte mich nicht dazu durchringen.« Sie zuckte mit den Schultern. »Die ersten Tage hatte ich überhaupt nicht mehr daran gedacht, dann hast du mich angerufen und mir mitgeteilt, dass sie gestorben ist.« Sie machte eine kurze Pause, in der sie fest die Augen zusammenkniff. Wohl, weil sie der Schmerz über den Verlust trotz allem überwältigte. Auch Lilly erinnerte sich an den Anruf zurück. Es war noch nicht lange her, doch ihr kam es vor, als lägen Äonen dazwischen. So vieles war seitdem passiert.

Sie öffnete die Augen wieder, fixierte das Päckchen und sprach weiter: »Der Mut hat mich verlassen. Ich konnte einfach nicht die Kraft aufwenden und es öffnen.« Sie nahm hörbar Luft. »Aber jetzt.«

Lilly wollte gerade aufstehen und ein Küchenmesser holen, doch Mutters Entschlossenheit war schneller. Mit einem langen Fingernagel ritzte sie das Paketband ein und riss es kurzerhand auf. Zum Vorschein kam ein Umschlag, wieder mit Omas Handschrift. Als sie ihn anhob, wurde der restliche Inhalt des Päckchens sichtbar. Er war voller ungeöffneter Briefe. Es mussten Dutzende sein.

Lilly sah dabei zu, wie ihre Mutter den Briefumschlag in der Hand wog und Omas Handschrift darauf las. Die Zeile bestand aus drei Wörtern, die nicht inniger und gleichzeitig förmlicher hätten sein können: *Für meine Tochter.*

Ihre Mutter schaute zu ihr auf. Lilly nickte ihr Mut machend zu. Und so gab sie sich einen Ruck. Sie öffnete den Umschlag, zog den darin enthaltenen Brief heraus und begann zu lesen. Lilly beobachtete mit angehaltenem Atem das Mienenspiel ihrer Mutter, während diese die Zeilen überflog.

»Und?«, fragte sie nach einer Weile, weil ihre Mutter sich in eisernes Schweigen hüllte.

Fast widerwillig löste sich ihr Blick von den Zeilen, wieder sah sie Lilly an, schluckte schwer, als müsste sie erst genügend Spucke zusammenbekommen, um ihr antworten zu können.

Anscheinend schaffte sie es nicht, denn schließlich hielt sie ihr den Brief hin, damit sie ihn selbst lesen konnte.

Mein Alpensternchen,

in diesem Päckchen findest Du eine Sammlung von Briefen, die über die Jahre hinweg an Dich gerichtet waren. Sie stammen von Maximilian.

Als Du mir damals sagtest, dass Du keinen Kontakt mehr zu ihm haben möchtest, habe ich Deinen Wunsch respektiert und die Briefe nicht an Dich weitergeleitet. Auch wenn wir in dieser Hinsicht nie einer Meinung waren, so habe ich Deine Entscheidung akzeptiert, weil Du nur darin die Möglichkeit gesehen hast, Deine Ehe zu retten. Heute weiß ich, dass es sicherlich keine leichte Entscheidung für Dich war, und ich hätte Dich in dieser schwierigen Zeit unterstützen sollen. Doch leider waren wir beide zu stolz und dickköpfig, um irgendwann wieder aufeinander zugehen zu können. Nun ist es dafür zu spät. Und wenn ich etwas in meinem Leben bereue, dann das. Verzeih mir!

All die Jahre habe ich diese Briefe aufbewahrt, in der Hoffnung, dass eines Tages der richtige Moment kommen würde, um sie Dir

*zu übergeben. Nun, da meine Zeit gekommen ist, sehe ich es als
meine Pflicht an, es jetzt zu tun.
Mein Alpensternchen, ich wünsche mir nichts sehnlicher, als dass
Du glücklich bist und endlich zu Dir selbst findest. Mögen die
Briefe Dir helfen, die Vergangenheit zu verstehen und den Weg
in eine erfüllte Zukunft zu finden.
In ewiger Liebe,
Deine Mutter*

»Alpensternchen?« Lilly blinzelte ihre Mutter ungläubig an,
die mahnend den Zeigefinger hob.

»Ein Wort zu irgendwem, und die nächsten Blumen, die
du erhalten wirst, werden die zu deiner Beerdigung sein.« Der
Scherz täuschte nicht über die tiefe Betroffenheit ihrer Mutter
hinweg. Dicke Tränen standen in ihren Augen. Lilly streckte
eine Hand über den Tisch und umfasste die ihrer Mutter. Dann
klappte ihr Mund auf, als auch sie endlich verstand, was der Inhalt dieses Päckchens war. »Lauter Briefe von Maximilian!«
Flugs ließ sie die Hände ihrer Mutter los und griff in das Päckchen, zog einen Brief nach dem anderen hervor. Allesamt waren
sie an eine Claudia gerichtet, jedoch ohne Adresse, vermutlich,
weil Maximilian gar nicht wusste, wohin sie nach Deutschland
geflohen war. »Deshalb hat er die Briefe Oma übergeben«, erklärte sie sich selbst. »Er kannte deine Anschrift nicht.«

Ihre Mutter starrte auf den Stapel Briefe, während ihr die
Tränen die Wangen herunterliefen. Sie wirkte so perplex von
dem Anblick, dass sie sie nicht mal wegwischte. Zögernd fasste
sie in den Stapel und fischte einen der Briefe heraus.

»Mach ihn auf«, forderte Lilly leise. »Mach sie alle auf.«
Sie erhob sich vom Stuhl, ging auf ihre Mutter zu und gab ihr
einen liebevollen Kuss auf die Stirn.

»Ich bin froh, dass du da bist«, sagte sie. Sie unterdrückte ein Gähnen. Der Tag forderte nun doch seinen Tribut. Noch einmal legte sie die Arme um ihre Mutter. »Gute Nacht.«

Daraufhin ließ sie sie mit den Briefen alleine. Gerade als sie über die Schwelle der Küche schritt, vernahm sie das charakteristische Rascheln eines Briefumschlags, der mit Sorgfalt geöffnet wurde.

Kapitel 35

Wertvolle Jahre

Am nächsten Morgen wurde Lilly von den Sonnenstrahlen geweckt, die sich durch die Schlitze der Fensterläden schoben.

Sie schlug die Augen auf und sah sich im Zimmer um, während sie allmählich wacher wurde. Sich den Schlaf aus den Augen reibend, erinnerte sie sich daran, wie ungewohnt die ersten Tage in diesem Zimmer gewesen waren und wie nun alles so vertraut wirkte. Das Schlafzimmer, in dem Lilly als Kind übernachtet hatte, wenn sie ihre Oma besucht hatte, war voller Erinnerungen. Natürlich hätte sie das Schlafzimmer ihrer Großmutter beziehen können. Doch dazu war sie noch nicht bereit. Vielleicht in naher Zukunft.

Ein Geräusch aus der Küche lockte sie aus den Erinnerungen. Sie warf die Decke zurück, stand auf und ging in die Küche, wo sie ihre Mutter entdeckte; sie schnitt Obst in kleine Stücke. Der Duft von frisch gebrühtem Kaffee erfüllte den Raum. Lilly atmete ihn tief ein.

Der Kopf ihrer Mutter huschte herum, und sie lächelte sie an. »Guten Morgen, Liebes. Du kommst genau richtig, das Frühstück ist fertig.«

Lilly setzte sich an den gedeckten Küchentisch, während ihre Mutter ihr eine Tasse mit dampfendem Kaffee reichte.

Lilly bemerkte, dass es sich sogar um ihre Lieblingstasse handelte. Sie lächelte und griff nach einem noch warmen Croissant, in das sie genüsslich hineinbiss.

»Ich war schon beim Bäcker«, erklärte ihre Mutter ihr. »Der alte Semmelpeter ist immer noch da, und seine Backwaren sind genauso gut wie früher.« Ein begeistertes Lächeln breitete sich auf ihrem Gesicht aus.

»Wie fühlt es sich an, wieder hier zu sein?«, wollte Lilly wissen.

Ihre Mutter zögerte. Sie hob den Kopf und schien sich kurz im Anblick der Deckenlampe zu verlieren. »Seltsam vertraut«, sagte sie schließlich. Mit gesenktem Kinn sah sie Lilly an. »Erst jetzt wird mir klar, wie sehr ich meine Mutter vermisse.« Sie schluckte so angestrengt, dass ihr Kehlkopf zuckte. Doch schon im nächsten Moment fand sie ihre gute Laune wieder. »Ich bin froh, dass wir nun gemeinsam hier sind.«

Sie wandte sich wieder der Küchenablage zu und schnippelte das restliche Obst klein. Frische Erdbeeren und Weinbergpfirsichspalten, die sie mit Hagelzucker bestreute. Dann nahm sie sich ebenfalls eine Tasse Kaffee und setzte sich zu Lilly an den Tisch.

Eine Weile saßen sie sich schweigend gegenüber. Lilly brach ein Stück ihres Croissants ab und beschmierte es dick mit Butter und Erdbeermarmelade. Ihre Mutter hatte die Tasse mit beiden Händen umschlossen und beobachtete sie.

Lilly hielt im Schmieren inne. »Hast du keinen Hunger?«

»Ich habe eine Entscheidung getroffen«, erklärte ihre Mutter entschlossen. »Ich denke, es ist an der Zeit, dass ich versuche, Frieden mit meiner Vergangenheit zu schließen.«

Lilly sah sie forschend an. »Und das bedeutet genau?«

Ihre Mutter atmete tief ein und nippte zaghaft an ihrem Kaffee. Kurz verzog sie das Gesicht, vermutlich weil er noch sehr heiß war. »Ich habe sie gelesen«, sagte sie schließlich. »Jeden einzelnen Brief.«

Lilly sah sie aufmerksam an, versuchte, die Gefühle ihrer Mutter in ihrem Gesicht zu erforschen. Diese schmunzelte. »Es waren wirklich viele, die ganze Nacht war ich wach und habe nachgedacht.«

»So?« Lilly musterte sie. »Und zu welchem Entschluss bist du gekommen?«

»Dass ich eine Aussprache mit Maximilian suchen werde.« Ein vorsichtiges Lächeln schob sich in ihr Gesicht. »Immerhin sind wir beide die Eltern einer wundervollen Tochter.«

Lilly schluckte schwer. Das aus ihrem Mund zu hören, berührte sie und war gleichermaßen befremdlich. Noch immer fühlten sich die gestrigen Erlebnisse für sie an wie ein wirrer Traum. Während sie von dem Croissant abbiss, beobachtete sie ihre Mutter, die den Blick gesenkt hatte. Sie spürte, dass dieses Gespräch nicht einfach für sie werden würde, aber sie war froh, dass ihre Mutter den Mut dazu aufbrachte. Immerhin war sie es Maximilian schuldig.

Lillys Smartphone begann zu vibrieren. Zunächst wollte sie es nicht beachten, doch dann machte ihr Herz einen Hüpfer, weil sich der Gedanke auftat, dass es womöglich Alexander sein könnte, der über das Geschehene sprechen wollte. Sie sprang auf und nahm das Handy von der Küchenkommode, erweckte den Bildschirm zum Leben … Es war keine eingehende Nachricht von Alexander. Und auch nicht von Jo. Sie hatte eine Mail erhalten. Von ihrer Firma. Genau genommen von der Personalabteilung. Mit einem unguten Gefühl fand sie zurück zum Küchentisch, setzte sich aber nicht hin. Sie öffnete die Mail und hielt den Atem an, als sie die Zeilen las. Der Inhalt war kurz und so überraschend, dass ihr schwindelig wurde. Man hatte ihr gekündigt. Fristlos. Wegen Vertragsbruch und Pflichtverletzung.

»Alles in Ordnung, Liebes?«

Lilly war nicht in der Lage zu antworten. Sie schluckte mehrere Male, bis sie die Worte fand.

»Ich muss Jo anrufen.« Sie wandte sich von ihrer Mutter ab und begab sich auf die Terrasse, um ungestört telefonieren zu können. Draußen erwarteten sie die frische Morgenluft und das Zwitschern der Vögel. Ein Spatz flog ganz nah an ihr vorbei und schien darüber genauso erschrocken zu sein wie sie selbst. Kurz blickte sie auf den See, der in der Morgensonne schimmerte. Doch für die Schönheit der Natur hatte sie gerade weder ein Auge noch einen freien Gedanken. Alles in ihr drehte sich um diese Mail, die ihr den Boden unter den Füßen weggerissen hatte. Das Freizeichen ertönte. Und sie wartete. Wartete und wartete. Als Jo das Gespräch endlich entgegennahm, stand sie noch immer so sehr neben sich, dass sie gar nichts sagen konnte.

»Lilly?«, hörte sie seine Stimme an ihrem Ohr.

»Dass du dich meldest.« Etwas war seltsam an seinem Tonfall.

Sie schüttelte sich ins Hier und Jetzt zurück.

»Ich … mir wurde gekündigt«, stammelte sie. »Fristlos. Ich habe gerade eine Mail erhalten.«

Sie hörte ein wüstes Schnauben. »Und das wundert dich?«, fuhr Jo sie an. »Nach dem, was *du* getan hast?«

»Ich habe einen Plan erstellt, der die Firma wieder auf Kurs bringen kann«, erwiderte sie. »Einen Plan, den du mir gestohlen hast.«

Sie bewegte sich auf das Terrassengeländer zu und umklammerte mit der freien Hand Halt suchend die Strebe. Der erdige Duft der Geranien, die üppig aus den Balkonkästen quollen,

264

drang ihr in die Nase. Sie mochte diese Blumen nicht besonders, ihr Geruch erinnerte sie an Friedhöfe.

»Du hast ohne meine Erlaubnis eine Plakatkampagne in die Wege geleitet«, hielt er dagegen. »Und als wäre das nicht schlimm genug, hast du es in meinem Namen getan. Wie konntest du?« Die letzten drei Worte spuckte er ihr geradezu entgegen.

»Wie konntest *du* meinen Businessplan stehlen?«

»Das hatte ich für uns getan.« Er klang aufbrausend und wütend.

»Für uns?«

»Für uns und unsere Firma. Du glaubst doch nicht im Ernst, dass der Vorstand den Plan in die Tat umgesetzt hätte, wenn er von dir gekommen wäre.«

»Was soll das heißen?«

Er stieß ein nervöses Lachen aus.

»Du bist nur eine Marketing-Assistentin.« Seine Stimme wurde ein wenig leiser. »Und als solche hast du nicht das Standing eines Abteilungsleiters.«

»Also hast du es nur für mich gemacht?« Ihre Stimme verkam zu einem düsteren Flüstern, und Jo tat gut daran, nicht auf ihre Frage zu antworten.

»Lilly«, sagte er stattdessen. »Wie konntest du nur diese Plakatkampagne beauftragen, ohne sie genehmigen zu lassen? Wenn du mich doch bloß vorher gefragt hättest.« Er seufzte, und Lilly schäumte vor Wut. »Es war schon schwer genug, dein plötzliches Verschwinden zu decken«, sprach er weiter. »Es ist nun schon die zweite Woche. Was hast du denn geglaubt, wie lange der Vorstand sich das noch ansieht. Himmel, was ist bloß los mit dir?«

Lilly schloss die Augen. Sie fühlte sich unendlich erschöpft.

»Sie haben mich entlassen«, sagte sie noch einmal. »Fristlos. Und das, wo ich mir den Hintern für diese Firma aufgerissen habe. Für dich.«

»Du bist einfach zu weit gegangen, Lilly. Du musst das verstehen. Was glaubst du, wie ich dastand, als ich heute Morgen erfuhr, dass du hinter meinem Rücken …«

Lilly riss die Augen auf. Auf einmal sah sie klar. »Du bist wieder in der Firma?«, fragte sie.

»Nun, ja …« Er druckste herum, und Lilly wusste augenblicklich Bescheid. Jo musste sich gestern nach seiner Abfuhr sofort auf den Heimweg gemacht haben. Vermutlich hatte er heute Morgen von der beauftragten Kampagne erfahren und … Sie streckte das Kreuz durch.

»Dir habe ich die Kündigung zu verdanken!« Sie konnte ihre Stimme nicht mehr beherrschen.

Jo schwieg.

»Sag, dass ich recht habe!«, forderte sie ihn auf.

Noch immer Stille, doch irgendwann: »Was glaubst du, wie ich jetzt dastehe!« Sein Tonfall war ein unterdrückter Schrei. Sie stellte sich vor, wie er sich in die äußerste Ecke seines Büros drückte, eine Hand auf das Telefon gelegt, damit ihn bloß niemand belauschen konnte.

»Durch diese miese Aktion hätte ich beinahe mein Gesicht verloren. Was denkst du denn, was der Vorstand dazu sagen würde, dass eine meiner Untergebenen derart ihre Befugnisse überschreitet und mich hintergeht.«

»Eine deiner Untergebenen?« Nun schrie Lilly wirklich. »Gestern hast du mir noch deine Liebe gestanden, und nun titulierst du mich als Untergebene?«

»Wo ist denn da der Widerspruch?«, giftete Jo zurück. »Außerdem hast du mich zurückgewiesen. Herrje, du hast mir die

Nase vor der Tür zugeschlagen. Und die Plakatkampagne – was auch immer du dir dabei gedacht hast …« Er schnaufte. »Die kannst du natürlich vergessen. Ich habe sofort alles gestoppt!«

Und dann war sie weg. Die Wut. Die Enttäuschung. Überhaupt war alles weg. Als hätte eine unsichtbare Hand mit einem riesigen Schwamm über ihre Gefühle gewischt und alles entfernt. Jo hatte dafür gesorgt, dass sie rausgeschmissen wurde, weil sie ihm einen Korb gegeben hatte. So einfach war das. Wie hatte sie sich in einem Menschen nur derart täuschen können.

»Lilly, komm zurück nach Deutschland, und wir reden über alles. Ich verspreche dir, dass ich ein gutes Wort für dich beim Vorstand …«

Sie legte auf. Sie hatte genug gehört. Vor allem aber hatte sie genug von diesem Mann und diesem Job, die ihr wertvolle Jahre ihres Lebens geraubt hatten.

Kapitel 36

Die alte Sophia

Lilly ging zurück zu ihrer Mutter, die sie erwartungsvoll ansah. Sie wollte sich erklären, aber es gelang ihr nicht. Noch immer schoss ihr das Blut mit Hochdruck durch die Adern, und sie musste ihre Hände festhalten, um das Zittern zu unterdrücken. Plötzlich spürte sie, wie die Wände auf sie einstürzten, der Boden unter ihr nachgab und ihr die Füße wegzureißen drohte. Sie konnte kaum atmen, sie brauchte dringend einen Tapetenwechsel, um wieder klar denken zu können.

Ihre Mutter sah sie bestürzt an, doch Lilly eilte an ihr vorbei und stürmte aus dem Haus. Sie schnappte sich den Motorroller, schwang sich darauf und tuckerte los, ohne ein bestimmtes Ziel vor Augen zu haben. Sie wollte nur noch weg.

Die Sonne schien warm auf ihre Haut, während sie die Straße hinunterfuhr, die sie von der Anhöhe hinunter in die kleine Stadt führte. Ihr Haar wehte im Wind, und sie spürte, wie die Anspannung langsam von ihr abfiel. Der Weg führte sie durch die wunderschöne Landschaft mit ihren Weinhügeln und den grauen Bergen im Hintergrund. Unten in der Stadt angekommen, lenkte sie den Roller in Richtung von Alexanders Haus. Sie wusste nicht genau, warum es sie dorthin zog, aber sie vertraute ihrem Instinkt und folgte ihm. Immerhin hatten sie einiges zu bereden. Als sie in den Hof fuhr, fiel ihr Blick auf einen Komposthaufen; bunte Blumen lagen obenauf. Im nächsten Moment kam Alexander aus der Haustür gestürmt. Für eine winzige Sekunde glaubte Lilly, dass er sie womöglich vom Fenster aus gesehen hatte und ihr nun entgegenlief. Aber etwas stimmte nicht. Er wirkte aufgelöst, und die Augen waren von Sorge gezeichnet. Sofort stieg sie vom Roller und eilte auf ihn zu. »Alexander, was ist los?« Sie versuchte, seinen Blick zu ergründen. Er starrte sie nur fassungslos an, als hätte er Mühe, sie einzuordnen. »Lilly«, entfuhr es ihm überrascht. »Es ist Benno«, stammelte er, kaum in der Lage, die Worte hervorzubringen. »Er ist verschwunden. Einfach weg, wie vom Erdboden verschluckt.« Die Verzweiflung in seiner Stimme ließ Lillys Herz rasen. Sie fasste nach seinem Arm. »Was meinst du damit?«

Alexander riss sich von ihr los, schaute vom Hof auf die Straße, machte Anstalten, einfach loszurennen. Doch dann wandte er sich ihr wieder zu und drückte ihr etwas in die Hand. Es war ein handgeschriebener Zettel. »Diese Nachricht hat er mir hinterlassen.«

Lilly sah abwechselnd ihn und den Zettel an. Auf dem zerknitterten Stück Papier stand in krakeliger Schrift:

Ich besorge uns so viel Geld, dass wir reich werden!

Lilly spürte, wie sich ihr die Kehle zuschnürte. »Was meint er damit?«

»Was wohl?«, erwiderte Alexander ungehalten. »Er muss mitbekommen haben, wie wir uns über meine Geldprobleme unterhalten haben. Außerdem hat mich heute Morgen ein Brief von der Bank erreicht. Darin wurde mir mitgeteilt, dass man vorhabe, die Kreditlinie zu kürzen. Man hat mir eine Frist von vier Wochen auferlegt, innerhalb derer ich einen erheblichen Teil der Schulden zurückzahlen soll.« Er schüttelte in totaler Resignation den Kopf. »Sie drohen sogar mit der Forderung einer sofortigen Rückzahlung und wollen gegebenenfalls die Tauchschule und unser Haus versteigern.« Er schaffte es nicht einmal, Lilly anzusehen, während er sich durch die Haare fuhr. »Benno hat mitbekommen, wie fertig ich war. Er muss den Brief gelesen haben, denn ich habe ihn auf seinem Schreibtisch gefunden, neben diesem Zettel.«

»Und du glaubst … «

Alexander zog die Schultern hoch. »Er wird bestimmt nicht alles verstanden haben, aber er weiß sehr wohl, was es bedeutet, wenn ein Haus versteigert wird.«

»Oh, Alexander.« Ihr Mund wurde trocken. Ihr war nicht bewusst, wie schlecht es um seine Finanzen stand. Dass die Tauchschule nicht gut lief, wusste sie, aber dass es so ernst war, dass die Bank nun mit Versteigerung drohte, riss ihr ein weiteres Mal den Boden unter den Füßen weg.

»Er muss meine Verzweiflung gespürt haben. Deshalb dieser Zettel.«

Auch Lilly las die Nachricht noch einmal. »Aber was meint er damit? Was hat er vor?«

Alexander schien der Verzweiflung nahe. »Ich weiß es nicht. Doch ich mache mir wirklich Sorgen. Ich habe Angst, dass er etwas Dummes anstellt. Etwas Gefährliches. Himmel, er ist erst acht.«

Lilly war ebenso von Sorge erfüllt. »Wir müssen ihn suchen«, beschloss sie, wobei ihr klar war, dass Alexander genau das vorgehabt hatte. Doch als er es aus ihrem Munde hörte, schien ihm das neuen Tatendrang zu schenken. Er nickte eifrig, kramte in seinen Hosentaschen und zog den Autoschlüssel hervor.

»Hast du eine Idee, wo er sein könnte?«, fragte sie und versuchte dabei, aufmunternd zu klingen. Nichts wäre in dieser Situation schlimmer, als in eine Schockstarre zu verfallen. Unbedingt wollte sie Alexanders düsteres Gedankenkarussell zum Stehen bringen.

Er fuhr herum und setzte sich in Bewegung, doch bevor er seinen Wagen erreicht hatte, blieb er abrupt stehen und sah Lilly an. »Ich habe keine Ahnung.«

Sie dachte angestrengt nach. Wo könnte ein kleiner Junge hinwollen, um Geld für seinen Vater zu besorgen? Er würde wohl kaum in die nächste Bank stürmen und sie ausrauben.

»Maximilian!«, schoss es ihr in den Sinn. »Vielleicht ist er dort?«

Alexander starrte sie weiter an. Schließlich nickte er eifrig. »Aber ja. Das wäre möglich. Los, steig in den Wagen!«

Nur wenige Augenblicke später hatten sie die Buchbinderei erreicht. Alexander parkte direkt vor dem Eingang. Er drehte den Zündschlüssel rum, zog die Handbremse an, riss die Tür auf und schwang sich aus dem Wagen. Lilly folgte ihm, und gemeinsam hasteten sie in die kleine Buchbinderei, in der Maximilian an seiner Werkbank saß. Als die Glocke über der Tür klingelte, blickte er überrascht auf.

»Oh, ihr seid es. Ich hatte schon auf Kundschaft gehofft«. Er lachte gut gelaunt vor sich hin, hörte aber sofort damit auf, als er die aufgelösten Gesichter der beiden bemerkte.

Lilly kam gleich zur Sache. »Benno ist verschwunden!«

»Ist er vielleicht bei dir?«, fragte Alexander hoffnungsvoll. »Hast du ihn gesehen?«

»Er ist verschwunden?«, fragte Maximilian zurück und rieb

sich den Bart. »Unsinn!«, entschied er. »Benno ist doch kein Junge, der einfach so ausbüxt.«

Lilly riss Alexander den zerknitterten Zettel aus der Hand, den er noch immer fest umklammert hielt.

»Wir haben Sorge, dass er kurz davor ist, sich in eine große Gefahr zu begeben.« Sie ging auf Maximilian zu und zeigte ihm den Zettel.

Dieser legte seine Arbeit beiseite und trat näher, um den Zettel genauer zu betrachten. Sein Gesicht verfinsterte sich, als er die Worte las. »Oh nein … «, murmelte er und blickte zu Alexander und Lilly auf. »Das kann kein Zufall sein.«

»Wovon redest du?«, fragte Lilly, unfähig, die Angst in ihrer Stimme zu verbergen.

Maximilian zögerte einen Moment, er schaute die beiden mit dicht zusammengezogenen Brauen an. »Vor ein paar Tagen habe ich Benno die Geschichte von einem Schiff erzählt, das seit Jahrzehnten auf dem Grund des Kalterer Sees liegt. Das Schiff soll der Legende nach genau in der Mitte des Sees gesunken sein.«

Lilly und Alexander tauschten besorgte Blicke. »Aber was hat das mit Benno zu tun?«, fragte Lilly.

»Die alte Sophia«, sagte Alexander. »Es ist nicht nur eine Geschichte. Das Wrack ist einer meiner Tauchspots«, murmelte er vor sich hin. Dann starrte er Maximilian entsetzt an. »Du glaubst, dass er zum Wrack will?« Seine Stimme verkam zu einem heiseren Krächzen.

Maximilian nickte grübelnd vor sich hin. »Ich fürchte, das ist möglich. Ich habe die Geschichte vielleicht ein wenig zu spannend erzählt … Hab eine alte Sage eingebaut, die besagt, dass ein großer Goldschatz darin verborgen sein soll.«

Er hob die Hände und blickte Alexander entschuldigend an.

»Es tut mir leid. Ich hätte nie gedacht, dass er sich derart davon beeinflussen lassen würde.«

Alexander atmete tief durch. »Wir müssen ihn sofort finden. Er hat keine Ahnung, was er tut.«

Lilly sah ihn entschlossen an. »Wir werden ihn finden. Wir lassen ihn nicht im Stich.«

Maximilian nickte entschieden. »Ich werde euch helfen. Lasst uns sofort zum See fahren und nach Benno suchen. Wir haben keine Zeit zu verlieren.«

»Er wird bestimmt bei der Tauchschule sein, um sich dort mein Boot und seine Ausrüstung zu nehmen.« Ohne auf Lilly und Maximilian zu warten, machte Alexander auf dem Absatz kehrt und stürmte hinaus. Lilly und Maximilian warfen sich einen sorgenvollen Blick zu, dann eilten sie ihm nach.

Ohne Rücksicht auf den umliegenden Verkehr preschte Alexander mit einer Geschwindigkeit, die das Limit bei Weitem überstieg, die gewundene Straße hinunter, die zum Ufer führte. Direkt vor der Tauchschule bremste er scharf ab und stürmte aus dem Wagen. Lilly und Maximilian taten es ihm gleich. »Hier ist sein Fahrrad«, schrie er den beiden entgegen, bevor sie zu ihm aufschlossen. »Aber das Boot ist weg!« Er verschwand in der Tauchschule und kam keine Minute später wieder aus der Tür hervor. »Seine Tauchsachen sind auch weg«, sagte er voller Sorge.

Lilly handelte sofort. Sie rannte ans Ufer und suchte den See mit den Augen ab. Sie spürte, wie ihr Herz schneller schlug, als sie in der Mitte des Sees tatsächlich Alexanders Boot entdeckte.

»Dort!«, rief sie aufgeregt und zeigte mit dem ausgestreckten Arm auf das einsame Boot im Wasser. »Das muss Benno sein!«

Alexander und Maximilian traten an Lillys Seite und blickten ebenfalls auf das Boot, das in einiger Entfernung vor sich hin dümpelte. »Wir müssen sofort rausfahren und ihn zurückholen!« Alexander rannte zurück in Richtung Tauchschule. Währenddessen versuchten Lilly und Maximilian, Benno mit ihren Rufen auf sich aufmerksam zu machen, doch der Wind trug ihre Stimmen nicht weit genug. Angst um den kleinen Jungen erfüllte Lillys Herz.

Innerhalb kürzester Zeit hatte Alexander ein Ruderboot zur Stelle, und gemeinsam sprangen sie hinein. Lilly und Alexander schnappten sich jeweils ein Ruder und steuerten das Boot mit kräftigen Schlägen in Richtung des kleinen Punkts in der Mitte des Sees.

Der Wind wehte ihnen ins Gesicht, und die Wellen schaukelten das Boot hin und her. Allmählich wurden Lillys Arme schwer, aber sie ruderte weiter, getrieben von der Sorge um den Jungen. Indes tauchte Alexander das Ruder wie ein Wahnsinniger ins Wasser.

»Das Boot ist leer«, rief Maximilian. »Er ist nicht an Bord.«

Alexander und Lilly tauschten einen besorgten Blick aus. Sie verstand sofort, dass der Junge hinunter zum Wrack getaucht sein musste.

»Wir müssen Hilfe holen«, schrie Maximilian. »Die Feuerwehr!«

»Keine Zeit mehr!« Ohne zu zögern, entledigte Alexander sich seiner Schuhe und sprang kopfüber ins Wasser, tauchte hinab in den See. Ohne dass Lilly wirklich verstand, was sie da tat, sprang sie kurzerhand hinterher. Die klirrende Kälte des Wassers durchströmte ihren Körper. Doch sie ignorierte sie. Die Sorge um Benno ließ sie jegliche Angst vor dem Tauchen vergessen. Sie zwang sich dazu, unter Wasser die Augen zu öffnen. Die Sicht war trüb, doch sie erkannte Alexanders Silhouette. Er tauchte dicht unter ihr und hielt auf einen bestimmten Punkt zu, der sich dunkel wie ein geheimnisvoller Schatten am Grund des Sees abzeichnete. Schon mit den nächsten Schwimmzügen in die Tiefe erkannte sie es. Es war das Wrack eines kleinen Segelboots. Das Holz war verwittert, und Algen hatten sich darum gewickelt. Und dann entdeckte sie Benno am Rumpf, der ihnen mit einer Taschenlampe entgegenleuchtete. Er trug eine komplette Taucherausrüstung und wirkte erschreckend klein neben dem massiven Boot.

Lillys Herz schlug schneller, als sie sah, wie Benno verzweifelt herumzappelte.

In einem Wettlauf gegen die Zeit erreichten Lilly und Alexander fast gleichzeitig Benno.

Sein Fuß hatte sich in einem alten Tau verheddert. So sehr, dass er sich allem Anschein nach von allein nicht daraus befreien konnte. Um ihn herum stoben Luftblasen auf. Durch seine Taucherbrille hindurch erkannte Lilly die blanke Angst in seinen Augen. Mit einen kraftvollen Armschlag tauchte sie hinab zu seinen Füßen. Sie riss und zog hektisch an dem Tau, das sich unerbittlich um seinen Knöchel geschlungen hatte. Unter dem Druck des kalten Wassers und dem Brennen in ihren Lungen kämpfte Lilly gegen die aufkommende Panik an. Jede Bewegung war ein Kampf, jede Sekunde unter Wasser fühlte sich wie eine Ewigkeit an. Sie wusste, sie hatten nicht viel Zeit.

Alexander versuchte verzweifelt, Benno zu beruhigen, um seine panischen Bewegungen zu minimieren. Lilly nickte kurz und entschlossen. Sie mussten koordiniert vorgehen. Während Alexander den Jungen im Griff hielt, setzte sie all ihre Kraft ein, um das Tau zu lockern.

Die Sekunden schienen sich weiter zu dehnen, jeder Zug am Tau war eine Herausforderung. Lillys Lungen schrien nach

Luft, ihr Herz pochte wild. Ihre Sicht begann sich zunehmend zu verdunkeln. Schon bald tanzten Sterne vor ihren Augen. *Luft!* Jede Pore in ihrem Körper schrie nach Luft. Die Zeit lief ihnen davon.

Ihre Finger verkrampften sich, doch: endlich! Der Knoten lockerte sich, das Tau gab nach. Mit einer letzten Kraftanstrengung gelang es ihr, Bennos Fuß zu befreien. Alexander schloss seinen Sohn in die Arme und tauchte mit ihm empor.

Gemeinsam stiegen sie auf und erreichten schließlich die Wasseroberfläche, wo Lilly gierig nach Luft japste und gegen tausend Sterne in ihrem Sichtfeld ankämpfte. Benno klammerte sich an seinen Vater, schob sich die Tauchmaske in die Stirn und offenbarte dicke Tränen. »Es tut mir leid, Papa«, schluchzte er. »Ich … ich wollte doch nur den Schatz finden und uns retten. Damit du dir keine Sorgen mehr machen musst und wieder glücklich bist.«

Alexander drückte seinen Sohn fest an sich und zog ihm die Tauchmaske gänzlich vom Kopf.

»Ich weiß, Benno. Aber kein Schatz der Welt ist es wert, dass du dich in Gefahr begibst.«

Maximilian streckte ihnen die Hände entgegen und ergriff den Jungen. Mit einem starken Ruck zog er ihn ins Boot.

Alexander schwamm auf Lilly zu und nahm sie fest in den Arm. »Ich bin dir so dankbar!«

Lilly sah, wie auch ihm die Tränen in den Augen standen. Derweil versuchte sie, krampfhaft über Wasser zu bleiben, was mit dem Mann im Arm alles andere als einfach war. Dennoch lächelte sie erleichtert.

»Wir haben ihn gefunden, und das ist das Wichtigste.«

Kapitel 37

Ein Angebot

Nun befand sich Lilly genau an dem Punkt, den sie all die Zeit aufgeschoben und vor dem sie sich so sehr gefürchtet hatte. Es war ein merkwürdiges Gefühl, einen Fuß in den Trödelladen zu setzen. Schon als Kind war ihr der Ort nicht geheuer gewesen, weil sie geglaubt hatte, in den alten Gegenständen könnten womöglich die Geister längst verstorbener Menschen hausen. Heute wusste sie natürlich, dass das Unfug war. Dennoch hielt der kleine Laden des Wohnhauses viele schmerzliche Erinnerungen an ihre Oma bereit. Dabei war der Trödelladen stets das Steckenpferd ihres Großvaters gewesen, der jedoch zu früh gestorben war, als dass sie sich an ihn entsann.

Anders erging es ihrer Mutter, die förmlich durch den Raum schwebte und alles auf sich wirken ließ. Seit einer Weile war sie ungewöhnlich still, vermutlich, weil sie tief in ihren eigenen Erinnerungen versunken war. Lilly ließ ihr den Raum, alles auf sich wirken zu lassen, und beobachtete stattdessen den Antiquitätenhändler, den der Nachlassverwalter ihr empfohlen hatte. Akribisch sah er sich in dem verwinkelten Geschäft um. Er war ein Mann von etwa sechzig Jahren, mit grau melierten Haaren, die er sorgfältig nach hinten gekämmt hatte. Er trug eine Hornbrille und einen eleganten, etwas aus der Zeit gefallenen Anzug.

Er bewegte sich mit einer gewissen Grazie durch das Geschäft, als ob er jeden Schritt genau abwägen würde. Seine Anwesenheit machte Lilly nervös, doch das wollte sie sich keinesfalls anmerken lassen. Am Telefon hatte der Mann ihr klargemacht, dass er in der Regel an kompletten Aufkäufen interessiert war. Und dass er nur wenige Stunden später bereits vorbeigekommen war, unterstrich in ihren Augen seine Seriosität.

Er schaute sich alles ganz genau an, notierte ständig etwas auf einem kleinen Block, den er aus der Innentasche seines Anzugs hervorgezaubert hatte, und zückte immer wieder sein Smartphone, um Fotos zu machen.

Lillys Ungeduld wuchs. Alles wäre um ein Vielfaches leichter, wenn sie den ganzen Trödel auf einen Schlag loswürde. Dann würde auch dem Hausverkauf nichts mehr im Wege stehen. Dabei dachte sie wieder an Alexander und Benno, an das dramatische Erlebnis gestern, als sie den Jungen aus dem See gerettet hatten. *Welch ein Glück!* Nicht auszudenken, sie wären nur wenige Minuten später gekommen. Alexander hatte ihr erzählt, dass der Sauerstoffvorrat in Bennos Flasche bereits gefährlich zu Neige gegangen war. Und trotzdem musste sie bei den Erinnerungen lächeln, denn Maximilian hatte es sich nicht nehmen lassen, sie alle auf den Schock hin zum Mittagessen einzuladen. Er hatte ihnen eine sämige Gerstensuppe mit reichlich Speck und selbst gebackenem Schüttelbrot aufgetischt. Die perfekte Mahlzeit, wie Maximilian fand, um ihre ausgekühlten Körper aufzuwärmen.

Lilly war so sehr in ihre Erinnerungen vertieft, dass sie gar nicht mitbekam, wie der Antiquar sich ihr zuwendete. »Außerordentlich schöne Exponate bewahren Sie hier auf.«

Sie sah ihn an, murmelte ein leises »Danke«. Dann war also doch nicht alles Plunder, was hier lagerte.

»Ganz besonders die Bücher gefallen mir.« Er deutete auf die Regalwand, die nur so vollgestopft war. Sie stellte das Herzstück des Antiquitätenladens dar. Lillys Großvater hatte im Laufe der Jahre eine beeindruckende Sammlung von Folianten zusammengetragen, die die unterschiedlichsten Themen und Epochen umfassten.

»Wissen Sie, ich habe in meinem Leben schon viele aufbereitete Bücher gesehen, aber die Qualität der Arbeit, die ich hier vorfinde, ist wirklich außergewöhnlich.«

Er zog ein beliebiges Buch aus dem Regal und besah es sich genau. »Die Sorgfalt, die bei der Restaurierung dieser Bücher aufgewendet wurde, zeugt von großer handwerklicher Kunstfertigkeit und Liebe zum Detail.«

»Maximilian hat sie restauriert.« Ihre Mutter war hinter einem alten Sekretär aufgetaucht und hatte das Bücherregal ebenfalls im Blick. »Über die Jahre hinweg hat er sich ihrer angenommen und sich um jedes einzelne gekümmert.« Sie lächelte Lilly an. »Er ist wirklich gut in seinem Metier. Schon damals kam Kundschaft aus allen Teilen Italiens zu ihm.«

Der Antiquar nickte zustimmend. »Das glaube ich gern. Es ist eine außerordentliche Kunst, die ursprüngliche Schönheit von Büchern wiederherzustellen, ohne ihren historischen Charakter zu zerstören. Das ist eine seltene Gabe, die ich nur bei wenigen Restauratoren gesehen habe.« Er seufzte. »Leider ist es eine alte Handwerkskunst, die mehr und mehr vom Aussterben bedroht ist.« Er stellte das Buch wieder zurück.

»Dann ist es ja gut, dass dieser Buchbinder sich noch bester Gesundheit erfreut«, gab Lilly von sich.

Der Mann hielt in der Bewegung inne, sah sie überrascht an. »Dieser Buchbinder lebt noch?«

Sie hob die Schultern. »Gestern hat er das zumindest

noch.« Sie verstand die Überraschung des Händlers nicht. Und anscheinend wurde ihm just in diesem Moment sein seltsames Verhalten klar.

»Verstehen Sie mich bitte nicht falsch«, sagte er in einem beschwichtigenden Tonfall. »Solche kunstvollen Arbeiten kenne ich nur von Buchbindern aus dem vergangenen Jahrhundert. Ich wusste nicht, dass es heute noch Meister gibt, die diese Kunst beherrschen.«

»Er hat von den besten Buchbindern Venedigs gelernt.« Lilly erinnerte sich an das, was sowohl Maximilian als auch ihre Mutter ihr erzählt hatten.

Noch einmal griff der Mann in das Regal, zog ein anderes Buch hervor, das er intensiv beäugte. Dann wandte er sich an Lillys Mutter. »Und er hat wirklich all diese Bücher aufbereitet?«

Sie bejahte. »Mein Vater und meine Mutter hätten niemals jemand anderen an ihre Buchschätze gelassen.« Sie schloss für einen kurzen Moment die Augen. Etwas Melancholisches lag in ihren Zügen.

Lilly sah dabei zu, wie der Antiquar Buch um Buch inspizierte. Sie beobachtete fasziniert, wie behutsam und beinahe liebevoll er dabei vorging.

»Nun«, sagte er nach einer ganzen Weile. »Diesen Menschen würde ich zu gerne kennenlernen.« Er schob sich die Hornbrille auf seinem Nasenrücken zurecht und sah Lilly an. »Zu meinem Kundenkreis zählt ein Kloster, das über eine imposante Bibliothek verfügt. Jedoch haben viele der Schätze eine dringende Restauration nötig, ehe sie gänzlich dem Verfall geweiht sind.« Wieder verfing sich sein Blick im Bücherregal. Und nun grinste er regelrecht vor sich hin. »Ich bin mir sicher, dass mein Kunde sehr beeindruckt sein wird.«

»Sie wollen Maximilian kennenlernen?«, fragte Lilly verdutzt. »Ich meine, den Buchbinder?«

Der Mann nickte entschieden. »Und ob.« Doch dann neigte er den Kopf. »Sofern er ein Interesse daran hat, Arbeiten für meine Kunden zu übernehmen.«

»Von wie vielen Büchern sprechen wir denn da?«, hakte Lilly nach, die den Antiquitätenhändler noch immer nicht so recht einzuschätzen vermochte.

Er hob die Hand, winkte dann aber ab. »Es ist wie gesagt eine äußerst umfangreiche Bibliothek«, gestand er und hatte ein unergründliches Lächeln auf den Lippen. »Es dürfte so viel Arbeit sein, dass es für ein ganzes Leben reichen sollte.« Dann hielt er ihr einen Zettel hin.

»Was ist das?« Zögerlich nahm sie ihn entgegen.

»Mein Angebot«, erwiderte der Händler prompt und drehte sich einmal im Kreis. »Der Preis, den ich für das gesamte Interieur zu zahlen gewillt bin.«

Kapitel 38

Teile der Vergangenheit

Voller Vorfreude fuhr Lilly mit dem Roller hinunter in die Altstadt, um Maximilian die guten Nachrichten zu überbringen. Sie konnte es kaum erwarten, sein Gesicht zu sehen, wenn sie ihm von dem Antiquitätenhändler und den vielen Büchern erzählte, die restauriert werden sollten. Als sie die Tür zur Werkstatt öffnete, wurde sie von dem vertrauten Duft von Leder, Papier und Leim begrüßt, der schwer in der Luft hing. Sie atmete ihn tief ein.

»Maximilian!«, rief sie freudig beim Eintreten. »Du wirst nicht glauben, was mir gerade passiert ist! Ein Antiquar war in Omas Trödelladen, und er ist begeistert von deinen restaurierten Büchern!«

Ihr Ruf blieb jedoch unerwidert. Und auch die Werkbank war leer, was ein äußerst ungewöhnlicher Anblick war. Wenn sie so recht darüber nachdachte, war es überhaupt das erste Mal, dass sie die Werkbank ohne den Buchbinder vorfand.

»Maximilian?«, rief sie verwirrt in den Flur hinein, der zu den Wohnräumen führte. »Bist du zu Hause?«

Natürlich war er das. Die Buchbinderei war nicht abgeschlossen.

Unvermittelt hörte sie das mittlerweile vertraute Knarzen

der alten Holztreppe und schwere Schritte. Und dann stand er vor ihr.

»Hast du gehört, was ich gesagt habe?« Er nickte. Lilly erzählte weiter: »Es kommt noch besser! Er hat gesagt, dass er viele weitere Bücher für dich hat, die restauriert werden müssen. Da gibt es ein Kloster mit einer umfangreichen Bibliothek, in der sich wahre Schätze verbergen. Er meinte, dass sie dringend einen talentierten Buchbinder wie dich benötigen. Er möchte dich gerne persönlich treffen und mit dir über eine langfristige Zusammenarbeit sprechen.« Sie sprach ohne Punkt und Komma und vergaß beinahe das Luftholen.

Maximilian sah sie nur an, ohne eine Regung erkennen zu lassen. Das irritierte sie nun doch ein wenig. Dieser Mann war ein Brummbär und alles andere als gesprächsfreudig, aber ein Mindestmaß an erkennbarer Freude hätte sie sich schon gewünscht. Sie neigte fragend den Kopf. »Freust du dich denn gar nicht darüber?«

Er blieb still und wirkte auf einmal sehr nachdenklich. Ein Schatten der Sorge zog über sein Gesicht. »Lilly, es gibt etwas, was ich dir zeigen muss«, sagte er mit bedrückter Stimme, während seine Hand in die Innenseite seiner Weste wanderte und ein amtlich aussehendes Schreiben zum Vorschein brachte. »Meine Werkstatt wird zwangsversteigert. Ich habe es in den letzten Monaten nicht geschafft, den Zahlungen der Bank nachzukommen.«

Lilly nahm den Brief zur Hand, und ihr Herz sank ins Bodenlose, als sie die Zeilen las. Ihre Freude verflog schlagartig.

»Aber ... das bedeutet ... « Sie räusperte sich.

»Das bedeutet, dass ich das Haus verliere«, gab Maximilian tonlos von sich. Seine Stimme ließ noch immer keine Gefühle erkennen, doch seine Augen verrieten seine Sorge.

»Was? Du auch? Aber … « Erst Alexander, nun Maximilian.

Ihr wurde schwindelig, dennoch lächelte sie gequält. »Wir können doch bestimmt mit der Bank reden und um einen Aufschub bitten.« Sie dachte fieberhaft nach. »Eine neue Hypothek auf das Haus, einen Kredit. Jetzt, wo du einen großen Kunden an der Hand hast, gibt es doch eine Sicherheit für die Bank.« Sie spürte selbst, dass sie sich um Kopf und Kragen redete. Sie wollte einfach nicht wahrhaben, was er ihr da gerade offenbart hatte.

Doch Maximilians Miene blieb versteinert. »Keine Hypothek«, sagte er. »Und keinen Kredit.« Er lächelte sie müde an. »Ich habe bereits sämtliche Möglichkeiten ausgeschöpft, glaube mir.«

Lilly wollte es nicht verstehen. »Wo kommen denn nur die Schulden her?«, platzte es in einem fast schon vorwurfsvollen Ton aus ihr heraus. »Ich verstehe das nicht. Schön, du hast wenige Kunden, aber das Haus gehört doch dir. Du hast es von deinen Eltern übernommen.« Genau das hatte er ihr selbst bei einem ihrer gemeinsamen Mittagessen erzählt. Fragend starrte sie ihn an und fragte sich, wie ein gestandener Mann mit solch außergewöhnlichem Geschick vor dem Scherbenhaufen seines Lebens stehen konnte. Und genau in diesem Augenblick fielen ihr die sprichwörtlichen Schuppen von den Augen. Die Erkenntnis kam ihr, während sie sprach. Mit einem Mal sah sie absolut klar.

»Alexander«, stammelte sie und schüttelte ungläubig den Kopf. »Du hast dir Geld von der Bank geliehen, um ihn bei der Gründung seiner Tauchschule zu unterstützen.«

Maximilian schaute weiterhin ausdruckslos drein. »Und nun, wo die Schule nicht läuft und er das Geld nicht an dich zurückzahlen kann, bist auch du in finanzielle Schieflage geraten.«

Zumindest schnaubte er nun leise, was Lilly Antwort genug war. Dann tat ihr Vater etwas, was sie vollkommen aus dem Konzept brachte. Er nahm sie in den Arm, drückte sie fest an sich.

»Ach, Lilly.« Ebenso schnell ließ er sie wieder los. »Nimm es bitte nicht persönlich, aber ich möchte jetzt wirklich allein sein. Es gibt einiges, worüber ich nachdenken muss.«

Lilly drehte sich zögernd um. In ihrem Kopf jagten die Gedanken umher. Ihr war nach Weinen zumute, aber allem Anschein nach hatte sie ihre Tränen fürs Erste komplett aufgebraucht.

Draußen vor der Buchbinderei nahm sie ihren Roller und schob ihn durch das Gässchen, das direkt hinunter zu den Weinbergen führte. Es war von alten, charmanten Häusern mit Blumenkästen an den Fenstern gesäumt, deren bunte Blüten in der milden Sonne leuchteten. Normalerweise hätte sie diese malerische Szenerie genossen, doch sie konnte sich nicht auf die Umgebung konzentrieren. Ihre Stimmung war nicht nur gedrückt, sie war auf dem absoluten Tiefpunkt. Daran konnte auch die schöne Kulisse nichts ändern, die sich ihr mit jedem Meter offenbarte.

In ihrem Kopf drehten sich die Gedanken unablässig um Maximilians finanzielle Probleme und die drohende Zwangsversteigerung der Buchbinderei. Während sie weiter das Kopfsteinpflaster entlangging, hörte sie das beruhigende Plätschern des Platzbrunnens und das Gemurmel der Touristen. Eine sanfte Brise trug den Duft von frischen Blüten zu ihr. Dazu wogten die Zweige der umherstehenden Bäume sanft im Wind. Die friedliche Atmosphäre hätte normalerweise eine beruhigende Wirkung auf sie gehabt, aber heute schien es, als würde die Schönheit der Natur ihre Sorgen nur noch verstärken. Sie streifte sich den Helm über und fuhr hinunter zum See. In ihrem Herzen spiegelte sich eine stille Sehnsucht wider, die auch Maximilian ergriffen hatte – das Bedürfnis nach Einsamkeit.

Am Ufer angekommen ließ sie ihren Roller am Wegesrand stehen und setzte sich auf eine hölzerne Bank unter einem großen, Schatten spendenden Baum. Sie blickte auf das Wasser, das von der Sonne in tausend funkelnde Diamanten verwandelt wurde. Ein Entenpaar schwamm gemächlich vorüber, und sie hörte das fröhliche Lachen der Kinder, die in Ufernähe spielten.

Lillys Handy vibrierte in ihrer Tasche. Sie zögerte einen Moment, bevor sie den Anruf entgegennahm, weil Jos Name auf dem Display zu lesen war. *Der Meister des schlechten Timings!*

Aus welchem Grund auch immer, sie ging ans Telefon.

»Hey, Lilly, ich hoffe, es geht dir gut.« Er zögerte und setzte neu an. »Oder zumindest so gut es eben geht.« Sie hörte ihm mit jeder Silbe an, dass er um schön Wetter bitten wollte. »Ich habe gute Nachrichten.« Er räusperte sich umständlich. »Ich konnte eine Abfindung für dich heraushandeln.« Aus dem Räuspern wurde ein gepresster Seufzer. »Ich weiß, dass das nicht alles wiedergutmacht, aber ich möchte mich zumindest ein wenig dafür entschuldigen, dass alles so gekommen ist, wie es ... nun ja ... gekommen ist ... «

»Dass du dafür gesorgt hast, dass ich hochkant aus der Firma fliege«, half sie ihm auf die Sprünge.

»Immerhin sind es sechs Monatsgehälter, die ich für dich heraushandeln konnte.« Ein kurzes verkrampftes Lachen ertönte. »Das ist doch gar nicht schlecht, oder?«

Lilly zögerte einen Moment, bevor sie antwortete. Sie erkannte die Reue in seiner Stimme, aber sie spürte auch, dass ihm noch etwas auf der Zunge lag.

»Danke«, sagte sie schlicht.

Er atmete hörbar auf, offenbar erleichtert über Lillys Antwort. Doch er sagte nichts weiter.

»Ist noch was?«, fragte sie.

»Nun ja.« Er räusperte sich wieder. »Die Geschäftsleitung erwartet, dass du mit der Abfindung auf jegliche rechtlichen Schritte verzichten wirst.« In seiner Stimme schwang der Unterton einer endgültigen Entscheidung mit, die in den höheren Etagen des Unternehmens gefällt worden war.

Lilly lachte in den Hörer hinein. »Das erwartet sie, ja?« Sie verdrehte die Augen und schüttelte den Kopf. »Du weißt am besten, was ich monatlich verdiene. Ich werde davon kein Leben in Saus und Braus führen können und mir trotz allem schnellstmöglich einen neuen Job suchen müssen.«

»Zurückkommen kannst du nicht«, erwiderte er sofort.

»Du kannst beruhigt sein, Jo. Ich werde keinen Anwalt einschalten.« In diesem Moment wurden ihr zwei Dinge ein für alle Mal klar: Dieser Mann und diese Firma waren unabwendbar ein Teil ihrer Vergangenheit, für die es keine Zukunft mehr gab.

»Ich habe veranlasst, dass das Geld per Sofortüberweisung auf dein Konto kommt. Ich weiß ja, wie schwer du es gerade hast, wegen des Erbes und der Notarkosten.«

»Und der Tatsache, dass ich keinen Job mehr habe«, fügte Lilly mit vor Sarkasmus triefender Stimme hinzu.

»Es tut mir leid, dass alles so gekommen ist.« Er klang hörbar mitgenommen. »Ich hätte mir gewünscht, dass du und ich …«

»Tschüss, Jo.« Sie legte auf. Und während sie ihr Handy wegsteckte, spürte sie nur noch Erleichterung.

Sie hatte nicht einmal mehr die Kraft, wütend zu sein über dieses scheinbar großzügige Angebot ihrer Ex-Firma, um einem

Rechtsstreit aus dem Weg zu gehen. Die sechs Monatsgehälter würden ihr zumindest etwas Luft verschaffen. Sie dachte an das Angebot, das der Antiquar ihr für den Komplettverkauf sämtlicher Antiquitäten unterbreitet hatte. Die Summe war so gering, dass sie wie ein schlechter Witz auf sie gewirkt hatte. Dennoch hatte sie eingewilligt, um den ganzen Ballast loszuwerden. Der Erlös würde ihr womöglich weitere zwei Monate bescheren, in denen ihr Lebensunterhalt abgedeckt war und sie die dringlichsten Forderungen begleichen konnte. Doch was sollte dann aus ihr werden? Wo sollte sie hin? Schlagartig wurde ihr bewusst, dass all ihre Hoffnungen und Träume in einem Augenblick zerschlagen worden waren. Sie konnte es einfach nicht fassen, dass Maximilian seine gesamte Existenz aufs Spiel gesetzt hatte, um Alexander die Verwirklichung seines Traumes zu ermöglichen. Wie konnte ein Mensch so selbstlos sein? Schlimmer noch: Wie konnte das Schicksal so ungerecht sein und diese Selbstlosigkeit derart grauenvoll bestrafen? Nun standen beide vor dem Nichts, und auch Lilly blieb keine andere Wahl, als über kurz oder lang Omas Haus zu verkaufen.

Kapitel 39

Das übergroße Ich

Erschöpft ließ Lilly sich in den Beifahrersitz von Alexanders Auto sinken und blickte auf die vorbeiziehende Landschaft. Sie hatte das Seitenfenster heruntergelassen und genoss die warmen Sonnenstrahlen auf ihrer Haut. Es hätte ein wunderschöner Tag sein können, doch ihr schweres Herz erstickte jegliche Freude über die blühende Natur im Keim. Alexander hatte sie zum Notar in Meran gefahren, damit sie die letzten Angelegenheiten rund um das geerbte Haus klären konnte. Nun waren sie auf dem Rückweg nach Kaltern am See.

Während der Fahrt erzählte Lilly ihm von den Dingen, die sie mit dem Notar besprochen hatte. Ihre Stimme zitterte, als sie erklärte, wie viel Geld sie für ihn aufbringen musste.

»Das ist so ungerecht«, murmelte sie. »Ich hatte gedacht, das Erbe würde mein Leben erleichtern, aber jetzt sieht es so aus, als ob meine Abfindung komplett für das Annehmen des Erbes draufgehen würde.« In ihrem Kopf schwirrten die Zahlen und die zusätzlichen Steuern und Gebühren, die Giancarlo erwähnt hatte. Sie fühlte sich, als würde sie unter einem Berg von finanziellen Verpflichtungen erdrückt. Sie konnte es drehen und wenden, wie sie wollte, aber ein Verkauf des Hauses ließ sich unmöglich länger hinauszögern.

Während sie sich aussprach, hörte Alexander aufmerksam zu und legte eine Hand auf ihren Arm, um sie zu beruhigen. Es war nur eine kurze Berührung, und doch fühlte sie sich unsagbar vertraut an. Und das, obwohl sie über jenen Abend, an dem er sie mit Jo gesehen hatte, nicht mehr gesprochen hatten. Noch immer wollte Lilly nicht das Bild aus dem Kopf, wie er vor ihr gestanden hatte, mit dem Blumenstrauß in der Hand, und wie er sich dann von ihr abgewandt hatte. Längst hätten sie miteinander reden sollen, doch ständig kam ihnen das Leben in die Quere.

Trotz seiner eigenen finanziellen Sorgen schien er unerschütterlich positiv zu sein. »Lilly, ich verstehe, dass es im Moment alles sehr überwältigend scheint«, sagte er sanft. »Aber glaube mir, es gibt immer einen Ausweg.«

Sie sah ihn fassungslos an. »Und das sagst ausgerechnet du, der kurz davor steht, seine Tauchschule zu verlieren?«

»Es gibt immer einen Weg«, beharrte er noch einmal. Dabei hatte er dieses Funkeln in den Augen, das sie schon bei ihrer ersten Begegnung so fasziniert hatte.

Seine Worte schienen in der schwülen Luft im Wageninneren zu schweben. Sie bewunderte seine Haltung. Er hatte selbst mit finanziellen Schwierigkeiten zu kämpfen, aber er ließ sich nicht unterkriegen und sprach ihr Mut zu. Er glaubte fest daran, dass es tatsächlich einen Ausweg gab. Das beeindruckte sie.

Lilly atmete tief durch und versuchte, sich von Alexanders Zuversicht anstecken zu lassen. »Womöglich hast du recht«, flüsterte sie. Ihre Stimme klang sogar ein wenig hoffnungsvoll. »Vielleicht gibt es eine Möglichkeit, alle Probleme zu lösen.« Sie horchte tief in sich hinein. Glaubte sie wirklich daran?

Ein Lächeln huschte über Alexanders Lippen, und er nickte ermutigend. »Das ist genau die Einstellung, die du brauchst«, sagte er. »Wir werden einen Weg finden, das alles in den Griff zu bekommen. »Anders geht es nicht.« Mit einem Mal legte er einen verbissenen Tonfall an den Tag, und Lilly sah, wie seine Knöchel weiß hervortraten, weil er das Lenkrad fester umgriff. »Allein wegen Maximilian.« Er fuhr weiter und blickte nachdenklich auf die Straße. Hinter der nächsten Kurve offenbarte sich ein Panorama mit schneebedeckten Bergspitzen vor einem unwirklich erscheinenden blauen Himmel. Es war atemberaubend schön, doch Alexander schien keinen Blick dafür zu haben.

Nach einer Weile des Schweigens seufzte er auf.

»Weißt du, ich habe echt Gewissensbisse, weil ich mich von Maximilian finanziell habe unterstützen lassen. Er hat mir aus der Patsche geholfen, als ich die Tauchschule eröffnet habe und die Kosten explodiert sind. Und jetzt ziehe ich ihn mit in den Ruin.«

Lilly merkte ihm an, wie schwer es ihm fiel, darüber zu sprechen. Sie drückte sanft seine Hand. »Niemand kann die Zukunft vorhersagen. Maximilian hat dir damals geholfen, weil er an dich und deine Träume geglaubt hat. Herrje, selbst ich hätte dir das Geld dafür gegeben, weil du mich ganz sicher mit deiner Begeisterung angesteckt hättest.« Sie strahlte ihn an und freute sich, als er ihr Lächeln erwiderte. Sie mochte es, wenn er lachte. Er war sowieso ein attraktiver Mann, aber sein Lachen verwandelte sein Aussehen in etwas wahrhaft Berauschendes.

»Dennoch fällt es mir schwer, mit dem Gedanken zu leben, dass ich ihn enttäuscht habe. Und jetzt sehe ich, wie du ebenfalls mit finanziellen Problemen zu kämpfen hast, und ich wünschte, ich könnte mehr tun, um dir zu helfen.«

»Du tust schon so viel, allein dadurch, dass du mich zum Notar gefahren hast.«

»Immerhin hast du mir auch dabei geholfen, meinen Sohn wiederzufinden.«

Lilly grinste.

»Dann sind wir jetzt wohl quitt.«

Auch Alexander grinste. »Nie im Leben sind wir das.«

In diesem Moment, als sie zusammen durch die malerische Landschaft fuhren, spürte Lilly trotz ihrer Sorgen und Ängste eine tiefe Verbundenheit. Es tat gut zu wissen, selbst in dieser schweren Situation nicht allein zu sein.

»Was zum Teufel?!« Alexander trat plötzlich hart auf die Bremse, sodass Lilly nach vorn geschleudert wurde und erschrocken aufschrie. In einer hektischen Bewegung riss er das Lenkrad herum und brachte den Wagen auf dem Seitenstreifen der Landstraße zum Stehen. Hinter ihnen hupte ein anderes Auto, und Lilly sah, wie der Fahrer wild gestikulierend an ihnen vorbeifuhr. Es waren keine netten Gesten, die er für sie übrighatte.

Alexander jedoch reagierte überhaupt nicht. Er kauerte hinter dem Steuer und starrte mit offenem Mund durch die Windschutzscheibe.

Zuerst verstand Lilly nicht, was los war. Sie wollte an ihm rütteln, weil sie ernsthaft befürchtete, dass er einen Schlaganfall erlitten haben könnte. Doch dann folgte sie seinem Blick und entdeckte ein großes Plakat am Wegrand.

Und da stand auch ihr der Mund offen, denn es handelte sich um eines der Plakate der Werbekampagne, die Lilly für Alexanders Tauchschule in Auftrag gegeben hatte. In großen Lettern prangte darauf der Slogan: »Vom Gipfel zum Grund! Buche jetzt deinen Schnuppertauchkurs!« Daneben war Alexanders Kopf in Überlebensgröße abgebildet – mitsamt dem Logo der Tauchschule und einer Telefonnummer. Nun, auf neun Quadratmetern betrachtet, musste sie sich selbst eingestehen, dass sie es mit der Aufhellung der Zähne in seinem grinsenden Gesicht vielleicht ein wenig übertrieben hatte. Dennoch gefiel ihr die Kreation noch immer. Es war eine gute Idee gewesen, sein Foto von der Homepage der Tauchschule zu nehmen und es ins Plakat einzubauen. Es gab der Werbung einen sympathischen, persönlichen Touch.

Alexander war sprachlos und starrte weiterhin auf das Plakat und damit auf sich selbst. Langsam drehte er den Kopf in ihre Richtung. »D... das bin ich!«

Lilly grinste verlegen. »Ähm, da gibt es vielleicht etwas, was ich dir noch sagen sollte.« Allerdings wollten ihr die Worte nicht so recht von den Lippen, weil sie es selbst nicht verstand. Jo hatte doch gesagt, dass die Kampagne gestoppt worden war. Warum hing nun dieses Plakat da?

»Steckst du etwa dahinter?« Er bedachte sie mit einem vorwurfsvollen Blick.

»Gib mir einen Moment, okay?« Lilly drückte auf die Warnleuchte. Dann rief sie in der Plakatfirma an, um herauszufinden, was passiert war.

»Das stimmt, dass Herr Steiger versucht hat, die Kampagne zu stoppen«, hatte sie schon bald die Stimme einer ehemaligen Kollegin am Ohr, die aufrichtig bedauerte, dass Lilly nicht mehr im Unternehmen war. »Allerdings waren die Plakate bereits gedruckt und ausgeliefert worden. Es war also längst zu spät, irgendetwas zu stoppen.« Sie lachte gut gelaunt in den Hörer hinein. »Plakatwerbung ist eben nicht das schnellste Medium. Und so hat man sich dazu entschlossen, die bereits produzierten Plakate als Pflegeplakatierung zu verwenden.«

Lilly beendete das Gespräch, ohne sich zu verabschieden. Sie drehte sich zu Alexander, der noch immer sein übergroßes Ich anglotzte.

»Meine Zähne«, murmelte er leise.

»Ich wollte dir bloß helfen«, gestand sie. »Ich dachte, die Werbekampagne könnte mehr Kunden anlocken und deiner Tauchschule den nötigen Push geben, um gut anzulaufen.«

»Aber …« Er fuhr sich über das Gesicht und blieb an den Bartstoppeln an seinem Kinn hängen. »Wer bezahlt das denn?«

Nun strahlte sie ihn an. »Niemand! Das ist ja das Beste daran!« Sie setzte gerade zu einer Erklärung an, als sein Smartphone klingelte.

Er blickte auf das Display und sah dann Lilly an. »Eine unbekannte Nummer«, murmelte er vor sich hin. Schulterzuckend nahm er den Anruf entgegen. »Hallo, Alexander am Apparat.« Lilly beobachtete sein Mienenspiel, das wachsendes Erstaunen spiegelte.

»Sie möchten einen Schnuppertauchkurs bei mir buchen?« Er warf Lilly einen Blick zu. »Ähm, ja, da sind Sie bei mir goldrichtig.«

Langsam, wie in Zeitlupe, breitete sich ein Lächeln in seinem Gesicht aus. Er griff nach einem Stift und Zettel und begann zu schreiben. Als er das Gespräch beendete hatte, grinste er ungläubig. »Du glaubst es nicht, das war ein Kunde.« Vor Begeisterung schlug er mit den Händen auf das Lenkrad und stieß einen freudigen Jauchzer aus.

»Siehst du?« Sie zwinkerte ihn an. »Du hast es doch selbst gesagt. Es gibt immer einen Ausweg, und manchmal zeigt er sich schneller, als wir denken. Und das ist erst der Anfang. Die Tauchschule wird aufblühen, da bin ich mir sicher.«

Alexander drehte den Zündschlüssel, um den Motor zu starten. Er wollte gerade den Gang einlegen, als er es sich anders zu überlegen schien. Stattdessen wandte er sich zur Seite.

Etwas blitzte in seinen Augen auf. Lilly fühlte sich gefangen in seinem geheimnisvollen Blick.

Er zog sie sanft an sich, und bevor Lilly überhaupt verstand, was geschah, küsste er sie. Eine Flut von Emotionen überkam sie. Ihr Kopf war voller verwirrter Gedanken, als sie versuchte, diesen unvorhergesehenen Moment zu erfassen. Sie war zugleich überrascht, verlegen und überwältigt von Glück. Und dann verstummte jeglicher Gedanke in ihr, weil jetzt nur dieser eine, alles verändernde Kuss zählte. Es war ein Kuss, der das Zeug dazu hatte, den Schnee der Bergspitzen zum Schmelzen zu bringen.

Kapitel 40

Das Rad des Schicksals

Mit Knien, die sich anfühlten, als hätte jemand heimlich ihre Knochen gegen Wackelpudding ausgetauscht, betrat sie das Casino de Venezia. Die schiere Pracht des Gebäudes traf sie ein weiteres Mal wie eine Welle. Die Luft war von einer Mischung aus Aufregung, teurem Parfüm und dem leisen Klicken der Roulettekugeln erfüllt. Lilly hatte sich noch einmal in ihr atemberaubendes Abendkleid geworfen, das ihr wie eine zweite Haut schmeichelte. Und einmal mehr war sie überrascht über den Stoff, der im Licht der prunkvollen Kronleuchter funkelte, die von der hohen Decke herabhingen. Sogleich zog sie die bewundernden Blicke der anderen Gäste auf sich.

Heute fühlte sie sich wie eine Königin, die ihr Reich betrat, doch tief in ihrem Inneren wusste sie, dass ihr Vorhaben mehr als nur ein königliches Auftreten erforderte. Es verlangte all ihren Mut. Der Teppichboden unter ihren hochhackigen Schuhen schimmerte, als sie langsam und zielstrebig auf den Roulette-Tisch zuging. Die Geräuschkulisse des Casinos lullte sie ein – das Klackern der Pokerchips, das Rasseln der Spielautomaten und das Murmeln der Gäste, die ihrem Glück auf die Sprünge helfen wollten. All diese Klänge vermischten sich zu einer symphonischen Melodie, die den Rhythmus von

Lillys Herzschlag vorgab. Als sie direkt vor dem Tisch stand und sich einen Platz suchte, bemerkte sie, wie die Menschen in ihrer Umgebung innehielten und sie neugierig musterten. Zwar spürte sie die Blicke, doch sie blendete sie aus, wollte sich nicht ablenken lassen. Denn was sie vorhatte, grenzte an Wahnsinn.

Dennoch: Mit jeder Sekunde wuchs ihre Entschlossenheit. Der Duft von Luxus und Reichtum, der das Casino erfüllte, schien sie in eine andere Welt zu entführen. Eine Welt, in der alles möglich war, wenn man nur den Mut aufbrachte, das Schicksal herauszufordern. Ihre Nervosität und Aufregung brodelten unter der Oberfläche der aufgesetzten Gelassenheit. Natürlich wusste sie, dass es eine Illusion war. Doch an diesem Abend konnte sie nicht verlieren. Denn sie war hier, um dem Wunsch ihrer Großmutter Folge zu leisten. Diesmal würde sie den Mut aufbringen, das zu tun, was Flora sich aus unerfindlichen Gründen von ihr gewünscht hatte.

Sie atmete tief durch und wartete darauf, dass das Schicksal seine Entscheidung traf. Sie platzierte all ihre Chips auf die Sieben.

Ihr Handeln blieb nicht unbemerkt. Die Menschen um sie herum raunten, als sie erkannten, wie viel Geld Lilly auf eine einzige Zahl setzte. Unmittelbar darauf brach ein kleiner Tumult um den Tisch herum aus, immer mehr Gäste drängten sich an sie heran. Lillys Hände begangen zu zittern, während sie versuchte, ihre wachsende Angst und Nervosität zu unterdrücken. Als der Croupier die letzten Anweisungen gab und die Kugel ins Spiel brachte, ballten sich ihre Hände zu Fäusten. Ihre Gedanken schweiften zu ihrer Großmutter. *Das ist der pure Wahnsinn!* Auf dem Tisch lagen ihre gesamte Abfindung und all das Geld, das sie von dem Antiquar erhalten hatte. Kein Reichtum, aber eine stattliche Summe. Mehr Geld, als sie je zuvor in den Händen gehabt hatte. Und das alles setzte sie nun aufs Spiel.

Alles oder nichts!

Sie holte tief Luft. Ihre Verzweiflung und ihre Hoffnung verschmolzen zu einer seltsamen Mischung aus Angst und Entschlossenheit.

Die Kugel drehte sich, sprang und rollte im Kessel, während das Rad immer langsamer wurde. Blinzelnd sah sie zu, wie die Kugel von einer Zahl zur anderen hüpfte. Sie spürte den Schweiß auf ihrer Stirn und die Blicke der anderen Gäste, die gespannt auf das Ergebnis warteten.

Schließlich kam das Rad zum Stehen. Ihre Lider flackerten vor Anspannung, das Blut rauschte in ihren Ohren. Die Kugel zögerte noch einen Moment, bevor sie sich endgültig niederließ. Lilly presste die Augen zusammen, zählte in Gedanken bis drei, öffnete sie langsam wieder.

Ein kollektiver Atemzug der Überraschung ging durch die Menge, während Lilly ungläubig auf das Rad starrte.

Die Kugel lag auf der Sieben. Sie hatte gewonnen – gegen alle Wahrscheinlichkeit hatte sie gewonnen!

Die Emotionen übermannten sie, als sie versuchte, das gewaltige Ausmaß dessen zu begreifen, was gerade geschehen war. In ihrem Innern entstand ein Sturm aus Freude, Erleichterung und tiefer Dankbarkeit. Ihr Herz schien geradewegs aus ihrer Brust springen zu wollen.

Krampfhaft kämpfte sie damit, das Beben ihres Körpers zu kontrollieren. In Gedanken war sie bei ihrer Großmutter. Sie fühlte ihre Nähe, als ob sie in diesem Moment bei ihr wäre, sie an der Hand führte und auf diesem unglaublichen Weg begleitete. Mit einem Mal war das Casino um sie herum vergessen, und alles, was zählte, war das rauschhafte Gefühl des Triumphes, das sie durchströmte.

Die Menschen um sie herum begannen zu klatschen und zu jubeln, als der Croupier ihr die gewonnenen Chips mit seinem Schieber zukommen ließ. Ein weiteres Mal schloss sie die Augen und atmete tief durch. Plötzlich lag alles klar und deutlich vor ihr: die Erkenntnis, dass sie einfach alles erreichen konnte, wenn sie nur mutig war und ihre Ängste überwand. Dabei ging es gar nicht um das Gewinnen und Verlieren. Und genau das war es, was Oma ihr mit auf den Weg hatte geben wollen. Mit einem letzten liebevollen Gedanken an sie öffnete Lilly die Augen und blickte in die aufgeregte Menge. Sie hatte nicht nur gewonnen – sie hatte sich selbst gefunden.

Epilog

Eine unsichtbare Präsenz

Lilly wischte sich eine Strähne aus der Stirn und zog die Lampe näher zu sich heran, um den Zustand des alten Buches abzuschätzen. Es war ein in Leder gebundenes Exemplar, dessen Einband im Laufe der Jahre abgenutzt und dessen Bindung gelockert war. Sie verstand den Inhalt der Geschichte nicht, da es ein italienisches Buch war, aber auf dem Einband war eine prächtige Goldprägung zu sehen, die ein komplexes Muster aus verschlungenen Linien und Symbolen darstellte. Sie schlug es behutsam auf. Die Innenseiten waren teilweise brüchig, und viele drohten sogar, sich ganz zu lösen. Ihre Aufgabe bestand nun darin, es zu restaurieren, um es wieder in seinen ursprünglichen Zustand zu bringen.

Wie sie es bereits Dutzende Male zuvor getan hatte, legte sie ihre Werkzeuge bereit: einen Knochenfalter, um die Seiten sorgfältig zu falzen, eine Ahle, um die Löcher für die neue Bindung zu stechen, und ein paar Spulen mit Leinenfaden, um die Seiten wieder zusammenzubinden. Wie es ihr beigebracht worden war, ging sie mit ihrer Arbeit behutsam vor, um die zerbrechlichen Seiten nicht zu beschädigen. Sie befolgte dabei genau die Anweisungen ihres Vaters, der ihr streng und aufmerksam über die Schulter blickte.

Mit einem feinen Pinsel trug sie vorsichtig Buchbinderleim auf den Rücken des Buches auf, um die losen Seiten wieder fest an ihrem Platz zu halten. Mit ruhigem Atem konzentrierte sie sich auf die Präzision, die für diese Arbeit erforderlich war.

Gelegentlich ließ sie den Blick zu dem Buch schweifen, das prominent an der Wand über der Werkbank ausgestellt war. Es befand sich in einem maßgeschneiderten Holzrahmen, hinter einer UV-beständigen Glasfront, um es vor Lichtschäden zu schützen. *Alice im Wunderland* – ihr Gesellenstück. Es war Maximilians Idee gewesen, es so zu präsentieren. Anfangs hatte sie die Idee belächelt, doch mit der Zeit erkannte sie die tiefe Bedeutung dahinter. Dieses Buch war der Beginn von allem.

Jeden einzelnen ihrer Schritte beobachtete Maximilian mit Argusaugen. Aber er sagte nichts, ein eindeutiges Zeichen für Lilly, dass sie alles richtig machte.

Nachdem sie den Leim aufgetragen hatte, nahm sie den Knochenfalter und strich behutsam über den Rücken des Buches, um sicherzustellen, dass alle Seiten fest und gleichmäßig verklebt waren. Schließlich begann sie, mit der Ahle Löcher in den Buchblock zu stechen, um die neue Bindung vorzubereiten.

Während sie arbeitete, schweiften ihre Gedanken ab. Für sie war es noch immer unfassbar, wie sich ihr Leben seit dem Casinobesuch verändert hatte. Ohne wirklich verstanden zu haben, worauf sie sich da eingelassen hatte, war es eine kleine Kugel gewesen, die all diese Veränderungen in Gang gesetzt hatte. Natürlich war ihr bewusst, dass sie an diesem Abend alles riskiert hatte, dass sie alles hätte verlieren können.

Doch tief in ihrem Herzen glaubte sie daran, dass es immer einen Ausweg gab. Gemeinsam hätten sie ihn gefunden, irgendwie, irgendwo. Aber dieses Risiko, diese Kugel, diese eine Zahl – die war für Oma.

»Du machst das wirklich gut, Lilly.« Maximilian lächelte sie liebevoll an.

Sie drehte sich zu ihm um und erwiderte das Lächeln: »Das habe ich wohl von dir geerbt.« Kurz ließ sie den Blick durch die Werkstatt schweifen und betrachtete jedes Detail. Dieser Ort war inzwischen zu ihrem zweiten Zuhause geworden. Sie stieß einen zufriedenen Seufzer aus und wollte sich gerade wieder der Arbeit zuwenden, als die Stimme ihrer Mutter ertönte.

»Wo bleibt ihr denn?«, fragte sie in gespieltem Vorwurf. »Das Essen ist fertig!«

»Gleich, ich muss nur noch … «

»Nichts da, ich sterbe vor Hunger.« Maximilian nahm ihr das Werkzeug aus der Hand und zupfte an ihrem Ärmel.

Just in diesem Moment platzen Alexander und Benno herein. Alexander hatte nasse Haare, und sein Gesicht strahlte vor Freude und Zufriedenheit, als er auf Lilly zutrat und sie mit einem vertrauten, zärtlichen Kuss begrüßte.

»Hey, mein Schatz, wie läuft es mit den Büchern?«, fragte er voller Neugier.

»Sie machen Fortschritte«, erwiderte Maximilian an ihrer Stelle. »Noch zwei, drei Jahrzehnte, und sie könnte richtig gut werden.« Neckisch stupste er ihr in die Seite, schob sich an ihr vorbei und sammelte im Gehen Benno auf, den er mit Leichtigkeit auf seine Schultern hob.

Alexander legte einen Arm um sie und zog sie mit sich, die Treppe zur Küche hinauf, aus der ein herrlicher Duft strömte.

Oben angekommen, sah Lilly ihre Mutter hinter dem altertümlichen Herd – dem einzigen unveränderten Überbleibsel der Kücheneinrichtung. Wo früher alte Töpfe gebaumelt hatten, gab es nun ein Regal mit sorgfältig sortierten Gewürzgläsern. An der Wand hingen Omas handgenähte Geschirrtücher. Der alte Holztisch war mit einer weißen Tischdecke bedeckt, auf der eine Vase mit frisch gepflückten Wildblumen thronte. Und überall in der Küche waren liebevoll platzierte Dekorationen verteilt: ein kleines handbemaltes Keramikschälchen, das ein paar getrocknete Lavendelblüten beherbergte, eine antike Messingdose mit verziertem Deckel, ein alter geschnitzter Holzvogel, der gerade zum Flug ansetzte.

Maximilians Spuren waren noch da, aber sie wurden nun von einer harmonischen Kombination von Alt und Neu ergänzt.

Lilly kam es vor, als hätte diese Küche zwei Geschichten zu erzählen: eine von einem grauen, einsamen Leben und eine von einem farbenfrohen Neuanfang.

Mit gespieltem Missmut schwang ihre Mutter den Kochlöffel und ließ sich erst zu einem Lächeln hinreißen, als Maximilian ihr einen Kuss aufdrückte.

»Setzt euch endlich«, sagte sie, nun viel milder gestimmt. »Sonst wird das Essen kalt.«

Für Lilly war es fast unwirklich, wie sehr sich ihr Leben gewandelt hatte. Tief in ihrem Herzen spürte sie, dass sie es einzig und allein ihrer Oma zu verdanken hatte, die sie zu diesen Menschen geführt hatte, die sie so innig liebte – womöglich, wie Oma es zu ihren Lebzeiten getan hatte. Und während sie alle am Tisch saßen, vernahm sie die warme, unsichtbare Präsenz ihrer verstorbenen Oma, die sie auf diesem Weg begleitet hatte und sie immer beschützen würde. Sie schloss für einen Moment die Augen und lächelte.

Danke, Oma.

Danke für alles.